ハヤカワ・ミステリ

ROB HART

暗殺依存症

ASSASSINS ANONYMOUS

ロブ・ハート
渡辺義久訳

TOKYO HAYAKAWA BOOKS

A HAYAKAWA
POCKET MYSTERY BOOK

ASSASSINS ANONYMOUS
by
ROB HART

Translated by
YOSHIHISA WATANABE
First published 2025 in Japan by
HAYAKAWA PUBLISHING, INC.
This book is published in Japan by
arrangement with
HANNIGAN GETZLER LITERARY, NEW YORK
through TUTTLE-MORI AGENCY, INC., TOKYO.

装幀／水戸部 功

これは私自身のために

人間のありとあらゆる問題は、部屋で静かにひとりで坐っていられないことに由来する。

――ブレーズ・パスカル

暗殺依存症

登場人物

マーク……………………元暗殺者。ある事件をきっかけに、ア《A》サシンズ・アノニマス《A》に参加した

ケンジ……………………元ヤクザの殺し屋。マークをＡＡに引き入れた人物

Ｐ・キティ……………マークの飼い猫

アストリッド…………闇医者

ヴァレンシア…………ＡＡの参加者。メキシコ人

ブッカー………………同上。元海兵隊員

スチュアート…………同上

ラヴィ……………………マークを雇っていたエージェンシーの職員

ビリー……………………三合会の幹部

ラヴィーン……………フランス人の元暗殺者

ルル………………………ダイナーのオウナー

トム………………………〈ブラインズ〉のバーテンダー

マイク……………………元警察官

1

どうしてイモムシはチョウに変わるとき、自らを繭《まゆ》で包むのだろうか？　ほかのイモムシたちに悲鳴が聞こえないようにするためだ。変わるというのは、苦しいものなのだ。

——ロイ・ミラー
『メディテーションズ・オン・ヴァイオレンス』

現在
マンハッタン、ロウアー・イースト・サイド

アドレナリンというのは、究極の鎮痛剤だ。その効果は長くはつづかないとはいえ、銃弾で腹を貫かれたり、ナイフで皮膚を切り裂かれたりといった緊迫した状況において、ほとんどその痛みを感じさせないことに驚くだろう。

時間の感覚もおかしくなる。多くの人にとって、痛みというのはお腹が空《す》いたと訴えている幼児と同じで、意味もなくただひたすら手足をばたつかせてぐずっているようなものだ。世界が倍の速さで動くなか、自分は自らのからだを離れ、上からその繰り広げられる惨状を見つめている。

だがそういった経験を何度も繰り返しているうちに——私は嫌というほど繰り返している——自分の手で時間をつかめるようになる。時間を手のなかでまわしていろいろな角度から調べたりできる。そして最後には自分自身と向き合うことになるのだ。

たとえば、どうして自分は冷たいリノリウムの床に倒れているのだろうと考える。しかもまわりには砕けた薄い折りたたみ式テーブルの破片が散乱し、安物のコーヒーや食べかけのドーナツにまみれている。ブーツが胸にめりこむほどの勢いで私を蹴り飛ばしたこの男を召喚したのは、自分の犯したどの罪だろうと首をかしげる。

今朝、目が覚めた私は、ミーティングに行く必要はないだろうと思った。そういう日こそ、ミーティングが必要なのだ。そこで重い足を引きずり、ロウアー・イースト・サイドにある聖ディンプナ教会の地下へ向かった。それはウィリアムズバーグ橋の下の荒れ果てたところにある、小さな教会だった。誰からも忘れ去られ、見放されたと言っても過言ではないようなところだ。

ミーティングの詳細は重要ではない。

重要なのは、この男に殺されないようにすることだ。この男はドアをくぐるときに頭を屈めなければならないだろうか、そう思うくらい背が高かった。そして右利きだ。筋骨隆々というわけではないものの、前腕に浮き出た血管は地形図に描かれた尾根のようだ。左前腕にはタトゥーが彫られている。黒い点のまわりに四つの黒い点があり、サイコロの五のような模様だ。黒っぽい髪は短く刈られ、細いモヒカン刈りのようになっている。カーゴパンツに黒いブーツ、濃紺色のサーマルシャツという格好をしている。生気のない冷たい目には見覚えがある。毎朝のように鏡で見ているからだ。ロシア人かもしれない。まだ口を開いていないものの、あの蹴りや構え、自信満々の態度は、ロシアの格闘術システマを思い起こさせる。

なんとかからだを起こし、落ちた食べ物で足を滑らせないように気をつけた。男との距離は約十フィート。私が倒れているうちに襲いかかってくればいいものを、そうする気配はなかった。その代わり、まちがいないと確信して興奮した目つきで私を見定めている。

どうやら私のことを知っているようだ。

つまり、イカれているか、あるいはそうとう自信があるかのどちらかということだ。

「いまからでも話し合おう」私はそう言い、床に目をやった。「ドーナツをごちそうしたいところだが、五秒ルールは過ぎてしまったな」

男は左の口角を上げてにやりとし、つぶやいた。

「クソ野郎《カジョール》」

やはりロシア人だ。

そう罵《ののし》るやいなや、目にも留まらぬ速さで襲いかかってきた。

気がはやりすぎだ。

男は何かを証明しようと躍起になるあまり、床への注意がおろそかになっていた。三歩突っこんできたところでチョコレートがかかったドーナツを踏み、前に滑った。男の動きが乱れ、私はそのチャンスを逃さなかった。

屈みこんで砕けたコーヒーポットの黒いプラスティックの取っ手をつかみ取り、男の脚を目がけて割れたガラス部分を振り抜いた。膝裏《ひざ》をとらえて重要な部分を切り裂き、動けなくするのが狙いだ。この男を送りこんできたのが誰なのか知る必要がある。さらに言えば、この男を殺していいわけではないのだ。

よりによって、この場所で。

男が飛び退《の》き、寸前でかわされた。つづく三度の攻撃も同じようによけられた。致命傷にならないダメージを与えようとしているものの、男はブルース・リーのように素早い。最初と最後の動きは見えるのだが、その途中が目に入らない。

すでに息が上がってきた。私の筋肉は埃《ほこり》をかぶり、クモの巣が張っている状態だ。とことん自分を追いこんでいたのは、むかしの話だ。また脚を狙ったが、大振りになってバランスを崩した。飛び退いた反動を利用して向かってきた男のブーツを側頭部に食らった。

私は蹴られた方へからだを振って受け流し、前転して立ち上がった。

アドレナリンが効果を発揮していた。痛みは外側にいて、ドアをノックしている。だが、目まいは内側でのんびり紅茶を注いでいる。

足を踏ん張り、次の攻撃に備えた。コーヒーポットのガラスはもろすぎるので武器としてはあまり役に立たないものの、ないよりはましだ。すると男はベルトの内側に手を伸ばし、短めの黒いスイッチブレードを取り出した。戦車の車体を切り裂けそうなくらい鋭い。

これも、自信があるという証拠の表われだ。はじめからナイフで刺すこともできたのだ。まうしろに迫られるまで、男の気配に気づかなかったのだから。それを自慢できる者など多くはいない。

男の目的は、自らの力を試すことだ。

男は背後でナイフを構えた。そうすれば、カウンターを合わせられたり、ナイフを叩き落とされたりしにくくなる。血管の浮き出た左前腕を突き出し、ガードを取っている。ナイフは間抜けが手にすると危険だが、使い方を心得ている者が手にしたときほど厄介なことはない。

男は小さく歩を進め、距離を測っている。少しだけ前に出たかと思えばバックステップし、攻撃を誘っている。私も同じように構えた。前腕を突き出し、手首を内側にして柔らかい部分を切られないようにする。

とはいえ、とてもではないが勝ち目はない。

この男は知らない。私が何がなんでも彼を殺さないようにするつもりだということを。たとえ私のなかのもっとも凶暴な部分がこの男を殺したくてうずうずしているとしてもだ。

男がもったいぶっているあいだに、私は息を整えた。四秒で息を吸い、四秒止め、四秒で吐き、四秒肺を空《から》にする。おかげで神経系が鎮まり、集中できるようになった。

このコーヒーポットは使いものにならない。そこで襲いかかってきた男の顔に向かって投げつけた。男は顔を背け、目を守ろうとしてわずかにふらついた。その隙に私は身を屈めて死角から潜りこみ、ナイフを奪おうとした。うまくいけば、いくつかの切り傷や浅い刺し傷くらいですみ、胸にナイフを根元まで刺されることなくこの場を去れるかもしれない。

片手で手首を、もう片方の手で相手の手をつかみ、肩で体当たりをして刃を遠ざけた。ここからは時速百マイルのチェスマッチだ。相手の膝裏に膝を叩きこめれば、地面にねじ伏せて主導権を握ることができる。ナイフをもつ腕をおろさせ、体重を預けて押さえつけておくのだ。

だが、男の力は強かった。強引に腕を引き、隙間を作る。そこからは武器の奪い合いになった。

私の指が何かで濡れて滑り、つかみづらくなった。

そのとき、長い付き合いのアドレナリンに裏切られ、時間感覚があいまいになった。

手足をばたつかせてぐずりだし、一瞬が永遠のように感じられる。

男がからだを離し、ショックの表情を浮かべていた。男の手には何も握られていない。それは私の手も同じだ。ナイフが床に落ちなかったのは確かだ。落ちていれば音が聞こえる。胸が苦い後悔の念でいっぱいになった。

もう少しで一年というところで。

男のからだにナイフの柄が突き出ていないかどうか目をやり、致命傷ではないことを願った。傷口を押さえたり、救急車を呼んだり、止血帯で締めたり――この男の命を救うためならなんだってやる。

だが、どこにもナイフは見当たらない。

しかも、男は私の腹を見下ろしていた。

その視線の先に目をやると、私の左脇腹からナイフの柄が突き出ていた。

「ああ、よかった」私はそう言い、そっと傷の縁に触れた。

痛みが駆け抜けたのはそのときだった。激痛の波に呑みこまれ、床に倒れこんだ。さらにナイフが食いこまないよう横向きになる。全身の神経が燃え上がり、直接、耳に叫んでくる。

これがアドレナリンというものだ――究極の鎮痛剤だが、長つづきしないのだ。

男が迫ってきた。これまでだ、私は思った。なんのために男はここに来たのだろう？　どうやって私を見つけ、どうしてこんなことをしているのだろう？　少しでも勝手にしゃべってくれればありがたいのだが、話し好きとは思えない。そんなことはどうでもいい。私を殺したい人間は、スタジアムがいっぱいになるほど大勢いるのだ。

すべてのステップをやり遂げられず、埋め合わせもできなかった――とはいえ、おそらく私にはこんな最期がふさわしいのだろう。教会の床で、痛みに苦しみながら死ぬのだ。

目の前で男がしゃがみこみ、何かを探すように私のからだを叩いていった。胸ポケットから小さなぼろぼろのノートを見つけ出し、それをめくっていって頷《うなず》いた。目的のものを手に入れて満足したらしく、耳元に顔を寄せてきた。息の温かさが感じられるほど近くに。そしてこう言った。「がっかりだ、子ネコちゃん《カチョーナク》」

グサッときた。カジョールというのは〝ヤギ〟のことだが、ロシア語でいう〝クソ野郎〟のことでもある。カチョーナクというのは〝子ネコ〟という意味なのだ。

しかも、私は刺されている。

ひとことで言えば、この男は嫌な野郎だ。

私は笑いだした。出血して死にかけているというのに、いちばん気になるのが自分の自尊心だからだ。とはいえ、男に笑い声は聞こえないだろう。ここから立ち去ったのはまちがいない。私は仰向《あおむ》けになり、音をたてている蛍光灯を見上げた。痛みをとおして感謝していた。

誓いを守ったまま死ぬというのは、ちょっとした気分だった。

そうは言っても、まだチャンスはあるかもしれない。ナイフのまわりから血が垂れているとはいえ、にじみ出しているわけではない。しかもクソの臭いがしないということは、腸を外れた可能性が高い。ようするにナイフを動かさず、助かる方法を思いつくまでナイフで傷口をふさいでおけばいいのだ。

私の命をつなぎとめているのは、そのナイフだけだった。ダムをふさいでいるたった一本の指のように。

背後で足音が聞こえた。また視界にロシア人が入ってきた。私に向かってきまり悪そうに小さく指を振っている。それから手を伸ばしてナイフをつかみ、思い切り引き抜いた。全身が耐えきれなくなり、頭が真っ白になった。


「またな」男が言った。

私は手で腹を押さえた。

指のあいだから熱い血があふれ出してくる。

こんな日になるとは思ってもいなかった。

2

マチルダ「人生って、ずっとこんなにたいへんなの？
それとも子どものときだけ？」
レオン「ずっとだ」

——『レオン』

その日の数時間まえ
マンハッタン、ウエスト・ヴィレッジ

タイマーが鳴り響き、リズミカルに縄跳びをしてトランス状態に入っていた意識が引き戻された。身を屈めて屋上に置いてある携帯電話を手に取り、パーカのポケットに突っこんだ。ウエスト・ヴィレッジに広がる建物の屋根を眺め、冷たい空気を吸いこむ。

すがすがしい一日だ。

階段をおりて自分のアパートメントに戻り、ドアの横にあるフックに縄跳びをかけた。ネコのＰ・キティがキッチンにあるエサ皿のところへよたよた歩いていって悲しげな声で訴え、捧げものをねだっている。刻んだ鶏のハツとレバーの缶詰を取り出して皿に盛ると、Ｐ・キティは皿に顔を埋めた。私はオレンジ色の間抜けな頭を少しばかり掻いてやった。

心のどこかでは家から出ずに映画でも見て、胸の奥深くにある感情を整理する作業をひと晩休みたかった。とはいえ、ルルの店で待っているケンジとの約束をすっぽかしたくはない。ギアを入れるにはそれで充分だ。

気温は華氏二十度台とはいえ、十分も縄跳びをして汗をかいたので、シャワーを浴びて服を着替えた。それから、Ｐ・キティの水が足りていることを確かめた。キャットフードを半分ほど食べたＰ・キティはカウチへ下がり、不格好なオレンジ色の毛玉になっていた。

「おれがいないあいだに、パーティをするなよ」私は言った。

P・キティは身じろぎひとつしなかった。

ごみ袋を手にしてドアへ向かった私は、ノートを忘れていることに気づいた。ノートは読みこんでぼろぼろになったビッグブック――ア《A》ルコホーリクス・アノニマ《A》ス（無名のアルコール依存症者たちの自助グループ）のテキスト――の上にある。大切だからこそ、そこに置いているのだ。その隣には何年もまえにプラハでケンジにもらった折り紙のツルがある。上着のポケットにノートを入れると、いくらか気が安らいだ。

窓は少しだけ開いている――このアパートメントはピザ窯のように熱気を閉じこめるのだ――とはいえ、P・キティがすり抜けられるほどではない。帰ってきたら部屋のなかがサウナ状態になっているのはごめんだったので、そのままにしておくことにした。


一階下におり、自分の部屋の真下にあるアパートメントのドアをノックした。内側から足を引きずるような音がし、わずかにドアが開いて胸の高さから目が覗いてきた。私に気づいたミセス・グエンは目を見開き、ドアを大きく開けた。厚手のバスローブにふわふわのスリッパという格好をしていて、赤いヘアバンドで白髪をきっちりまとめている。

「ごみの回収です」私は声をかけた。

彼女はにっこりし、きれいに結わえた小さな白いビニール袋を掲げた。「優しいわね」

「留守のあいだネコにエサをあげてくれれば、おあいこってことで。でも、あげすぎないように。ぽっちゃりしてきたから」

「ぽっちゃりなんてしてないわ、骨太なのよ。それにエサを欲しがっているなら、お腹が空いてるってことでしょ。エサが足りないのよ」

「意見の相違だな」

「クリスマスのあいだも世話をしてほしい？　どこかへ行くの？」

「いつものクリスマスと同じだよ。上でウイスキーを飲みながら『素晴らしき哉《かな》、人生！』を見るのさ」

「家族とか、ガールフレンドは？」ミセス・グエンが訊いた。「もしかしてボーイフレンドとか？」

私は肩をすくめた。「クリスマスはしないんだ。子どものころ、頼んでいたBMXバイクをもらえなくてね。それ以来、どんどん悪くなるいっぽうだよ」

「わかったわ、けちんぼさん。クリスマスイヴに、息子と孫たちのためにアーモンド・クッキーを焼くつもりなんだけど、よかったらあなたも来て」ミセス・グエンは片方の眉を上げた。「力仕事をしてもらえると助かるわ」

「何度言い寄ってこようと無駄だよ。寝るつもりはないから」

ミセス・グエンは笑い声をあげ、手を伸ばして私の胸を叩いた。「そんなラッキーなことあるわけないじゃない。ごみを出してくれてありがとう、マーク」

「また明日、ハニー」私は階段へ向かった。「それと、うちのネコにこっそりエサをやらないように」

ミセス・グエンがうしろから応えた。「あの子にひもじい思いをさせないで」

通りに出ると収集箱にごみを捨て、ロウアー・イースト・サイドの方を目指した。ふだんは歩いていくのだが、こんな時間では地下鉄のFラインに乗ったほうがよさそうだ。そこで西四丁目駅へ急ぎ、階段を駆けおりてドアが閉まりかけている車両になんとか飛び乗った。

思ったとおり、スマイリーがいた。

スマイリーはこのあたりによくいる男だ。いつもFラインとはかぎらず、Aラインや1ラインで見かけることもある。近くに住んでいるのかもしれないが、たんに縄張りということもあり得る。いつものように地下鉄の揺れとは関係なくからだを揺らし、半分空になったヘネシーのボトルを握って二十代なかばにありがちな虚勢を張っている。ぼさぼさの髪は脂《あぶら》ぎっていて、顔には消えることのない傷跡がいくつかある。両頬にひとつずつある傷のせいで、不気味な笑みを浮かべているように見える。

ふだんは無視するようにしていた。地下鉄で面倒を起こす人の多くはホームレスや精神障害者なのだが、そういった人たちに同情していた。街はニューヨーク市警察に何十億ドルも注ぎこんでいるものの、警察は彼らを捕らえたり、嫌がらせをしたり、ぶちのめしたりするだけだ。しかもそういったカネは、実際に彼らに手を差し伸べられるホームレスや精神障害者のための機関にまわすべき予算から削り取られているのだ。

基本的に、彼らが危険なのは自分自身に対してだ。かまわなければ彼らも放っておいてくれるし、いつでも隣の車両に移ることも、次の列車を待つこともできる。

とはいえ、口で言うのは簡単だ。

いまスマイリーは、高そうなレザー・ブーツに白いバブルジャケットという格好をした若いきれいなブルネットの女性に話しかけていた。彼女はスマイリーの暴言を無視している。むしろからだを丸め、消えてしまいたいと思っているようだ。車両内に恐怖が広がり、乗客たちは目に入らなければうしろめたさを感じなくてすむとでもいうように、よそを向いている。

私は彼女の隣の空《あ》いている席に坐り、スマイリーを見上げた。「よう。アイスは何味が好きだ?」

面食らったスマイリーの思考が途切れた。「なんの話だ?」

「このへんで食べ物を買うのにいちばんの店はどこだ?　おれは〈ダッグス〉で買ってるけど、ちょっと高いんだよな」

「この女と話をしてるんだ」スマイリーはヘネシーの

ボトルをくわえたが、空っぽだというのがわかって呆然とボトルを見つめた。

「ちゃんとした会話になってるようには見えなかったが。けどしゃべりたくて仕方ないようだから、代わりに相手をしようと思ったのさ。最近見た映画でよかったのは？」

　質問攻めにする作戦がうまくいった――スマイリーを困惑させ、苛つかせたが、そこまで挑発的ではないので怒らせるほどではない。

　ブロードウェイ－ラファイエット・ストリート駅でドアが開き、私は女性を軽く小突いた。彼女は少しだけ待ち、車両から飛び出した。彼女が飛び出すのに合わせて私も立ち上がり、スマイリーと開いたドアのあいだに立ちはだかってあとを追えないようにした。

　ドアが閉まり、スマイリーに押された。それほど力がこめられていたわけではないものの、押されるままにうしろへ下がり、スマイリーの両手が見えるように距離を取った。あんなふうに顔を切りつけられる男というのは、おそらく二度とそんな目に遭わないよう自分でも刃物をもち歩いていてもおかしくない。そう考えるほうが身のためだ――まちがっていたとしても失うものはないし、その考えが正しければ得るものは大きい。

　たとえば、刺されないということだ。

「おれを誰だと思ってるんだ？」スマイリーが言った。

「さあな。おれはマークだ。好きな色は？」

「赤《レッド》だ。下がらないなら、怒り狂《レッド》うことになるぞ」

「確かに、おたがいそういうのはごめんだ」私は口元に浮かびそうになるにやけた笑みを必死にこらえていた。

　またスマイリーはボトルに口をつけ――やはり空っぽだ――どうしようか考えているようだった。二番街駅に近づき、列車が速度を落とした。私はやり方をまちがえただろうかと思いはじめていた。自分に注意を引きつけたことを悔やんでいないとはいえ、もっと穏便な手段があったかもしれない。ドアが開き、スマイリーは「クソ野郎」と言い残して出ていった。

無事にドアが閉まると、数人の乗客から拍手があがった。私は彼らに向かって軽く頭を下げた。冷静さを保ててほっとしながらも、自分より先に誰も立ち上がろうとしなかったことに少しばかり苛ついた。そして何より、危険で猛々《たけだけ》しい衝動を抑えつけていた。スマイリーのあとを追ってこう言ってやりたかったのだ。

〝おれを誰だと思ってるんだ?〟

ダイナーの窓に当たる雪がかすかに音をたてていた。積もるほどではないものの、この冬はじめての雪と言えそうだ。ディランシー・ストリートを絶え間なく行き交う車の流れの向こう側に見えるのは、色とりどりのきらめくライトで飾られた葉の落ちた小さな木だった。そんなふうにぽつんと一本だけ立ち、暗くて無関心な街を明かりで照らそうとしているのは悲しげに見えた。とはいえ、そう見えるのはたんにそういう気分だからかもしれない。

ケンジが私のノートを叩き、カウンターに意識を引き戻された。私は進んでそのノートを取り出したのだが、自分から開こうとはしなかった。ケンジは長い白髪を頭の上でまとめ、いつもどおり困惑したような笑みを浮かべている。まるでほどほどに面白いジョークを聞かされたときのような笑みだ。声を出して笑うほどではないが、悪くないと思えるくらいのジョークを。

「ステップ8はどうなっている?」ケンジが訊いた。

私は水のように薄いコーヒーをひと口飲んで肩をすくめた。「もうすぐクリスマスだ。プレゼント交換でもするのか? もしプレゼントを用意してるなら、手ぶらで恥ずかしい思いをしたくないからな」

「マーク?」

「Tシャツのサイズは M だ。キッチン用品は充分にそた。「今日もキッチン用品はいらない」

「マーーーク？」ケンジは小さな子どもに説教をするように、低いバリトンの声で名前を伸ばして呼んだ。

「準備してるところだよ」

ケンジは含み笑いをしてスツールに坐ったままからだを反らし、近くに誰もいないことを確かめた。ダイナーの奥にあるボックス席に年老いた男がいるだけで、私たち二人とオウナーのルルしかいない。その老人は古ぼけた茶色のスーツに身を包み、《ニューヨーク・タイムズ》のクロスワードをしている。ルルのダイナーは細長い小さな店で、クロムめっきやフェイク・ウッド、それに埃でいっぱいのところだ。食事は美味《うま》く、盗み聞きをされる心配はまずない。

「どうかしたのか？」ケンジが訊いた。「上《うわ》の空みたいだが」

私はスマイリーとの一件を話した。状況を収めたことに胸を張ってもいいはずなのだが、スマイリーの頭蓋骨の欠片《かけら》が拳《こぶし》に食いこむまで殴りつけてやりたかったということも打ち明けた。

「よくやったと言ってもらいたいなら、言ってあげよう」ケンジに肩を叩かれた。「よくやったな」

「ありがとう、父さん」

「いつも同じことを言っているのはわかっているが、すぐに忘れてしまうから言っているんだ。変わるという決心は、一度きりのものじゃない。毎朝、目が覚めるたびに、あらためて心に誓わなければならないことなんだ……」

ルルが目の前にやって来たので、ケンジは口を閉じた。ルルの赤毛には白髪が交ざり、深紅色のキャッツアイ・グラスの奥では鋭い緑色の目が光っている。彼女はコーヒーのガラスのカラフェをもち上げて無表情でマグにコーヒーを注ぎ、レジスターのところへ戻って書類を整理しはじめた。

「簡単なことじゃない」ケンジは少し声を潜《ひそ》めてつづけ

けた。左前腕を覆う手のこんだカラフルなタトゥーに右手を這わせた――そのタトゥーはドラゴンの尾の部分で、ドラゴンのからだはケンジの胴体に巻き付いている。ドラゴンの頭は、ケンジの背中全体を占めている。そのタトゥーに触れるのは、かつての人生を思い出しているときだ。

「実際に膝を交えて話をするというのは……」私はためらいがちにコーヒーを口にし、その熱い液体が喉のつかえを和らげてくれることを願った。

「何年もまえに言ったことを覚えているか？」ケンジはソーサーの上でマグをまわした。

「進んでやる気持ち」

「二日まえの夜に、埋め合わせをした」ケンジはつづけた。「ここパセーイクに住んでいる、むかしのガールフレンドを見つけ出したんだ」マグを置いて拳を握った。「レストランを経営している。日本食とメキシコ料理をかけ合わせたやつだ。どんなものか想像もつかないが」

「ごちそうしてくれなかったのか？」

「行ったのは閉店後だ」

「それで、自分がしたことを打ち明けたと？」

ケンジは頷いた。「はじめはうろたえていたようだった。少し怯《おび》えてもいたけど、最後まで聞いてくれた。話し終えると、こう言われた。許しはしないが、ずいぶんまえのことだからもう恨んでいない。何年もまえにその苦しみと折り合いをつけたので、今度は私がその苦しみを背負う番だ、と。最後に、出ていって二度と顔を見せないでくれと言われた」

「どんな気分だった？」

「そのときは重苦しい気分だった。でも駅まで歩いているうちに、気持ちが軽くなってきた。これは、やらなければならないことなんだ」ケンジはゆっくりコーヒーを飲んだ。「やればやるほど、楽にできるようになってくる」

私は少しだけ笑い声をあげた。これが楽になるというのは、とてもではないが信じられない。

　実を言うと、ケンジに嘘をついていた。ステップ8――埋め合わせをするべき人たちのリストを作る――は、しばらくまえに終わっていたのだ。

だがステップ9は、実際にその埋め合わせをするということだった。

　そして次のステップに進むということは、そういったことが真実だと認めることになるのだ。

「わからないんだが」私は言った。「ステップ9は、そういう人たちを苦しめたり傷つけたりしないかぎり、機会があればできるだけ直接埋め合わせをする、となっている。もし傷つけるようなら、埋め合わせになるような生き方をしろと。つまり、よりよい人生を送れってことだ。それが奉仕のひとつになると。どうしてこのプログラムは、埋め合わせになるような生き方をしろってだけじゃないんだ？　相手にこんなことを打ち明ければ、さらに苦しめたり傷つけたりするのは目に見えてる。かさぶたを剝がすようなものだ。相手の気持ちを考えれば……復讐したいと思われたらどうする？」

　またケンジはあの笑みを浮かべた。「ステップ9に進みたくない人たちは、みんなそう言う」

　私はカウンターに両手をつき、流されていかないように自分を支えた。この両手が多くの苦しみを生み、ステップ8のリストをあきれるほど長くしたのだ。流れが変わりそうなのを感じたケンジは、私の左手に自分の右手を重ねてつなぎ止めようとした。反射的に手を引こうとしたものの、その温かい触れ合いが嬉しかった。

　ケンジの手も私の手と同じようなことをしてきたと考えるとなおさらだ。

「きみは私の四人目のスポンシー（支援を受ける人）だ」ケンジは言った。「まえの二人はあきらめてしまった。あとのひとりは、過去のつけがまわってきた。これまで、きみは本気でひとつずつステップをこなしてきた。ちゃんとこなそうとミーティングにも顔を出した。そしてここに来て、壁にぶつかった。私はまたひとりスポンシーを失いたくはない。いいかい、これは思いやる心なんだ。リストの人たちに対してだけでなく、自分自身に対しても。これは、自分自身を許せるようになるためなんだ」

「わかってる。ちょっと意固地になっただけだ」

「かなり、だな」

四秒で息を吸い、四秒止め、四秒で吐いて、四秒肺を空にする。

ケンジの言うとおりだ。ステップ9に進むということは、終わりにできるということだ。そしていつか——本当の意味で自分を許せる、あるいは心の平穏を見いだせる、などとは思っていないとはいえ、もしかしたら夜にぐっすり眠れるようになったり、そこまで自分を嫌わずにすむようになったりできるかもしれない。

それで充分なのかもしれない。

うしろでドアのチャイムが鳴った。若いカップルが入ってきた。目の高さに携帯電話を掲げ、二人ともその携帯電話に向かってイカれたような笑みを向けている。男は黒いスカルキャップをかぶり、しゃれた感じで首にぼろぼろのスカーフを巻いている。女は大きくてぶ厚い眼鏡にピンクのファーコートという格好で、頭を剃り上げている。

「今回の『まだ見ぬ食べ物』は」若い男が言った。「〈ルルのダイナー〉に来ています。あまりにも寂《さび》れたところにあって、イェルプのサイトにも載っていません。しかも——」

ルルが指を鳴らすと、男はしゃべるのをやめた。そしてルルは書類からペンも視線も上げずにドアを指差し、こう言った。「出ていって」

二人は開いた戸口で立ち尽くしていた。冷たい十二月の空気が店内の温かい空気を追い出していく。二人ともことばに詰まり、助けを求めて私たちに目を向けてきた。

私は軽く肩をすくめてみせた。「彼女を怒らせると恐いぞ」

二人は黙って出ていった。

これだから、私たちはルルの店に来るのだ。

まだケンジの手が重なっているのに気づいた。私たちはその触れ合っている手を見つめてからおたがいに目を向け、思わず噴き出した。さっきの二人は、そのときの私たちにとって必要なガス抜きのためのバルブの役割を果たしてくれたのだ。

ケンジが財布に手を伸ばした。だが私もポケットには折った五十ドル紙幣があり、出ていく用意はできていた。私がその札をカウンターに置くと、ケンジはため息をついた。

「ここは私が……」ケンジは言った。

「いいんだ」

ケンジは習慣や伝統にこだわりがあり、いつも私が払うことを嫌がっていた。とはいえかつての人生を捨てた私には、かなりの蓄えがあった。ケンジがかつての人生を捨てたときは、着の身着のままの状態だった。

「ありがとう」ケンジは軽く頭を下げた。「そうだな、今年はプレゼント交換をするのもいいかもしれない。ずいぶん久しぶりだ」

「あれは、ちょっと意固地になってただけだ。いつものことさ。去年のクリスマスのことを考えると……」

「もしかしたら」ケンジはつづけた。「嫌な記憶を乗り越えて、いい記憶で上書きするべきかもしれない」

同時に二つの感情が押し寄せてきた。プレゼント交換というごくふつうのことをするという考えに心が弾み、そしてもちろん、去年クリスマス・プレゼントを包んだときに起こったことへの耐えがたい罪悪感がよみがえってきたのだ。

だが、これも私が望む人生へいたるための小さなステップのように感じた。

あたりまえのことが起こる人生。

「予算は五十ドルまで」私は言った。「それでいいかい？」

「いいだろう」

私たちは立ち上がり、コートを着こんだ。ルルは気づいたかもしれないし、気づいていないかもしれない。私はルルに向かって大声で呼びかけた。「なあ、ルル、もうすぐクリスマスだ。飾り付けでもしたほうがいいんじゃないか」

「そうねえ」彼女がそう言ったように聞こえた。

ケンジがドアの方を示した。「ドーナッツを買わないと」


教会の地下はがらんとしているものの、二、三十人で親睦会や募金活動をできるくらいの広さがある。隅にある折りたたみ式テーブルには開いたドーナッツの箱が置かれ、その横ではコーヒーポットが音をたてている。壁は淡い青緑色で、床は白黒の格子柄。時が止まっているかのようなところだ。そしてその時代は一九八二年だった。

ケンジが身を乗り出し、目の前の小さなテーブルにリップスティックくらいの大きさの銀色の装置を置いた。その装置は、この部屋の外から会話を聞かれたり録音されたりするのを防ぐためのものだ。その隣にはケンジのビッグブックが置かれている。私のよりもさらにぼろぼろだ。ページがばらばらにならないよう、太くて青い輪ゴムで留められている。

「アサシンズ・アノニマスへようこそ」ケンジが口を開いた。「私はケンジ。人殺しだ」

ケンジは部屋を見まわし、ひとりひとり順番に目を向けた。全部で五人。金属製の茶色の折りたたみ椅子に坐り、頭上では蛍光灯が音をたてている。

ヴァレンシアは赤いフランネルにジーンズという格好だ。真っ黒の髪は短く、起きたばかりのように乱れている。いつもと変わらぬ表情を浮かべている。何かひどい臭いを嗅《か》いだときのような顔つきだ。

ブッカーはどこからどう見ても海兵隊員だ——禿《は》げ上がり、薄茶色の肌には黒いトライバル・タトゥーが彫られ、コンバット・ブーツにファティーグ・パンツといういでたちをしている。目はあたりを見まわし、何かが起こるのを待っている。大爆発する言いわけを探しているのだ。

スチュアートはこのグループの最年少で、ほかの人たちよりも少なくとも十歳くらい若く、しかももっと若く見えるような服装をしている——大きすぎる黒いスウェットシャツにだぶだぶのカーゴパンツだ。椅子に腰かけている様子は、まるで大きな捕食者からエサを盗み取る動物のようだ。

「アサシンズ・アノニマスは」ケンジはつづけた。「自分たちの経験や力、希望を分かち合い、いっしょに共通の問題を解決したり、立ちなおるのを助け合ったりするための男女の集まりだ。参加するのに必要な条件はたったひとつ、やめたいという願いだけ。どんな宗教、宗派、政党、組織、団体にも縛られない。おもな目的は、殺すのをやめること、そしてほかの人たちも殺すのをやめられるよう手助けをすること。

アサシンズ・アノニマスには、武器だけでなく、かつての政治的な立場ももちこまない。コードネームやニックネームがあったとしても、ここでは使わない。自分の話を分かち合うといっても、詳細はできるだけあいまいにする。新しい仲間を連れてきたい場合、その人をしっかり審査することに同意する。これは私たちを守るためだ。詮索の目からだけでなく、おたがいからも」

ケンジは冗談で言っているのではない。聞いた話では、数年まえにロサンゼルスのミーティングで二人のプロの殺し屋が自分たちの通り名をあかし、うかつにも何十年ものあいだたがいに死闘を繰り広げてきたことが明るみに出てしまった。そのミーティングが終わったときには、四人が死んでいたということだ。

名前をあかさないというのはどんな回復プログラムにおいても重要なことで、ここではなおさらそうだった。

「ヴァレンシア」ケンジが呼びかけた。「ステップを読み上げてくれないか？」

ヴァレンシアは椅子の上でからだを動かして目を閉じ、思い出そうと間を取った。通常のアルコホーリクス・アノニマスでは資料があるのでそれを読めばいいのだが、ここでは何も文書として残さないようにしている。

「毎回こんなことをやらなきゃならないのか？」ブッカーが訊いた。

ケンジは嬉しそうではなかった。ブッカーはこういうやつなのだ。「いいか」ケンジはつづけた。「ステップは自分自身を殺さないため、そして決まりはおたがいを殺さないためにある。ヴァレンシア？」

ブッカーは大きく息を吐き、首から木製のロザリオ・ビーズをはずして左手に巻き付けた。ミーティングのはじめには、いつもこうしている。言っていることとやっていることがちがうと指摘してやりたかったとはいえ、いまはそのときではない。ヴァレンシアが暗唱をはじめた。

「一、私たちは無力であり、思いどおりに生きていけなくなったことを認めた。

二、自分たちを超えた大いなる力が、私たちを健康な心に戻してくれると信じるようになった。

三、私たちの意志を、自分なりに理解した大いなる力の配慮に委《ゆだ》ねる決心をした。

四、怖れずに、徹底して自分自身の棚卸しを行ない、その一覧を作った。
五、大いなる力に対し、自分自身に対し、そして他人に対し、自分の過ちの本質をありのままに認めた。
六、こうした性格上の欠点すべてを、大いなる力に取り除いてもらう準備が整った。
七、私たちの短所を取り除いてくださいと、謙虚に大いなる力に求めた。
八、私たちが傷つけたすべての人のリストを作り、その人たち全員に進んで埋め合わせをしようとする気持ちになった。
九、その人たちやほかの人を傷つけないかぎり、機会があるたびにその人たちに直接埋め合わせをした。
十、自分自身の棚卸しをつづけ、まちがったときにはただちにそれを認めた。
十一、祈りと黙想をとおして、自分なりに理解した大いなる力と意識的な触れ合いを深め、その意志を知ることと、それを実践する力だけを求めた。
十二、これらのステップを経た結果、私たちは霊的に目覚め、このメッセージを自分たちのような人たちに伝え、そして私たちのすべてのことにこの原理を実行しようと努力した」

この十二のステップを聞くと、いつも同じ気持ちになる。このステップをやり遂げてみせるという願望と興奮、そしてそのためにやらなければならないことに対する絶望的な恐怖だ。

ヴァレンシアは暗唱をつづけた。「私たちの誰ひとりとして、これらの原理を完全に実行できたという人はいないのだ。私たちは聖人ではない……」

この個所では、いつも含み笑いが起こる。

「大切なのは、私たちが霊的な路線に沿って成長したいと願っていることである」

ヴァレンシアがケンジに目を向けると、彼は頷いた。

「ありがとう」ケンジが言った。「それじゃあ……」

スチュアートが、先生のお気に入りの生徒のような速さで手を挙げた。

「スチュアート」ケンジはちらっと私に目を向けて言った。「今日はほかにも話が……」

「いいさ」私は言った。「問題ない。急ぎの要件でもないし」

スチュアートは膝の上で両手をひねっていた。「ええと、その……」

「またかよ」ブッカーがつぶやき、ほかの人たちを見やった。〝いい加減にしてくれ、そうだろう？〟とでも言っているかのようだ。

すぐさまスチュアートは口を閉じ、床に視線を落とした。

「ブッカー、ここではそういうやり方をしないというのはわかっているはずだ」ケンジは穏やかだが厳しい口調で言った。「誰もが話を分かち合う時間を与えられている。そして決めつけてかかられることもない。たったひとつの条件は、やめたいと願っていることだ」

「ただ」ブッカーは傷だらけの手をスチュアートの方へ振った。「こいつは気味が悪い、そうだろう？　みんなそう思ってる。おれたちといっしょに坐ってるのが気に食わない。おれたちがやったのは、ゲームのプレイアーたちに対してだ。おれが殺したのは、司令官やテロリストだ。罪のないやつらは殺してない」ブッカーはスチュアートに視線を向けた。「ちなみに、この集まりのこと、いったいどこで知ったんだ？　これはアサシンズ（暗殺者）・アノニマスだ。シリアルキラー（連続殺人犯）・アノニマスじゃない」

私はケンジに目を向けられた。口を挟んでほしいのだ。これもAAとの大きなちがいのひとつだ。通常のAAのミーティングでは話をするためのランウェイを与えられるが——私たちのミーティングはたびたび話し合い療法に形を変えることがあるのだ。

「マーク?」ケンジに声をかけられた。

ブッカーの注意が私に向けられた。

スチュアートはためらいがちにちらっと私を見た。

「いくつか言いたいことがある、ブッカー」私は言った。「おれだけじゃなくて、おまえもよくわかってると思うが、スチュアートはケンジの審査をとおった。ほかのみんなと同じようにな。もうひとつは、おれたちは殺し屋も受け入れているとはいえ、殺し屋と暗殺者はちがう。どう思おうと勝手だが、この会話をするのははじめてじゃない。おれたちがやったのは、カネやスリルのためだ。もしくは、それしか得意なことがないからだ。ここにいるスチュアートには」――縮こまっている男を身振りで示した――「抑えられない欲求がある。それは、むかしから依存症と結びつけられてきたことだ。つまり、ここは彼にとってぴったりの場所ってことだ。ここにスチュアートがいるということは、誰かが殺されずにすんでいるってことになる。傭兵のためにも道を切り開いておきたいのか? プライベート・コントラクターに鞍替えした海兵隊員の場合は、そううまくはいかないだろう……」

ブッカーは無意識に前腕の筋肉を動かした。ブッカーが打ち明けた話から、彼についてそれくらいはつなぎ合わせていた。ブッカーは、自分の軍種を言い当てられたのが気に入らないようだ。とはいえ、海兵隊員というのは見分けるのがたやすい。いつもいきがっているからだ。

「……だけど、おれたちがここにいるのは、まっとうな人間になろうとしているからだ。だからこそ、みんなでスチュアートを支えてやるべきだと思う。責めるんじゃなくて」

「勝手にしろ」ブッカーはそうつぶやいて腕を組んだ。

私はヴァレンシアに目を向けた。彼女のことはさっぱりわからなかった。このなかでいちばん口数が少ないのだ。ブッカーは海兵隊上がりの傭兵。ケンジはヤクザの殺し屋。スチュアートはスチュアート。ヴァレンシアについてはっきりしているのは、メキシコ人ということだけだ。とはいえ軍人や警察官といった雰囲気はないので、麻薬カルテルにでも関わっていたのだろう。

「ヴァレンシア、どう思う?」私は訊いてみた。

「ちょっと口出しがすぎるんじゃないかしら」輪になったグループの先にある壁の、さらに向こうを見つめている。

「ミーティングに戻ろう」私はスチュアートにウィンクをした。「何か話したいことがあるんだろう、スチュアート?」

「ええと」床に視線を落としたまま、いままでは自分を支えるように胸の前で腕を組んでいる。「昨夜、うちのアパートメントの近くにあるバーに行った。そこのフライドポテトが大好きなんだ。ハンバーガーはたいしたことないけど、ポテトは美味い。それでポテトを頼んだんだけど、バーテンダーの女がおれのタイプだった」口元がにやりと歪んだ。彼の〝タイプ〟ということばに、その場にいる全員が少しだけからだを強張《こわば》らせたように思えた。

スチュアートは話しているうちに口が滑らかになっていった。「そこはアストリアだから、ラストオーダーの時間を過ぎたら静かになる。彼女のあとを尾《つ》けて、どこに住んでいるか突き止めてもよかった。話しかけて、彼女のことをちょっとばかり知るのもいい。まえから得意なんだ、人と打ち解けるのが。でも、しなかった。ポテトを食べ終わったら、カネを払ってうちに帰った」

ケンジが熱烈な拍手をした。私たち三人はケンジにならったとはいえ、そこまで気持ちはこもっていなかった。「頑張ったたな、スチュアート」ケンジが言った。

「どんな気分だった?」

スチュアートは首をかしげ、左手の親指を右手のひらに押しつけた。「冷蔵庫のなかで口にリンゴをくわえてる彼女の生首をいまでも想像するけど、大事なのは、彼女の頭はいまも肩の上にあるってことだ、そうだろう?」

部屋が気まずさで包まれるのを感じた私は、また拍手をした。誰もつづかなかったが、そんなことはどうだっていい。沈黙が破れたのだから。「一歩ずつだ」私はスチュアートに言った。「一歩ずつやっていくんだ」

ブッカーが何かつぶやいたが、聞き取れなかった。ケンジがため息をついた。「ありがとう、スチュアート。さて、次のミーティングなんだが、特別なミーティングになる……」

私のからだのなかに温かいものが広がっていった。どんなに人生で成功しようが、しょせんは誰もが先生から金メダルをもらいたがっている小さな子どもなのだ。

「マークがあと何日かで一年を迎える」ケンジが言った。

これには全員から拍手があがった。スチュアートのときよりも、ずっと熱烈な拍手だ。

ここでいちばん長くつづいているのはケンジだ。五年とちょっとになる。ヴァレンシアは四年で、ブッカーは三年。このグループの新入りのスチュアートはまだ数カ月だ。最初の数カ月というのは回復プログラムに取り組んでいる人にとっては重要な時期なので、私はスチュアートを励ましてやりたかったのだ。

全員が、私が話すのを待っていた。

「自分でも信じられないくらいだ」まえにもらった賞——六カ月メダル——をポケットから取り出した。書かれている文字はほとんど読めなくなっている。本物だというのを確かめるために何度も指で擦《こす》っていたせいで、固いプラスティックの表面がすり減ってしまったのだ。「今日もそのことを考えていた。あの感覚が消えることは一生ないだろうと。からだに刻みこまれたあの感覚が。それでこう思った。本当に変われるんだろうか、と。でも、変われるか変われないかは重要じゃない。肝心なのは、変わりたいという思いなんだ」

私は顔を上げ、順番にひとりひとりと視線を合わせていった。

「これだけは言わせてほしい。みんなには感謝してる。人の命を奪うと自分がどうなるか理解している人はいない。自分のなかの何かがおかしくなるということを。でももっとひどいのは、それに慣れて、たんなる仕事になってしまうことだ。映画では孤高の職業みたいに描かれてるが、現実では、おれたちはただの道具にすぎない。力をもった誰かがもっと力を手に入れるための道具。これだけは正直にきっぱり言える。いまだにむかしの思考パターンがよみがえってきて苦しめられることがあるが、また人を殺したいとは思わない。そう考えると気分がいい。心の底から、おまえらクズどもには感謝してるよ」

ブッカーが大声で笑いだし、ケンジは険しい視線を向けてきた。ケンジが口を開くまえに、私は手を挙げた。

「クズどもと言ったのは、みんなが元人殺しだからじゃない。いつもミーティングのあと片付けをおれひとりに押しつけるからだ」

「いいだろう」ケンジが少しだけ目をまわして言った。「まだ時間がある。ブッカー、話を分かち合ってみるかい？」

それぞれが自分のことを語った。話はほとんどいつもと同じだった。ブッカーはかつて殺した人たちの亡霊の話をした。食料雑貨店についてきたり、夜中にベッドの足元に立ったりするという。ヴァレンシアは、母親になりたいという思いを語った。だが人を殺《あや》める母親にはなりたくない、いつか子をもつにふさわしい母親になりたいと。ケンジは、キョウトで殺した男のガールフレンドに数日まえの夜に埋め合わせをしたことを話した。

話す時間は決められていない。五人しかいないので、一時間もたないこともある。不機嫌な者がいれば、それまでだ。とはいえ同じ話を繰り返すことになった夜でも、そこにいるだけで安らぎを覚えた。こういった人たちとともにときを過ごし、自分ひとりではないと感じることで。

彼らの話を聞きながら、来たるべき節目の日のことを考えた。

人生最大の過ちを犯してから、ちょうど一年になる。ほかにもさんざん過ちを犯してきたが。

私のなかで安堵感が広がっていき、一時間後には平安の祈りを唱えた。両手を合わせ、ほかのメンバーと声をそろえる。まるではじめてその祈りを唱えているかのような気分だった。

「自分に変えられないものを受け入れる冷静さをお与えください。変えられるものは変える勇気を、そしてその二つを見分ける賢さを」

部屋が片付くと、私は目を閉じて大きく息をついた。あと片付けを押しつけたみんなをぶん殴ってやりたいところだが、実際には楽しんでいた。そのあいだもの思いにふけり、頭のなかでミーティングの内容を整理できるからだ。そうやっていくらか気を静めてから、現実の世界に戻るというわけだ。そこでは光や音、それにまわりの人々のせいでまた神経を尖らせることになるのだ。

ほんのわずかの時間だが、私は穏やかな気持ちになった。

背後で足音が聞こえた。振り向くと、部屋の反対側でスチュアートが気まずそうに立っていた。からだの前で両手を組み、まばたきひとつせずに私を見つめている。つい虫を思い浮かべてしまった。明かりをつけると部屋のなかにいて、どこへ逃げようとするか予想もつかない虫を。スチュアートが暇なときにどんなことをしていたか知っているので、不安を感じているだけかもしれない。少しばかり沈黙が長すぎ、私は口を開いた。「どうしたんだ?」

「殺し屋と暗殺者って、どうちがうんだ?」

「殺し屋っていうのは、政治的グループや犯罪組織からカネをもらって人を殺す。暗殺者は宗教的や政治的な目的で殺すが、必ずしもカネをもらえるわけじゃない。その境界線はあいまいだ。リー・ハーヴェイ・オズワルドは暗殺者だ。この業界には世界の歴史を変えた男や女もいて、それは決して知られることはない。そいつらはたっぷりカネをもらってる。この二つはおたがいに言い換えられるとも言えるし、言い換えられないとも言える。バーボンはどれもウイスキーだけど、すべてのウイスキーがバーボンというわけじゃないのと同じようなことだ」

スチュアートは首を振った。「よくわからない」

「ちょっと極端だったかな。でも、いまはそれくらいしか思い浮かばない」

「それなら、おれはなんになるんだ?」

「人殺しさ、おれと同じで。ここにいていい人間だ、おれと同じでね」

スチュアートが数歩踏み出し、私はからだを強張らせた。スチュアートはそれに気づいたのだろう、すぐに立ち止まった。スチュアートについてわかったことがひとつあり、しかもその点を評価していた。それは、自分が他人をどんな気持ちにさせるか自覚しているということだ。「ケンジがしゃべっているときに口を挟んだことを謝りたかったんだ」彼は言った。「それと、ブッカーとのあいだに入ってくれてありがとう」

「ブッカーは、紙やすりみたいなベッドで寝てるからな。まあでも、あいつも悪いやつじゃない。おれたちみんなそうだ。ただ、まちがいを犯したことを認められるっていうのは、それだけ恵まれてるってことだ」

「その言い方、いいな」スチュアートはじっくり考えていた。「恵まれてる、か」

「おれが言ったわけじゃない。まえにケンジに言われたことばなんだ」

　スチュアートは床に視線を落とした。「でも、わかってるんだ。おれはあんたたちとはちがう。正確に言えば」

「なあ、スチュアート」私は彼を正面から見据え、視線が合うのを待った。「ここにいていいんだよ」

「ありがとう。あんたに言われると、嬉しいよ。ところで……」また床に目をやり、足を擦ってから私に視線を戻した。「まだおれにはスポンサー（助言役）がいない。どうだろう……なってくれないかな？」

　肌がざわつき、鳥肌が立った。

回復プログラムでスポンサーをもつ必要はない。ケンジは私のスポンサーだが、ケンジにはスポンサーはいない。ブッカーとヴァレンシアはおたがいのスポンサーをしている。私は誰かのスポンサーになることなど考えたこともなかった。これまではスチュアートをかばうだけで満足していた——もし彼が変われるなら、自分も変われると思うからだ——だがスチュアートが立ちなおるのに積極的な役割を果たすというのは、関わるレベルがちがう。まだその心構えはできていない。いまはまだ自分自身のことで精一杯なのだ。

「考えさせてくれ」私は言った。スチュアートは頷き、それからひとことも口にせずに部屋の反対側にある暗くなったドアから出ていった。スチュアートがいなくなると、空気が少し軽くなったように感じた。

　複雑な感情が腹のなかで交ざり合っていた。スチュアートを傷つけたかもしれないと、少しだけ悔やんでいた。そのいっぽうで、もうこの会話をしなくてすむかもしれないと、少しだけほっとしていた。

かつての自分なら、数学的に考える。その方程式は簡単だ――スチュアートの命を奪えば、多くの人たちを救える可能性がある。それなら、スチュアートの喉《のど》を切り裂いてそのへんに放っておけばいいだけだ。

だが、いまの私はかつての私とはちがう。いずれはスチュアートに立ちなおってほしいとはいえ、スポンサーとスポンシーの関係になるというのは、深く関わることを意味しているのだ。

ケンジに相談しなければならない。ケンジなら、私にはまだ早いと言うかもしれない。

そう願いたい。

テーブル脇のごみ箱に食べ残しのドーナツを捨てようとしたとき、背後で擦れるような足音が聞こえた。

「どうしたんだ、スチュアート、忘れものか？」私は声をかけた。

振り向いたとたん、勢いよく胸にブーツが飛んできた。

3

痛みなんてどうってことない。

――ダルトン『ロードハウス』

現在
バワリー

そのブロックを三周して尾けられていないことを確かめ、さらに十分待ってからドアマンに気づかれないようにして入った――あのロシア人がどこかへ行ってしまったのはまちがいないとはいえ、それでもここに来るのは気が引けた。廊下の端に目をやりながら、アパートメントのドアを叩いた。痛みが薄れて感覚がなくなってきていたので、そこまで気が引けたわけではない。からだのなかの血の量は限られているのだ。

彼女は家にいないかもしれない。もうここに住んでいないこともあり得る。だがそのとき、ドアスコープのレンズが陰った。チェーンの音がしてロックがはずされ、ドアがわずかに開いた。

アストリッドはラヴェンダー色のシルクのバスローブを着ていた。彼女の引き締まって均整の取れたからだを際立たせている。秋の葉のような色をした長い髪は、シャワーを浴びたばかりらしく濡れている。顔は滑らかでメイクもしていないので、そこに刻まれた年がうかがえる。いつものように、彼女を目にすると息が詰まる。好みは人それぞれだが、私にとってアストリッドはまさに理想の女性だった。

とはいえ、それを口にしたことはない。私たちの関係は純粋にプロとしてのもので、そのプロとしての関係がどこまで通じるか試そうとしているところだった。

しばらく会っていなかったため、私だと認識するのに少し時間がかかった。すると、アストリッドの顔が困惑で歪んだ。「マークなの？　一時間後に友だちと会うことになっていて……」

アストリッドは、私が腹に押し当てている布きれに視線を落とした。

「いったい……」

「入れてくれないか？」

アストリッドは口を開いたまま脇へよけた。私は趣味のいい家具がしつらえられた飾り気のないリヴィング・ルームに入った。カウチに坐ろうかと思ったが、白いレザーなので染みが付くかもしれない。そこでバスルームへ行くと、かなり散らかっていた――メイクの道具が置きっぱなしで、床には使用済みの数枚のタオルが落ちている。私は猫足バスタブに汚れた布を放り投げた。「久しぶりだな。予約してない場合、いまの相場はいくらくらいなんだ？」

アストリッドはドアのところに立ち、気持ちを落ち着けようとしていた。「六千ドルよ」

「一万二千払う」私はシャツを脱ぎ、腹のどす黒く腫《は》れた深い傷をようやくじっくり眺めることができた。まだ血がしたたっているとはいえ、ゆっくりになってきている。状態がよくなっているのか、ガス欠になりかけているのかはわからない。気分が悪いというのはいい兆候ではない。私はバスタブにへたりこんだ。

アストリッドはしっかりローブを合わせ、私を見下ろした。「最後に会ったのは一年以上まえよ。連絡もしないで押しかけてくるなんて」

「きみの電話番号を消したんだ」一瞬、アストリッドの顔にがっかりしたような表情が浮かんだが、ただ私がそう思いたかっただけかもしれない。「すまない、本当に。でも病院へ行けば、一生、刑務所で過ごすことになるか、そこへ行くまえに殺されるはめになるかのどちらかだ」

アストリッドは大きく息を吐き、携帯電話をタップして耳に当てた。

「わたしよ。ごめんなさい、家族のことで急用ができちゃって……いいえ、大丈夫よ。でも今夜は行けないわ……あとで連絡する」

アストリッドは携帯電話をシンクに置き、その下をあさった。私には目も向けずにオレンジ色の錠剤のボトルを手渡してきた。「ヴァイコディンよ。すぐには効かないけれど、飲んでおいてよかったと思うわよ」

私は水なしで二錠飲んだ。アストリッドは手早く救急セットを用意し、膝をつけるよう床にきれいなタオルを敷いた。それから手を洗って拭き、青いゴム手袋をはめながら訊いた。「刃の長さは？」

「三、四インチ」

アストリッドはコットン・パッドで傷口を拭き、オレンジ色の抗菌溶液を塗った。そして刺し傷のまわりに少量の注射を打った。

「リドカインか？」私は訊いた。

アストリッドは頷いた。「欠片か何か入っていないかどうか確かめないと。わたしにできるのは、傷口から指を入れて触って調べることくらいよ。確実とは言えないし、見逃すこともあり得るわ」注射器を掲げた。「これを注射したところで、たいして痛みを和らげてくれるわけじゃないけれど」

「ないよりはましだ。心配するな、あとで死ぬことになったとしてもきみのせいにはしないから」

アストリッドは眉をひそめた。

「終わったら出ていく。だから死ぬとしても、遺体を動かす手間はかけない。決まりは覚えてる」

アストリッドは手を上げて指を広げた。「覚悟はいい？」

私はヴァイコディンのボトルを開け、さらに二錠飲んだ。すぐには効かないので、実際には覚悟はできていなかった。だが、ほかにどうしようもない。アストリッドに小さなタオルを渡された。

「これを口にくわえて」

私がタオルをくわえると、すかさずアストリッドは取りかかった。傷口から指が滑りこみ、視界で星が大爆発した。

痛みというのは情報だと言っていたボクサーがいる。肩が痛むなら、肩を守る。あばらが痛いなら、そこをカバーする。そうやって対応することで、ほとんどんなことでも乗り切れると。

ただしこれは——死ぬほど痛い。

罵声を浴びせてわめき散らしたい衝動を必死に抑えこんだ。アストリッドの指にからだのなかを調べられながら、じっとしていることに全神経を集中していた。指でなでられ、まさぐられ、まるで何かを引きちぎられるような感じがした。

永遠とも思える時間が過ぎ、アストリッドは血まみれの指を抜いて臭いを嗅いだ。「腸は無事のようね。

内臓の隙間にもそれほど血はたまっていないようだし。でもさっき言ったように、絶対とは言い切れないわ。縫い合わせるから、終わったら出ていってちょうだい」

「ああ、わかってる」何か飲ませてほしいと頼もうとした――アストリッドはバーカートに上等のウイスキーを常備しているのだ――とはいえヴァイコディンにアルコールが加われば、出血がひどくなるかもしれない。少なくとも針と糸で皮膚を縫い合わされる痛みは、リドカインが和らげてくれている。とにかく脳の痛みセンサーが大混乱になり、火花が飛び交っていた。いまは激痛によって何もかもがかき消されている。

「説明してくれるの?」アストリッドが訊いた。

「説明って何を?」私はとぼけた。

針が引っかかり、アストリッドは慎重に針を刺しなおした。「人を傷つける仕事をしているのは知っていたわ。でも何度訊いても、その理由やいきさつを教えてくれなかったじゃない」

「そのほうがきみのためだ」

「いまは知りたい。突然駆けこんできたんだから、せめてそのくらいはしてほしいわね」

「一万二千ドルじゃ足りないのか?」

アストリッドは針から手を離した。「なんなら、あなたが自分で縫ってもいいのよ。どっちでも同じことだから」

「助けてくれて感謝してるし、きみには世話になってる。でも正直に言う。知らないほうが身のためだ」

「わたしも巻きこまれるってこと?」

「尾けられないように念を入れた」

アストリッドは笑みを浮かべた。それで納得したらしく、また縫いはじめた。

「誰かほかの人を見つけたのかと思っていたわ」

「何週間かまえに紙で深く切ったんだけど、自分でなんとかできそうだったから」

「そう」〝そう〟のひとことだけだった。どういう意味だろうか考えた。だが訊かずに、彼女の手を見つめていた。長くて繊細な手は、コンサート・ピアニストのような速さと正確さで作業をしている。数分後には縫い終えた。いつのまにか、傷はそれほどひどくは見えなくなっていた。

アストリッドは手袋をはずし、バスタブの私の足元に放った。「感染したり痣《あざ》になったりしないかぎり、大丈夫よ。痣になれば内出血をしてるってことだから」アストリッドは床に坐ってバスルームを見まわしたが、私にだけは目を向けようとしなかった。私は少しからだを沈め、バスタブのなかで楽な姿勢を取ろうとした。しばらく二人とも息を整えていた。

私はポケットから箱形の黒い携帯電話を取り出し、指紋認証で起動して十桁の暗証番号を打ちこんだ。アストリッドがにんまりした。「まだそんな大きながらくたを使っているの？　いまどきの子は、みんなiPhoneだっていうのに」

「この大きながらくたは」連絡先をスクロールした。「ハッキングも追跡もできない。情報を盗み出そうとすれば、データが消える。戦車に踏まれても大丈夫だ。さて、電話しなきゃならないんだけど、ひとりにしてくれないか？」

「だめよ」

「だめって、どういうことだ？」

アストリッドに険しい目つきでにらまれた。「知らないほうがいいっていうのはわかったけれど、何もかも隠そうなんてわけにはいかないわよ」

「いいだろう。友だちに電話する。電話に出れば、おれのアパートメントへカネを取りに行ってもらって、ここにもってくるよう頼める。できないと言われたら、自分でカネを取りに行く」

二度目の呼び出し音で、ケンジが電話に出た。「マーク？　大丈夫なのか？」

「そうでもない。話せるか？」

すぐには答えなかった。きっと安全なところへ移動しているにちがいない。ケンジが使っているのはふつうの携帯電話だ。いくらこちらの携帯電話が高度に暗号化されているとはいえ、会話は短くあいまいにしたほうがいい。また口を開いたケンジは声を潜めていた。

「何があったんだ？」

「みんなが帰ったあと、急に客がやって来た。背が高いロシア人で、前腕に五つの点のタトゥーがあった。とにかく嫌なやつだ。いまは大丈夫だが、手を貸してもらえると助かる。おれのアパートメントからもってきてもらいたいものがあるんだ」

ケンジは間を空けた。「いまは都合が悪い。でも、大丈夫だと聞いてほっとした。肝心なのはそこだ。状況がわかるまで、距離を置いたほうがいいと思う。街を出たほうがいいかもしれない」

「どういう意味だ、街を出るって？　どうなってるか突き止めないと」

「身を守るのが先決だ」

「おれは逃げたりなんかしない」

「むかしのマークが言いそうな台詞だな」

言い返そうとしたが、できなかった。「わかった、聞いてくれ、ほかのやつらが大丈夫かどうか確かめてくれないか？」

「ドラフトに書きこんでおく。そのロシア人についても調べてみる」

「助かるよ。気をつけてくれ、いいな？　油断しないように」

「マークもな。何かあったら連絡してくれ」

私は電話を切った。狙われているのは自分だけであってほしいと願った。そのはずだ、そうだろう？　復讐を果たそうとしている者か、私を黙らせておきたいと思っている者かのどちらかだろう。私が殺した人間の家族か友人かもしれないし、私が雇われていた組織、あるいは敵対していた組織の誰かであってもおかしくない。

鍵はあのノートだ。

どうしてやつはノートを奪ったのだ？

「マーク」アストリッドが口を開いた。

「なんだ？」

「お金は？　それと、バスルームをきれいにしたいんだけど。散らかっているのはいいとして」──アストリッドはバスルームを見まわして肩をすくめた──「血だらけだから」

「ああ、そうだな」私はゆっくり起き上がった。傷口が突っ張ったものの、開きはしなかった。「からだを洗わせてくれ」

バスルームから出ていくまえにアストリッドが言った。「あなたが着られそうな服があるわ」

「家に帰って、現金をもって戻ってくる」

アストリッドがたたんだ服をもってきた。「きれいなタオルを渡したいところだけど、もうないの。それとわたしの電話番号を登録して。お金を払ってもらうまで、また姿をくらますなんて許さないわよ」

彼女の電話番号を消去した理由はありとあらゆる誘惑と決別する必要があったからだ、そう言ったところでわかってはもらえないだろう。もっとひどい怪我を負った場合に治療してくれる人がいなければ、怪我を負うのをためらうようになるものだ。

だが、電話番号を消すのは心も痛んだ。長いことアストリッドは私の人生の大きな一部だったのだ。私の日常の一部と言えた。命を救ってもらったのは一度だけではない。手当てをしてもらいながらいっしょに笑ったこともある。だからこそ、私は彼女の住所を知っている数少ない患者のひとりなのだ。

アストリッドの笑い声が恋しかった。甲高《かんだか》くて元気に満ちた笑い声は、ポップ・ミュージックのようだった。

そんなことを打ち明けたところでなんになる？　どこから話せばいい？

「わかった」私は携帯電話の番号を読み上げた。アストリッドがその番号に電話をかけて切った。これでまた彼女の番号が登録された。「すぐに戻る」

ウエスト三番ストリートとサリヴァン・ストリートの交差点に近づくにつれ、窓を閉めていてもタクシーのなかに鼻を突く薬品臭が漂ってきた。その臭いと点滅する光に気づき、今夜はこれだけではすまないような予感がした。

角を曲がると、半ブロック先の建物の六階部分から黒い煙が夜空に立ち上っていた。

ちなみに、私のリヴィング・ルームがあるあたりからだ。

運転手に五十ドル札を放り投げ、ドアを開けて飛び出した。混雑した車のあいだを全力で駆けだそうとしたが、傷口が開くとまずいのでゆっくり走らざるを得なかった。

緊急消防隊を取り囲むようにして集まっている人ごみのなかに、グレーのプラスティックのキャット・キャリーを手にしたミセス・グエンを見つけたとたん、ほっとした。私に気づいたミセス・グエンはキャリーを頭上に掲げた。

「あなたが上に取り残されているんじゃないかと心配していたの」ミセス・グエンが言った。「この子はうちの非常階段のところにおりてきたのよ」

キャリーを受け取ると、なかでP・キティがもぞもぞした。光や臭い、騒々しさに声をあげている。私はキャリーをおろし、ミセス・グエンに両腕をまわした。彼女のハグが力強く、腹の傷が燃え上がって息が詰まった。

まえからP・キティが窓を抜け出してミセス・グエンのところへ行き、エサをもらっているのではないかと疑っていた。私は彼女の頭のてっぺんにキスをして言った。「おれの言うことを無視してくれてありがとう」それからキャリーを目線までもち上げ、なかを覗いた。見事に間の抜けたオレンジ色の毛玉になっているP・キティは、私を見て軽く威嚇《いかく》してきた。

「おれも愛してるよ」私は言った。それからミセス・グエンに向きなおった。「みんなは大丈夫？」

「ええ、たぶん」

　ほかの住人たちは運がいい。角を曲がったところに消防署があるのだ。ニューヨーク市消防局は一、二分で到着し、建物への被害も最小限ですんだにちがいない。私のアパートメントは黒焦げかもしれないが、身のまわりのものが燃えたにすぎない。火事だけでなく、そのあとどんな被害を受けたとしても、私のカネは無事だ。いつでも取りに戻れる。だが、P・キティはかけがえのない存在だ。P・キティを助けてくれてどれほど感謝しているか、ミセス・グエンには想像もつかないだろう。金庫のカネを取り出したら、この先ずっと彼女の家賃を肩代わりしてもいい。

　しばらくしてこの現実を受け止めた。これが偶然のはずがない。きっとあのロシア人、あるいは彼と手を組んでいる者の仕業だ。ということは、個人的な思惑がからんでいるにちがいない、ある程度の確信をもってそう言えそうだ。空気は張り詰めたように冷たく、息がしづらい。しかも、ヴァイコディンが効いてきた。すぐに頭がふらつきだした。

　その様子に気づいたミセス・グエンが、私の胸に手を当てた。

「ゆっくり息をして」そう言われた。

　四秒で吸い、四秒止め、四秒で吐き、四秒肺を空にする。

　少しだけ落ち着いた。

「大丈夫？」ミセス・グエンが訊いた。

　大丈夫ではない。

「ああ」

「よかった」ミセス・グエンは笑みを浮かべた。「消防士のなかにとってもキュートな人が何人かいるの。独身かどうか訊いてみなくちゃ」

「頑張れよ。おれはP・キティをどこか安全なところへ連れていかないと。すぐに戻る、いいかい？」

ミセス・グエンは建物に向きなおり、はしごのてっぺんで私のアパートメントに勢いよく水をかけている消防士を見上げた。私は通りの先の角にあるバーへ行った。カウンターの奥に立っているのはトムだった。やっと運が向いてきたようだ。

トムはバイカー映画のエキストラのような風貌をしている。ぶ厚い胸板に白くて濃いあごひげ。人生の半分をボストンで、もう半分をニューヨークで過ごしてきたため、アニメのクマのようなアクセントがある。しかもサンタの帽子をかぶっているせいで、薄汚れたサンタクロースのようにも見える。

この店にネコを連れてきても大目に見てくれるバーテンダーは、トムだけだった。

〈ブラインズ〉は、地元住民で賑わう角にある小さな店だった。テレビはないので、スポーツ・ファンが押しかけることもない。いまは数人の客がいるだけで、そのほとんどは顔見知りだ。おかげである程度の安心感を覚えた。数ブロック離れたところが大火事になっているというのに、誰ひとりまるで気にもしていない。私は奥の壁際の席に腰をおろした。正面のドアはよく見えるが、外から窓を覗《のぞ》いたとしても気づかれにくい席だ。

トムがライ・ウイスキーのオンザロックのグラスをもってのんびりやって来た。「あれはあんたのところか、マーク？」

「さんざんな夜だよ。酒はやめておいたほうがよさそうだ。コーヒーだと言い張ってるあのジェット燃料をくれ」

トムは肩をすくめ、マイクの前にグラスを置いた。元警察官のマイクは、いまではその特定のバースツールを確保するのが日課になっている。マイクはなんの反応も見せずに酒を飲み干した。

「すぐにコーヒーを淹《い》れる」トムが言った。「その子ネコにミルクでもやろうか？」

「いまは大丈夫だ、ありがとう」

「でもまじめな話、もうすぐオウナーが戻ってくる。店にそのネコがいるのを見たら、かんかんになるぞ。事情が事情だからと言いわけすることもできるが、今夜はそんな面倒ごとはごめんだ」

「ひと息つきたいだけだ。すぐに出ていく」

ヴァイコディンが効果を発揮し、ぼんやりしていた。たっぷりドラッグのPCPをやったときのように、頭がふらふらする。トムがテーブルにマグを置き、タバコを吸いに外へ出ていった。コーヒーは火傷《やけど》をしそうなくらい熱く、宇宙空間よりも真っ黒だった。あっという間にニューロンが発火した。

一万二千ドルが必要だった。おもな資金源はアパートメントにある札束なのだが、誰かに見張られているとすれば取りに行くのは厄介だ。旅や緊急事態に備えてデビットカードをもっている。マン島のオフショア口座から引き落とされるようになっているとはいえ、ATMでおろせる限度額は一日一千ドルだ。しかも、たいていカメラが設置されているので使いたくはない。

今夜、寝るところも探さなければならない。できれば電波が届かないような人里離れたところで、しかもネコがくつろげそうなところ。財布には六百ドルくらい入っている。現金を受け取ってくれるみすぼらしいホテルを見つけなければ。室内にいるいまはP・キティも落ち着いているようだが、そのうちエサを欲しがるだろう。

ドアが開き、わずかに鼓動が跳ね上がったが、トムが戻ってきただけだった。だが、おかしな表情を浮かべている。私はその表情が気に入らなかった。トムは二本の指のあいだに折りたたまれた紙を挟み、私のところへやって来た。「わけがわからない。外にいた男に、これをあんたに渡すよう頼まれた」

「きっと人ちがいだ」

トムは目の前のテーブルに紙を置いた。「あんたの特徴をぴったり言い当てた。ロシア人のようなアクセントだった」私の顔にパニックが広がるのを見て取ったにちがいない。すかさず訊いてきた。「大丈夫か？」

「正直に言うと、わからない」

トムはスウェットシャツの襟《えり》からかけているフェルトペンを首からはずし、テーブルに放った。「家を出るときには、絶対にこいつを忘れるな」

私はフェルトペンを手に取ってトムに向けた。「恩に着る」

トムは返事代わりにサンタの帽子に触れ、カウンターの方へ歩いていった。

トムは二十代のころ、ボストンでもっとも物騒なパンク・バーのひとつで警備を任されていた。トムの話では、フェルトペンのおかげで何度も乱闘を切り抜けてきたそうだ。まえから私は感心していた——その発想と、そして堅気になったいまでは、相手に致命傷を与えずに身を守るという考え方に。そのペンを握ると、なんとなく安心できた。

もうひと口コーヒーを飲んで吐き気を抑え、渡された紙を広げてみた。その瞬間、この信じられないほどクソのような夜がさらにとんでもない悪夢になった。きれいなブロック体でこう書かれていた。〝いい女だ〟

私はテーブルに二十ドル札を放り投げ、トムが振り向くより先に出ていった。

ホテルの部屋のドアを開けたアストリッドは黒いタ

ートルネックにブルー・ジーンズ姿で、怒りに打ち震えていた。私をなかに通すとうしろ手にドアを閉め、それから怒鳴りつけてきた。

「どうなってるの、マーク？　巻きこまれないって言ったわよね。それと、どうしてネコなんかいるの？」

「おれのアパートメントが吹き飛ばされた」私はそう言い、膝をついてキャリーを開けた。おそるおそる這い出したP・キティは部屋を見てまわり、私も同じように室内を隅々まで調べた。まえにここへ来たときはトコジラミや血痕だらけだったが、すっかり見ちがえていた。どこもかしこも丸みをおび、しかも鏡だらけだ。ナイトテーブルにはサービスのローションまで置かれている。

そこはアストリッドにはじめて手当てをしてもらったところだった。彼女に電話をすると、さいわいにも私の言わんとしていることを察してくれた。すぐに家を出てここで落ち合い、支払いを現金で受け付けない場合は部屋を借りるなと言った。アストリッドの家まで戻る時間を考えると、彼女をそこから逃がすのが先決だと思ったのだ。

キャリーをもったまま忍びこめるよう、物乞いに百ドルを渡してフロント・デスクにいる男の気をそらしてもらった。その物乞いはロビーのコーヒーがまずいと言って大声でわめき、テーブルをひっくり返した。少しばかりわざとらしく思えたが、うまくいった。

「わたしにも危険が？」アストリッドが訊いた。

私はポケットから食料雑貨店で買ったキャットフードの缶詰を取り出し、キャリーの脇の床に置いた。すぐさまP・キティは飛びついた。とはいえ食べ終わったとたん、この新しい場所に慣れるまでベッドの下に潜りこんでしまうだろう。

「ああ」私は答えた。

「それはどうも」

アストリッドは足早にバスルームへ入ってドアを叩

きつけた。私はゆっくりベッドに腰をおろし、天井の鏡に映る自分を見つめた。コーヒーの効き目が切れてしまった。いくらかハイな状態で、しかも疲れ果てていた。頭を使っていると、腹の傷が赤く光りだすような気がした。

ポケットに手を入れ、六カ月メダルに触れた。

目を閉じて少し眠ろうかと思ったが、まだまだやることが山ほどある。P・キティが怪我をしていないほうの脇腹のあたりにすり寄ってきたので、頭をなでてやった。

「ありがとう」P・キティに話しかけた。「まだここにおれを好きなやつがいてくれて嬉しいよ。だけどおれを好きなのは、エサをくれるからだよな」

P・キティの両目は少し外側を向いているせいで、ふだんは私を見ているのか別のものを見ているのかわかりにくい。だが、私を見ていると思いたかった。P・キティは頭を下げ、私にあごをのせて喉を鳴らした。

携帯電話をタップして暗号化されたメール・アプリケーションを開き、ドラフト・フォルダをチェックした。こうやってグループ内で連絡を取り合っているのだ。フォルダ内のEメールは送信されるまでたどることも読むこともできない。ドラフト・フォルダに入っているかぎり、それを見られるのはそのアカウントのパスワードを知っている人だけなのだ。

いちばん上に、ケンジからの新しいドラフトがあった。

〝ミーティングのあと、マークが襲われた。長身のロシア人で、五つの点のタトゥーがある。思い当たるようなら、知らせてくれ。こちらから連絡するまで、ミーティングは延期する。無事ならここに返事を。K〟

その下にはこう書きこまれていた。

〝聞いたことはない。おれたちに見つからないほうが身のためだ。B〟

〝どうするつもり？　死ぬまで償わせる？　こっそり調べてみるわ。V〟

〝おれたちがついてる。S〟

私は手短に返事を打った。

〝ありがとう、みんな。M〟

彼らのメッセージを見ただけで、目が潤んできた。バスルームから出てきていたアストリッドが——ドアが開くのさえ気づかなかった——ベッドの端に腰をおろした。「話をする必要があるわ」

薄もやがかかったような頭では、いくつものことを同時にこなすのは難しい。「おれもどうなっているのか突き止めないと。ベンチのいちばん近くにいるウサギをなでるんだ」

「それを言うなら、〝ボートのいちばん近くにいるワニを殺す〟じゃないの？」

「成果を上げるのに、必ずしも〝殺す〟必要はない」

「いいわ」アストリッドは言った。「お腹が空いたから、何か注文するわよ。これもつけにしておくから」

「わかった」私が言うと、アストリッドは部屋の電話からフロント・デスクにかけ、ピザ・ショップにつないでもらった。私はトッピングを訊かれたが、すでにこの一件のことで頭がいっぱいだった。

これまで多くのロシア人を殺してきた。ソ《K》連国家保《G》安委員会《B》に正体がばれれば、モスクワじゅうのダーツボードに私の写真が貼られるだろう。私に復讐したい人間のリストには際限がなく、絞りこむのに役立ちそうな手がかりもまるでない。あるレベルから、殺しには私情がからまなくなる。たいていはカネしだいで、カネというのはいくらでも替えが利くのだ。

この男がロシア人だからといって、ロシア側の人間とはかぎらない。フリーランスということも考えられる。エージェンシーの指示で動いている可能性もある。とうとう私を見つけ出したエージェンシーは、私に死んでもらったほうが安心できると考えたのかもしれない。

そういうわけで、かつて生活費を稼いでくれた暗号化されたメッセージ・アプリケーションを携帯電話で調べるというのは、愚かなことに思えた。これはアストリッドの番号とともに消去しておくべきだったのだが、消去していなかった。

とはいえ、これがいちばん近くのウサギだった。

黒い画面上に点滅する青いカーソルを見ているだけで、このアプリケーションを使うというのがどういうことかという記憶がよみがえってきた。いい思い出などひとつもない。こういった引き金になるような行為についてケンジと話をしたくてたまらないが、状況を考えると、いまある手段に頼るしかない。

もうかつての自分とはちがうのだ。

自分自身と、まわりの人たちを守るためだ。逆戻りするわけではない。これがいまできることなのだ。

読まれるかどうかさえ定かではないが、そのメッセージを送信した。

心のどこかで、それが読まれないことを願っていた。

〝面会を求む　ヨハネの黙示録六章八節〟

それがすむと《ニューヨーク・タイムズ》と《ワシントン・ポスト》の国際面を検索し、手がかりを探した。それも徒労に終わり、今度は個人を特定されずにウェブを閲覧できる、秘匿性の高いＤ＠ｎｔ３というブラウザを起動し、ウィア・マリスというサイトを開いた。

　これも、一年近く見ていなかったものだ。

自分のユーザーネームを打ちこんだ。Gジュベール。映画『コンドル』でマックス・フォン・シドーが演じた殺し屋から取ったものだ。その殺し屋がプロ意識と優しさを併せもっているところが気に入っていた。ロバート・レッドフォード演じるコンドルを追いつづけ、任務が変更になると元ターゲットに励ましのことばをかけて駅まで乗せていく。そのユーザーネームは気の利いた引用だと思っていたが、いまでは少し恥ずかしく感じた。

　ウィア・マリスというのは、エジプトとシリア北部、アナトリア、メソポタミアを結ぶ太古の交易路のことだ。それがいまではダークネット・マーケットの名前として使用され、そこには暗殺者からM777榴弾砲《りゅうだんほう》、現金の支払いに応じてバスタブで手術をするのもいとわない元医師まで、ありとあらゆるものがそろっている。

　私の世界の住人たちは、そのサイトを通じてやりとりをしているのだ。かつては夜遅くまでそのサイトの掲示板を眺め、実際に世界じゅうで起こっていることを確かめたり、次に派遣されそうな場所を予想したりしていた。ときには地元での依頼を探すこともあった――エージェンシーからお呼びがかかるまでのあいだ、小銭を稼いで欲求を満たすためのちょっとした仕事だ。

戻ってきたという感覚は、心が温まると同時に冷たくもなった。

　ピザが届き、乳糖不耐症だということを言っておくべきだったと後悔した。しかも信じられないことに、オリーヴまでのっている。

「ピザにオリーヴなんかのせたのは、どこのどいつだ？」

「わたしよ」

「とんでもない怪物だ」アストリッドが何かつぶやいた。私はピザからチーズを取り除き、あっという間に食べたので味も感じられなかった。からだを動かすと、P・キティが寄り添っていないことに気づいた。いまではアストリッドの膝の上にのっている。アストリッドはピザを頬張りながら、P・キティのオレンジ色の毛をなでていた。

私が見ていることにアストリッドが気づいた。「この子、なんて名前？」

「P・キティだ」

彼女は笑い声をあげた。「ネコにそんな名前をつけるなんて、ふざけているわ」

「ネコには最高の名前だ」

「どうしてそんな名前に？」

答えようとしたところで私の携帯電話が鳴り、とたんに言い知れない恐怖に襲われた。あのメッセージを送信することくらいしか思いつかなかったとはいえ、取り返しのつかないことをしてしまった。状況を把握しようと躍起になるあまり、自分で自分の首を絞めていないことを願うしかなかった。

〝本人確認〟

私は記憶を探り、ラヴィにしかわからないことを考えた。あることが頭に浮かび、思わずにやりとした。きっとラヴィもほくそ笑むだろう――私から連絡が来て、発作を起こしていなければ、の話だが。

〝グラブ・ジャムン（インドの菓子）〟

しばらく間が空いた。必要以上に長い気がする。あちこち電話をかけまくったり、窓に鍵がかかっていることを確かめたりしている姿を想像した。それから返事が来た。

〝シンガポール

できるだけ早く

詳細は追って〟

シンガポール。

当然だ。

携帯電話をさらにタップしていくと、数時間まえに上げられたとある記事を見つけた。チョ・ジンスという北朝鮮の外交官がシンガポールのホテルのプールで溺死した、という記事だ。グーグルでその名前を調べてみたところ、北朝鮮の核開発計画に関わっていたということがわかった。年齢は四十三歳、写真を見るかぎり健康そうだ。プールでの溺死に違和感はない。自分でやったとしても、同じようなやり方をしただろう。第三次世界大戦の引き金になりかねない暗殺は、事故に見せかけるにかぎる。

携帯電話を置き、アストリッドに手を振った。「しばらく泊めてくれそうな友だちか家族はいるか？　街の外に。できれば、すごく遠いところに？」

アストリッドは首を振り、また口のなかのピザを嚙みだした。「ポートランドに妹がいるけど、あまり仲がよくないの。どうして？」

「おれはシンガポールに行かなきゃならない」

「まさか、どうして、マーク？　どうなっているの？　わたしには知る権利があるわ」

アストリッドはまちがってはいない。何もかも打ち明ける必要はないとはいえ、なんらかの説明はしなければならないだろう。

「おれは暗殺者なんだ。誰かがおれを殺そうとしている。誰に狙われてるのか、どうして狙われてるのかはわからない。それを突き止めないと」

「その答えがシンガポールにあるのね」

「話をしなければならない人物がシンガポールにいる。

少しばかり遠いが、いまの状況を考えると、世界の裏側まで飛ぶのはかなり魅力的だ」

アストリッドは食べかけのピザを置き、P・キティの頭をなでた。P・キティは彼女に鼻をすり寄せて目を閉じ、かまってもらえて満足げだ。

「つまり、あなたは映画の『ジョン・ウィック』みたいな人ってこと？」

私は目をまわすのをこらえようともしなかった。

「暗殺者っていうのは、『ジョン・ウィック』とはまるでちがう」

「相手にわたしのことも知られたなら、あなたといっしょにいたほうが安全じゃない？」

彼女がどんな気持ちでそう訊いたのか見当もつかない。腹を立てているようだが、その声に怯えの色が交ざっているのが感じられる。いまのところ、その質問にどう答えればいいかわからなかった。安全かもしれない？　あるいは、相手が誰かは知らないが、アストリッドが姿を消せば興味をなくすかもしれない？　不明なことが多すぎる。

アストリッドはピザの箱の上にこびり付いて固まったチーズを剝がした。「まえからシンガポールへ行ってみたかったの。ショッピングには最高だって聞いたわ」

「ああ、あるモールには川が流れていて、ゴンドラも浮かんでるんだ」

アストリッドはもうひと切れピサをつまんでかじりつき、口いっぱいに頰張りながら言った。「いま起こっていることは、何もかもあなたの責任よ。あなたがうちにやって来たせいで、殺されたり誘拐されたりするのはごめんだわ。あなたについていくから、この状況をなんとかして。ただし、条件があるわ」

私は手を上げ、条件を並べ立てるよう合図した。

「特別料金を払うこと。一日につき五千ドル」

「いいだろう」

「それと、あなたについて本当のことが知りたい」

「かなり重い話になるぞ」

アストリッドは頷いた。「わかっているわ。でも巻きこまれたからには、どんな大ごとに巻きこまれたか知っておきたいの」

カネはどうでもいい。見合わないと思えるのは、素直に心を開くことだ。とりわけ回復プログラムで自分の過去を打ち明けるのにかなりの時間を費やしてきた私にとって、そんなことをしないですむ時間というのは貴重なのだ。

とはいえ、交渉の余地はないような気がした。あるいはあったとしても、すでに勝ち目はなさそうだった。

「わかった」私は立ち上がった。全身が、いまにも動きだそうとしているコンクリートの像にでもなってしまったかのように感じられた。「飛行機に乗ったら、詳しく話す。パスポートを取りに行こう」

「家に戻るのは危険なんじゃないの？」

「危険だ。ちょっとした心当たりがある」

アストリッドは首を縦に振り、キャリーを見やった。「ネコも連れていく気？」

私はP・キティに目を向けた。いまはバスタブのなかに立ち、縁から顔を出している。臭いに気づき、トレイとネコ砂も用意するべきだったと思った。だが、少なくともP・キティはバスタブのなかでするくらいには頭がまわる。私は百ドルを抜き出し、あと始末代としてドレッサーの上に置いた。

ミセス・グエンか保護施設に預けることもできるだろうが、そんなことはしたくなかった。そばにいれば、守ってやれるからだ。アストリッドにそのことは言わなかった。P・キティのほうをより大切にしていると思われて、機嫌を損ねられても困る。

とはいえ私の命を救ってくれたのは、アストリッドだけではないのだ。

「ああ、いっしょに連れていく」

セント・マークス・プレイスにあるコピー・ショップは気づきにくい店だ。短いとはいえ危なげな階段をおりた地下にあり、その石の階段は長年にわたる人の往来ですり減っている。看板はぼろぼろで文字も欠け、ドアの下の方にあるガラスは誰かに蹴られて割れているため、ベニヤ板が貼られている。

店内はごちゃごちゃしていた。左の壁際には壊れたコピー機があり、カウンターが店の大半を占めている。そのカウンターの奥には未開封の紙や段ボール箱が山積みになり、いまにも倒れてきそうだ。禿げ上がってがっしりしたハワイ出身の男がカウンターに立ち、オレオを頬張りながら古ぼけた『グリーン・ランタン』のコミックを読んでいた。私たちが入っていっても、目を上げようともしない。

「コピーは白黒だけだ」そう言って男はコミックのページをめくった。

「実は、頼みがある」私は言った。「５０５２モデルの古いゼロックスがあって、直そうとしてるんだ。スペア・パーツを探してる。とくにローラー・アタッチメントを。ヒンジの部分が壊れていて」

男はコミックを置き、ゆっくりオレオを食べながら私の品定めをした。それからアストリッドに目をやり、たっぷり時間をかけて眺めていた。そのあとキャット・キャリーに視線を落としたが、何も言わなかった。

満足した男はカウンターの一部をもち上げ、私たちの脇をすり抜けて正面ドアのところへ行き、鍵をかけた。それから照明を消すと、明かりは赤く光る〝非常口〟という表示だけになった。

男は紙や箱のあいだの狭い隙間を抜けて店の奥へ行き、小さなランプをつけた。鍵を使って奥にあるドアを開ける。そこは、コピー用紙でいっぱいの倉庫になっていた。男にそのコピー用紙の束を二つ渡された。

「そのへんにでも置いておいてくれ」そう言われた。

私はおそるおそる山積みになった紙の上に置いた。アストリッドも加わり、三人で流れ作業の要領で紙を手渡ししていった。しばらくすると、床にある扉の縁が見えてきた。男が別の鍵を差しこんで扉をもち上げる。なかは真っ暗だった。どこか下の方で明かりがつき、金属製の階段が浮かび上がった。男はうしろ向きになり、手で支えながらゆっくりその隙間にからだを潜りこませた。アストリッドが声をかけた。「二人だけで話がしたいんだけど」

男は肩をすくめた。「準備するのに少し時間がかかる」そう言っておりていった。

私に向きなおったアストリッドに胸を叩かれた。

「なんなのよ、これ、マーク？」

「パスポートと身分証を手に入れるんだ。偽名の。飛行機に乗るにはそれしかない」

アストリッドは山積みになったコピー用紙を見まわした。「わかったわ。でも、これじゃまるでジョン・ウィックじゃない」

「それで？」

「ジョン・ウィックとはまるでちがうと言っていたわよね」

「少しは似てるところもあるかもしれない」

「嫌な予感がするわ」地下室に目を向けている。

「二十分まえはやる気満々だったくせに」

「実感が湧いてきたのよ。飛行機に乗るまで待てないわ。なんでもいいから、いまここで教えて」

アストリッドは私の腕をつかみ、親指を食いこませてきた。その顔には怒りと――おそらく――切羽詰まった感情が交ざり合っている。いいだろう。これは、ふつうの人が受け止められるようなことではない。何か説明する責任がある。

残念ながら、ことの深刻さを理解してもらうには、これを言うしかない。

私は口を開いた。「おれは青白い馬《ペイル・ホース》と呼ばれていた」

アストリッドがたじろいだ。大きく目が見開かれ、緑色の虹彩のまわりの血走った白目の部分がむき出しになった。凍える夜に一歩踏み出したかのように震えている。そのまま後ずさりをしていき、反対側の壁にぶつかった。

この状況では、こう言うほかにことばが見つからなかった。「すまない」

アストリッドは床に目をやり、肩を落とした。彼女のそばへ行ってなだめてやりたかったものの、不意にかつての感覚が両手によみがえってきた。人を殺すことに特化した鋭い感覚が。いまの彼女に触れていいような手ではない。

私はアストリッドの家のドアをノックするべきではなかったのだ。

今夜だけでなく、この何年ものあいだ。

もう一度「すまない」と言って階段をおり、いま言ったことをアストリッドが噛みしめられるよう時間を与えた。

る。むっとするほど湿気が多く、まるで水のなかで呼吸をしているかのようだ。ブレザーとカーキ・パンツは汗でびっしょりだった。

マリーナ・ベイ・エリアの周辺はランチの客で賑わっていた。地元の住人たちの目的はランチだけだが、観光客は動物園の動物のようにあたりを見まわしている。コンクリートとガラスでできた建物が並ぶ街並みはありふれていて、アメリカの中規模の町にある金融街と大差はない。ちがうのは、ごみをあさったり縁石に坐ったりしているホームレスがおらず、警察官も目につかないことだ。

ここでは貧困がとくに問題になっていない。湿気よりも濃厚にシンガポールを包みこんでいるのは、カネだけだ。警察が目につかないというのは、二つのことに要因がある。愛国心から市民たち自らが目を光らせていることと、死刑を振りかざして楽しむ独裁的な政権によって市民を常時監視するシステムが設けられて

4

ときに、ひとりの悪によって万人が苦しめられることもある。つまり万人を生かすためにそのひとりを殺す。ここではまさしく、死をもたらす刃が命を救う剣になるのだ。

――山本常朝『葉隠』

十五年まえ
シンガポール

シンガポールの空に、ミレニアム・ホテルが巨大なドミノのようにそびえ立っていた。片側は広くてもう片側は細く、強い陽射しに黒っぽいガラスが輝いていてい

いることだ。

もうひとつの大きなちがいは、人種構成だ。中国系が大多数を占め、インド人やマレーシア人もそこそこ見られる。それがこの国の人口統計そのものなのだ。一般的な白人男性の私は目立っていた。理想的な状況とは言えないが、どうすることもできない。

私はタバコを吸うふりをやめ、脇にあるごみ箱に吸い殻を投げ捨てた。そこはホテルの正面ドアから百フィートほど離れていて、しかも都合がいいことに監視カメラの死角になっている数少ない場所だった。火のついたタバコが、あらかじめ仕込んでおいた紙袋のなかに落ちた。その紙袋の内側には除光液が塗ってある。私は火がつくのを確かめることなく、石造りの通りを歩いていってホテルのロビーの重い回転ドアを抜けた。

広々としたロビーはまさに贅沢のかぎりを尽くした雰囲気で、いたるところに施された白い大理石や金の装飾が建物の薄暗い正面の外観とコントラストをなしている。円形のロビーの中心にある噴水が人目を引き、あたりをさわやかな匂いで満たしている。噴水のまわりにはビジネス・スーツ姿の人たちが大勢いた。街で金融会議が開かれていて多くの白人が集まっているのだ。そのおかげで少しは溶けこめていた。誰に視線を向けられることもなく、私は興奮してぞくぞくしていた。

これから何が起こるか、誰も知らないのだ。

フロント・デスクへ向かっていると、外から叫び声が聞こえた。まわりの人たちは肩を強張らせ、正面の方へ視線を走らせている。平穏な空間が、突如として緊張に包まれた。メイン・デスクにいるのは、若いマレーシア人の女性だった。クリーム色のドレスを着ていて、頭と肩にパステル・ピンクのスカーフを巻いている。満面に笑みを浮かべたが視線を合わせようとはせず、指を一本上げて正面の方へ駆けだしていった。

私はカウンターに身を乗り出し、パソコンのモニタの横にUSBのキルスイッチを差しこんだ。キーボードのエンター・ボタンを押し、USBを引き抜く。受付の女性がロビーを出ていくまえには、ポケットにしまっていた。それからエレヴェータ・ホールへ向かい、エレヴェータに乗りこんだ。

あのキルスイッチでホテルのカメラや警備システムは無効化され、保存済みの動画も消去された。ほかにもいろいろなものを台無しにしたかもしれない。サーバ・ルームに凶暴なタスマニアデビルを放りこむようなものだ。効果的というだけでなく、察知されにくい。ホテルの警備員に気づかれて復旧されるまで、それなりに時間がかかる。そんなことをしているうちに、私はどのカメラにも顔を映されずにホテルを去っているだろう。

最上階に着くと青いカーペット敷きの静かな廊下に足を踏み出し、吹き抜け階段へ向かった。ドアに付いているのが取っ手ではなく、本物のドアノブというところから、高級ホテルだというのがうかがえる。階段を二つ上がった先にある屋上へのドアには、鍵がかかっていた。とはいえキルスイッチのおかげで、警報は作動しないだろう。タンブラー錠にピッキング・ツールを差しこみ、何度か試しているうちにピンがすべてそろった。

屋上は四十階の高さにあり、容赦なく陽射しにさらされているため地上の十倍は暑い。遠くにそびえるマリーナ・ベイ・サンズが熱気で揺らいで見える。おそらくそれは、シンガポールの空に浮かび上がるもっとも象徴的な建物だろう。まったく同じ三つの塔の上にサーフボードをのせたような形をしている。マリーナ・ベイ・サンズの向こうには巨体なコンテナ船が点々とする広大な海が広がり、その先にはいくつかの島々や南シナ海が見える。

屋上からはこの国の大部分が見渡せた。人工の建造物と青々とした草木が交ざり合った田園風景がどこまでもつづいている。昨日のおしゃべりなタクシー運転手の話では、四時間もあればこの国民国家をバイクで一周できるそうだ。やってみたいとはいえ、仕事が終われば長居はしないだろう。

上着に隠しておいたナイロンのロープとグラップリング・フックを取り出し、その上着を脱いで白いボタンダウン・シャツとカーキ・パンツ姿になった。その下にはクライミング・ベルトとハーネスを身に着けている。タクティカル・ギアにしたかったものの、この任務には多くの難題があった。

ミーティングでの説明によると、ジョナサン・キャンベルはアメリカ疾病予防管理センター[D]の生化学者で、ギャンブルの借金を返済してさらに遊ぶためのカネを手に入れるために、最高入札者に自分の専門知識を売ろうとしているとのことだった。

専門が生物兵器といういまのところ最高入札者はイスラム聖戦の分派で、

ヒズボラと通じているかどうかは定かではない——おそらく通じているだろう。キャンベルをシンガポールに呼び寄せ、金額の交渉と移動手段の準備をしている。キャンベルにとってここは多くのカジノがあって退屈しないだけでなく、万全の警備も敷かれているはずなので安全なところだった。

キャンベルは十人のボディガードに囲まれて自由気ままに夜を過ごしていた。買い手たちはもっともらしく関与を否定するための策を講じていた。自分の部下たちを送りこむ代わりに、地元の犯罪組織の三合会を雇ったのだ。シンガポールの法執行機関が振るうスレッジハンマーを生き延びた三合会は、それだけタフだということだ。とはいえ、私の手に負えないほどタフではない。

それでも、カジノのフロア内で暗殺を実行するのは不可能だ。キャンベルはカジノにいないときには、最上階のこのエグゼクティブ・スイートで酔いを覚ましていた。衛星画像によると、部屋にいるボディガード はたいてい二人程度で、ほかの男たちは隣の部屋や階下にいるとのことだった。

もっと入念な計画を立てたり、せめて夜の闇を利用したりしたかったとはいえ、キャンベルがここにいるのはあと一日か二日ということだ。エージェンシーでは緊急を要する任務という扱いになっている、ラヴィはそう言っていた。それほど重要なら、どうしてこの件が私のはじめての任務として与えられたのだろう？もしかしたらテストなのかもしれない。

私は屋上に立ち、ジャングルに出現した都市のような異国の土地を見渡した。風が顔に吹きつけてくる。ホテルの部屋に懸垂降下をし、会ったこともない人たちを殺す覚悟はできているとはいえ、緊張していた。

戦場というもやのかかった場所以外で人を殺すのは、これがはじめてだった。見捨てられた地獄の片隅のような砂漠で自分を殺そうとしている相手を撃つというのは認められているだけでなく、ときには勲章をもらえることなのだ。

この任務には少しだけ嫌悪感があった。戦術核兵器を使ってシカを狩ろうとしているように思えた。とはいえ、理解はしている。数学的に考えてみたのだ。キャンベルは多くの命を奪いかねない知識と技術を売ろうとしている。そしてそれはイスラエルの民間人に向けられることになるだろう。生物兵器が使用されれば、敵の戦闘員だろうと罪のない子どもたちだろうと関係ない。キャンベルを排除することに疑問の余地はなかった。

それでも。

子どものころは、宇宙飛行士になりたかった。

屋上の縁から地上を見下ろし、胃が酔っ払ったかのようにひっくり返っているこの瞬間にそれが頭をよぎるというのは、おかしなことに思えた。地面は五百フィート下にあり、吸い寄せられていくような感じがする。キャンベルの部屋のバルコニーはほんの二十フィート下とはいえ、スライド・ドアから見えない離れたところに着地しなければならない。つまり最適な着地点は、たった四フィート四方ということになる。

左にずれれば見つかってしまい、体勢を整えるまえに襲われかねない。

右にずれれば、一生この決断を後悔するはめになるだろう。

一生といっても、残りわずか五秒ほどだが。

怖《お》じ気づくまえに動いたほうがいい。足元にパイプがあり、屋上に埋めこまれている。それを引っ張ってしっかりしていることを確かめ、そこにグラップリング・フックをかけてクライミング・ベルトにナイロンのロープを通し、建物の縁からぶら下がった。

もう一度見下ろして位置を確認し、手を離した。

一瞬、胃が浮き上がったように感じ、それからバルコニーに着地した。膝を曲げて身を屈め、全身を使って衝撃を和らげる。ロープをはずして見えないところにやり、足元の粗いコンクリートに指先を押しつけてその固さに安心感を覚えた。

そこはちょうど陰になっていた。なおさら都合がいい。

ここから先は、自分ではどうしようもない。

ラヴィの話では、キャンベルといっしょに部屋にいるボディガードのうちのひとりはヘビースモーカーということだった。テラスの小さなテーブルに置かれた吸い殻でいっぱいの灰皿が、それを物語っている。そのボディガードが出てくるまで待つしかない。その男を始末すれば、部屋にいるのは二人だけだ——ひとりはキャンベルなので、戦力にはならない。

指を組んで手を伸ばし、関節を鳴らした。地元政府が喜んで死刑を執行していることを考えると、武器をもち歩くのはリスクが高すぎる。銃があったとしてもそこまで役に立つというわけでもない。サイレンサーを付けていても、その銃声はまわりの部屋にいる人たちに気づかれてしまう。とはいえ、これは事故ではなく殺人と思われてもかまわないため――どうやらどこかのオフィスにいる誰かは、メッセージを送りたいようだ――細部にまで気を配る必要はない。

ドアに耳を押し当てた。何か低い音が聞こえる。話し声かもしれないし、掃除機の音かもしれない。わかるのはその程度だ。この隙に部屋の間取りを思い返してみることにした。その日の朝は、ずっと間取りを頭に叩きこんでいたのだ。

スライド・ドアはリヴィング・ルームに通じている。目の前には、コーヒー・テーブル、カウチ、二脚の安楽椅子があるはずだ。その奥には簡易キッチン、右側には廊下と簡易バスルームがある。ベッドルームは左側にあり、キングサイズ・ベッドとちゃんとしたバスルームが備わっている。

十分が過ぎ、不安になってきた。もしかしたら下のプールかどこかへ行ったのかもしれない。あるいはボディガードがタバコを吸いたくなるまえに、ホテルがカメラの問題を解決してしまうことも考えられる。そのとき、タンクトップにジーンズ姿の男が出てきた。両手で口元を覆い、そこからカチッというライターの馴染みのある音が聞こえた。男は中国系で三十代なかばくらい、ボディビルダーのような体型にまるい童顔をしている。ベルトのレザー・ホルスターには見るからに危険なボウイ・ナイフが収められている。タバコを深々と吸い、湾を眺めて海風を浴びていた。

穏やかなひととき。

この男はいま何を考えているのだろう、ふとそんなことを思った。

ガールフレンドはいるのだろうか？　家族は？　子どもは？

そういった考えを頭から締め出した。この方程式においてこの男は余分な要素であり、きっちり排除しなければならない存在だ。男はスライド・ドアから丸見えのところにいるため、私は素早く背後にまわりこみ、両腕で首と額をとらえた。男はからだを強張らせ、手を伸ばしてきた。つかまれるまえに力一杯引っ張ると、男の首の脊椎が音をたててずれた。上品な人たちの前では認めたくないものの、その感触には満足感を覚えた。崩れ落ちた男のホルスターからナイフを抜き、向きなおってスライド・ドアを開けた。

そのとき、こちらの情報がまちがっていることに気づいた。

部屋には五人の男がいた。

カウチに二人、安楽椅子にひとりずつ、そして簡易キッチンで紅茶を入れている男がひとり。いま殺した男と同じく、五人ともカジュアルな格好をしている。コーヒー・テーブルにはビールの空き瓶やお菓子の包みが散乱している。テレビで『プリティ・ウーマン』を見ているところだった。ジュリア・ロバーツがリチャード・ギアとショッピングをしているシーンだ。

何が起こっているかさっぱりわからない、五人ともそんな表情を浮かべて私を見つめていた。ベッドからバスルームへ飛びこむ人影が目に入った――おそらくキャンベルだ。

アドレナリンが駆けめぐり、時間がゆっくり感じられた。おかげで勝算を見極める一瞬の間ができた。誰も銃はもっていないようだが、まちがいなく部屋には数本のナイフがあるだろう。狭い場所でのナイフを使った戦いは、厄介なことになる。立場を対等にしなければならない。さいわい、まるで神の手によってあらかじめ定められているかのように、私はあらゆる局面を見とおすことができる。できるだけ多くを殺すには、どこで何をすればいいかということがわかるのだ。

それは、少しだけビリアードに似ている。

クズどもをコーナーポケットに落としていくというわけだ。

とりわけ面倒なのは、簡易キッチンにいる男だ。いちばん離れたところにいる。その男なら部屋を出てほかの仲間に知らせることも、乱闘の最中により効果的な武器を探すこともできる。そこで誰かが立ち上がるより先に私は奪ったナイフをもち替え、男の胸を目がけて投げた。ナイフが柄まで突き刺さり、男は音もなく倒れた。引き抜こうとしたが、しっかり柄を握るまえにこと切れていた。

残り四人。

そのあいだに、ほかの男たちは標準中国語で叫びながら立ち上がりかけていた。私は近くにある安楽椅子を蹴り飛ばした。その椅子から立とうとしていた男の足がもつれ、ガラスのコーヒー・テーブルに倒れこんで床にガラスが飛び散った。男は妙な角度でテーブルのフレームに頭をぶつけ、首が横にねじ曲がった。それからぴくりともしなかった。

残り三人。

そばにあるテーブルに重そうなガラスの花瓶が置かれていた。いちばん近くにいる男が襲いかかってくるまえに、私はその花瓶を手に取って男の頭に振り下ろした。花瓶が砕け、男の顔に水と花びらが降りかかった。その衝撃が腕に伝わってきた。男の目から光が消える。おそらく、男の頭は卵の殻のように割れたにちがいない。

残り二人。

最後の二人には、身構えるだけの充分な時間があった。二人とも若く、怒りと猛々しさをむき出しにして自らの力を示そうとしている。手前にいるのは細身でスキンヘッドの若者で、全身がタトゥーで覆われている。彼はスイッチブレードを取り出して刃を伸ばした。私は左へ動き、まずはその手前の男に対処できるよう、二人が直線上に並ぶようなポジションを取った。男はロリポップ・キャンディを見せびらかす子どものようにナイフを振ってみせた。私は膝の横に蹴りをお見舞いして相手の脚を折った。悲鳴をあげて倒れた男の後頭部をつかんで床に顔を叩きつけ、背骨の先端を踏みつけた。悲鳴がやんだ。

残りひとり。

この最後の男は長身で細身だが、からだは花崗岩《かこうがん》のように引き締まっている。両手を開いて前に出し、距離を取って小刻みなステップを踏んでいる。ムエタイの経験があるようだ。私がガードを固めた瞬間、男は間合いを詰めてハイキックを放ってきた。かろうじてブロックできたが、動きが素早い。私はバックステップして距離を取り、どう戦うべきか考えた。そのとき背後から何かがぶつかってきて、カウチの方へ吹き飛ばされた。

砕け散ったコーヒー・テーブルの上で宙返りをしたが、ガラスで足が滑った。六人目の男がいたのだ。おそらくバスルームにでもいたのだろう。その男が声を張り上げ、加勢を呼んでくるようキックボクサーに指示した。キックボクサーは頷き、ドアの方へ駆けだした。

最高だ。

私は手のひらに食いこむガラスを気にせず立ち上がった。六人目の男は、ほかの男たちよりも年上だった。長い白髪をなびかせ、がっしりしているものの引き締まったからだつきをしている。そのうえ、まるでコーヒーを買う列に並んででもいるかのように無表情だ。

つまり、この間抜けたちのなかで本当に危険なのは、この男だけということだ。

男は刃物を抜いた――短刀、ようするに短くしたサムライの刀だ。私は背後に手を伸ばし、砕け散ったコーヒー・テーブルから落ちたビールのボトルでもつかめないかと手探りをした。だが、手に触れたのは安楽椅子のクッションだった。それを盾のようにして構える。

それを見た男は笑い声をあげながら迫ってきた。そのクッションを男の顔に投げつけると、男は反射的に両腕を上げた。私はカウチを飛び越え、からだの真ん中に素早い蹴りをぶちこんで壁に叩きつけた。相手のふところに思い切り肩から突っこんでいって腕をつかみ、刀のコントロールを奪う。それから相手の下に潜りこみ、刀を上に向けて首を切り裂いた。

男が溺れるような声を洩らした。熱く粘ついた血が噴き出し、二人とも血まみれになった。その血が少しばかり口に入り、私のなかにある黒くて獣のような何かに火がついた。血が沸き立ち、男の肉を食いちぎりたくなった。

ただし、そんな欲求を満たしている暇などない。

短刀をつかんでバスルームへ向かった。黒いマントに身を包んで大きな鎌でも手にしたい気分だった。トイレのそばで男が丸くなり、両手を上げていた。ミーティングで見せられた写真の男だ——背が高くて白髪頭の四十代で、地下の研究室で長いこと過ごしてきたせいで肌が青白い。

キャンベルだ。

「許してくれ、お願いだ」声が震えている。「カネなら払う」

ここは戦場ではないかもしれないが、バルコニーの男も、部屋で倒れている男たちも三合会のメンバーだ。つまり、ゲームのプレイアーということだ。そういった人生では死も覚悟している。この男はゲームのプレイアーではないとはいえ、ゲームに加わる決断をした。この男が売りに出した知識は世界の勢力図を揺るがし、多くの人の命を奪いかねない。惨《むご》たらしいやり方で。

「悪いな」私は言った。「数学的に考えると、あんたは分が悪い」

キャンベルの髪をつかみ、顔を上げさせた。キャンベルはネコのような悲鳴をあげた。私は頸動脈を切り裂いた。キャンベルは喉を押さえ、血を止めようとした。血が止まるはずもなく、指のあいだからあふれ出す。息を詰まらせて咳きこみ、絶命した。

ドアの外から大声が聞こえた。正面ドアのドアノブががたがた動いている。勢いよくドアが開き、キックボクサーが飛びこんできた。いまでは銃を手にし、うしろに複数の男たちを引き連れている。

正面ドアからふらりと出ていくという脱出計画は、もはや望めない。ロープで屋上へ戻るにしても時間がかかりすぎる。登り切るまえに、やすやすとバルコニーからケツに狙いを定められるだろう。

もはや逃げる手段はひとつしかない。

背後の壁に銃弾が撃ちこまれるなか、スライド・ドアの方へ走った。あのパイプが頑丈なことを祈った。ロープをつかんで手に数回巻きつけ、頭で考えるより先にバルコニーからシンガポールのダウンタウンに向かって飛び出した。

腹の底から笑い声が湧き上がる。

笑うのは恐怖を隠すためだろうか？　とっさに考えてみたが、思い当たる節はなかった。全身に神の力がやどり、宇宙さえ――生と死そのものさえ――意のままにできそうな気がした。

何かに長《た》けているというのは、いい気分だった。

そのときロープが伸びきって揺れ戻り、腕が肩からはずれそうになった。両手でロープを握りしめ、一階下の部屋のスライド・ドアに向かってまっすぐ振られていった。ぶつかる瞬間に脚を突き出して窓ガラスを割り、床に激突して転がった。ガラスの破片に肌を切り裂かれる。

アドレナリンがその役割を充分に果たし、痛みを抑えこんでいた。

とはいえ、骨の折れる一夜になりそうだ。

ベッドに年配の太った白人の男が横になっていた。全身が乳白色をしているが、顔だけはビーツのように真っ赤だ。褐色の肌にたっぷりした黒髪を垂らした若い女が、男の上にまたがっている。すぐさま二人は悲鳴をあげてカバーをかぶった。

「悪いな」私は二人に謝り、立ち上がってドアへ向かった。ドアを開けるまえにクロゼットに入り、黒いブレザーを手に取った。男は私よりずっと大きく、そのブレザーならある程度は血を隠せる。バスルームの鏡で素早く自分の姿を確かめた。顔に少し切り傷があるものの、それはどうしようもない。

廊下に出るドアを開けると、銃をもった男が走り抜けていくところだった。私は蹴りを繰り出した。男は宙に浮き、反対側の壁に激突してくずおれた。その手から銃を奪って頭に銃弾をお見舞いし——いまさら慎重になっても仕方がない——廊下の突き当たりの方を振り返った。さらに二人の男が銃を手にして迫ってきた。

二発撃つと、また私ひとりになった。

この三人の男たちは吹き抜け階段からやって来た。ほかの連中もそこから来るにちがいない。そのほうが早いからだ。私はエレヴェータのところへ走っていって〝下〟ボタンを押した。エレヴェータのドアが開く。すると予想どおり、廊下の反対側にある吹き抜け階段のドアが勢いよく開いた。エレヴェータに飛び乗って〝閉まる〟ボタンを何度も押しつづけ、間に合ってくれと祈った。

間に合った。ドアが閉まる。もう一台のエレヴェータは一階で止まっている。三十数階ぶんの階段をおりて追いつくはずがない。これで一歩先を行ける。ロビーを抜けるわけにはいかない。警察がロビーかその近くにいるだろう。プールがある三階のボタンを押し、あとは成り行きに任せることにした。

そのときになってはじめて、自分がひとりではないことに気づいた。エレヴェータに年配の男が乗っていた。カーキ・パンツにポロシャツ、サングラスにバケット・ハットという格好をしている。白人のアメリカ人なのはまちがいない。中西部の人によく見受けられる、驚いて怯えているような表情を浮かべている。私の手には銃があり、先ほど奪った大きめの上着も思ったほど血を隠せていない。

銃をズボンの腰の部分に挟んだ。声をかけたかったが、何も言うことが思いつかない。ラヴィに言われたことを思い出した。肝心なのは記憶に残らないことだ。顔を見られても、忘れられるようにする。私が選ばれた理由のひとつはこれといった特徴がないからだ、そう言われた。

一般的な白人男性。

それでも、この男を始末するべきだろうか？　まだカメラは復旧していないので、できないことはない。とはいえ、それはこの男に対して悪い気がした。

「財布をよこせ」私は言った。

男は財布を探して手渡してきた。私は運転免許証を抜き出した。フランクリン・レイノルズ、住所はカンザス・シティ。運転免許証を返してポケットから札束を取り出し、男の指輪を指した。「バーにでも行って一杯やれ。自分から警察に話そうなんて気は起こすなよ。警察に訊かれたら、はっきり顔は見えなかったと言え。奥さんにも内緒にしろ。わかったか、カンザス・シティ？」

男は頷いた。ドアが開き、私は誰もいない廊下に出ていった。男性用更衣室へ急ぐ。アウトドア・デッキに面した床から天井まで届く窓をとおしてプールが見える。更衣室には着替えている人たちがいるが、自分のからだを隠すことばかり気にして誰も目を上げない。私は無料のバスローブをつかんでボクサー・パンツ姿になり、汚れた服をごみ箱に捨てた。それからシンクへ行き、サービスの洗面用品を使ってできるかぎり血を洗い落とした。

キャンベルを守っていた男たちは、狭い階段でまごついている。どちらにせよ、キャンベルのことなど気にもしていないだろう。たんなる任務の対象にすぎず、その対象は殺されてしまったのだ。暗がりに身を隠そうとしているのであって、復讐を望んでいるわけではない。

ロッカーの鍵はどれも役立たずの安物だった。三つ目のロッカーで、サイズの合う服を見つけた。少しきつめのジーンズをはいているときにドアが開き、黒いスーツを着た中国系の男が入ってきた。あごを突き出し、更衣室じゅうに聞こえるよう大声をあげた。「みなさま、非常事態です。しばらく建物から避難してください」そのあと標準中国語とタミル語でも繰り返した。

私は更衣室から出ていく人たちに紛れ、目を伏せたまま落ち着いてエレヴェータへ向かった。

日が暮れると息が詰まるような湿気も和らいだ。盗んだジーンズはそれほど窮屈ではなく、湾から気持ちのいいそよ風も吹いている。

海へつづく石の階段は、暗くなった空の下をうろつきながら何かがはじまるのを待っている観光客であふれていた。暗いおかげで傷も目立たず、顔を隠すことにもそれほど気を使わずにすんだ。雨ざらしになった農機具のように、からだじゅうが軋《きし》んで悲鳴をあげていた。腕も肩より上に上がらない。それでも、あれだけのアドレナリンが駆けめぐったあととあり、まだ少しハイになっていた。なんなら、あと数ラウンドはやれそうだ。人ごみを縫って足を弾ませ、ラヴィを探した。

それほど時間はかからなかった。人ごみから離れたところで、ラヴィが手すりに寄りかかっていた。白いポロシャツにカーゴ・ショーツ、サンダルという姿だ。どこかだらしない感じがするものの、ところどころに白いものが交ざったウェーブのかかった黒髪はぼさぼさだがしゃれている。どこかの父親のような格好をしているとはいえ、鋭い顔つきと意味ありげな笑みは、小学二年生の子どもの先生に言い寄りそうな父親のようにも見える。私とはじめて会ったときと同じ目で、湾を眺めている。まるで世界全体を見渡しているかのようだ。ラヴィにとっては、何もかもが集計表にまとめられるデータにすぎない。そういったデータを処理し、適切な場所に当てはめているのだ。

私はラヴィの隣で金属製の手すりに寄りかかった。ラヴィは私の頭のてっぺんから爪先まで見つめ、ほんの一瞬、目を見開いた。私の方へ茶色の紙袋を差し出し、そのことをごまかそうとした。袋のなかにはボール・ドーナツが入っていた。

「乳製品にアレルギーがあるんだ」私は言った。「粉ミルクが使われているが、加熱してある。加熱してある乳製品もだめなのか?」

たいていは大丈夫なのだが、ときにはだめなこともある。そんなことはどうだっていい、朝食を食べてから何も口に入れていないのだ。念のためにあとで薬のラクトエイドを飲めばいい。袋からひとつ取り出した。べたべたし、バラのような香りがする。まるごと口に押しこんだ。甘すぎて歯が痛くなったとはいえ、先ほどの乱闘のせいかもしれない。

顔を殴られただろうか? たぶん殴られたかもしれないが、覚えていなかった。

湾の向こうにそびえる街並みがきらめいていた。高い建物が迫ってくるように感じられ、虹色の輝きは『ブレードランナー』のような雰囲気を醸《かも》し出している。人ごみからは離れているので盗み聞きされることはないものの、それでもラヴィは声を潜めた。

「生きていたか」声に抑揚がなく、足元に広がる暗い海のように穏やかだった。

「がっかりしてるみたいだな」

ラヴィは黙ったままだった。

「こいつはなんだ?」私はもうひとつボール・ドーナツを取り出した。

「グラブ・ジャムンだ。リトル・インディアのいたるところで売っている」

「情報はでたらめだった」ゆっくり食べながら言った。「部屋にいたのは、キャンベルを除いて六人だった」

ラヴィは肩をすくめ、菓子を手に取ってじっくり見てからひと口かじった。「朝方には八人だった。あの男の命を狙う動きがあって、守りを固めたのだ」

落ち着き払ったその言い方を聞き、引っ叩いてやりたくなった。「それを伝えてくれてもよかったんじゃないか?」

ラヴィはもうひと口食べた。

「テストだったってことか」

ラヴィは私に横目を向け、にやりとした。「合格だ」

「ふざけるな」少しばかり声が大きくなってしまった。肩越しに見まわし、誰にも聞かれていないことを確かめる。「殺されてたかもしれないんだぞ」

「死ぬかもしれないとは思っていた。あるいは、少なくとも拘束されるかもしれないと。その場合、刑務所に入れられるまえに死んでいただろうがな。あれはただの面接で、これが実際の任務というわけだ。私たちの肩にかかっているのは、大金から世界の終わりまでさまざまだ。たったひとつだけ要求されるのは、優秀だということだ。いまここに立っているということは、おまえならうまくやっていけるということだ」

私はボール・ドーナッツを二ついっしょに取り出し、まとめて口に押しこんだ。三カ月まえのことを思い出していた。コロナドにある殺風景な部屋に連れていかれると、ラヴィがテーブルに着いていた。まるでパソコンのスクリーンに映し出された色分けされたセルを眺め、合計するとどうなるか考えているかのような目で見据えられた。目の前にあるフォルダに手を置いていたが、そのフォルダを開くことはなかった。

ラヴィは、エージェンシーと呼ばれる組織で働いていていると言った。ＣＩＡのことかと訊くと、ちがうと言われた。ＣＩＡはちびっ子フットボールで、自分はナショナル《N》・フットボール《F》・リーグ《L》だと。私に想像がついたのは、闇の政府のようなものだろうということくらいだった。闇の政府というのは、複数の政府機関だけでなく、金融業界や産業界のリーダーたちからなる秘密組織だ。その役割は、この地球が正しくまわりつづけるように目を光らせることだ。

「たいしたものだ」ラヴィは脇にあるごみ箱に空になった紙袋を放り投げ、ポケットからウェットティッシュを取り出して指を拭いた。私は自分の指を舐めるしかなかった。「七人スカウトしても、合格するのはひとりだけだ。最初の任務というのは、たいていそれほど難しくはない――ふつうなら、少なくとも銃を使える。だが、おまえは武器ももたずに潜入した」またじっくり見つめられた。「たいしたものだ。本当にたいしたものだ」

私をおだてようとしている。

気に食わないとはいえ、悪い気はしなかった。アメリカ海軍特殊部隊《ネイビーシールズ》に入ったのは、口を使って活躍するためではない。しかも今日、私がやり遂げたことは、誰にでもできるようなことではないのだ。

「どうしておれが？」私は訊いた。

これまでは訊かないようにしてきたのだが、重要なことに思えた。

「家族もいなければ、一般的な日常生活においてもつながりが薄い。テストの点数も高かったし、どこを取っても申しぶんない。複数の言語にも精通している。性格もふさわしい。しかも、軍にいるのはＡＲ１５ライフルを抱えて寝るイカれた民兵のような連中や、ピックアップの荷台に二挺のプラスティック銃を隠しているようなやつらばかりだ。おまえはそのどちらのタイプでもない。ほかにも基準はあるが、ようするに、まさしくわれわれが求めている人材だったということだ」

「あんたを信じろと？」

ラヴィが答えるまえに、どこか見えないところにあるスピーカーから、中国の弦楽器が奏でる耳に残る繊細な音色が流れてきた。すると湾の水が噴き上がり、ネオンライトに照らされた水しぶきが花やマンダラのような形に変化していった。それがしだいに大きくなって目の前に迫り、顔にしぶきがかかった。人々のあいだから歓声があがった。

美しいとはいえ、私には楽しめなかった。

ラヴィは眼鏡をはずし、ポロシャツを使って拭いた。

「信じる必要はない。この世のなかが正常に動くよう手を貸してくれればいいだけだ」

眼鏡をかけなおし、手を差し出してきた。

私は宇宙飛行士になることを考えた。

バルコニーで殺した男のことも考えた――首の内側の繊細な部分がちぎれる音や、魂を失ったからだから力が抜けたときのことを。

高層ビルから飛びおり、機転を利かせて命拾いをしたのがどんなに気分がよかったかということを。

何かに長けているというのが、どんなにいい気分かということを。

仕事で全身にアドレナリンが駆けめぐることを。

私はラヴィの手を握り返した。

「コードネームがいる」ラヴィが言った。

「ニックネームみたいなやつか？」

「作戦上の観点から必要だ。とはいえ、ときとともにそれが抑止力の役割を果たしてくれるようになる。自ら手を下さなくても、状況を収めてくれるのだ」

「あんたに任せる。自分で名前を考えるなんて間抜けみたいだからな」

小学校のころの記憶がよみがえってきた。はじめて『プレデター』を見た私は、主人公のダッチのようなかっこいいニックネームを自分につければ、いじめられないだろうと思ったのだ。

　だが、うまくいかなかった。

　ラヴィは海やネオンライトに照らされて形を変えていく水しぶきに目を向けた。「〝そして見ていると、見よ、青白い馬《ペイル・ホース》が現われ、乗っている者の名は死という〟」満足そうな笑みを浮かべた。「ヨハネの黙示録六章八節だ。まえからこれを使ってみたかった。さっきも言ったように、七人にひとり。いいだろう、ペイル・ホースだ」私の肩を叩き、そのまま握りしめた。「ヒズボラは関わった痕跡を残したくないだろう。やつらからすれば、こんなことは起こらなかった。だから誰もおまえを捜したりはしない。来たときと同じ名前で、明日の夜の帰りのフライトを予約してある。それまで、フード・マーケットにでも行ってみてはどうだ？　カダヤーナルール・ストリートのマクスウェル・フード・センターが私のお気に入りだ。チキン・ライスやチャークイティオが美味いぞ。楽しむんだな」

　ラヴィは手を離し、それっきりひとことも口にせずに立ち去っていった。人ごみのなかを歩いていくラヴィを見つめていた。色とりどりのライトに白いポロシャツが照らされていたが、やがて見えなくなった。私は湾に向きなおり、水と光のダンスに目をやった。曲がクライマックスを迎えるにつれ、しだいに大きく、より複雑で壮大な形を作り出していった。

　〝そして見ていると、見よ、青白い馬《ペイル・ホース》が現われ、乗っている者の名は死という〟

　聖書には詳しくないが、その一節がどう終わるかくらいは知っている。ジョニー・キャッシュのしわがれた歌声が耳に響いた。

　〝これに陰府《よみ》が従っていた〟

　曲が止まった。ライトが消える。湾に水が降り注ぎ、人々は闇に包まれた。

5

ライオンは罠から身を守れず、キツネはオオカミから身を守れない。つまり罠を見抜くためにはキツネであらねばならず、オオカミのどぎもを抜くためにはライオンであらねばならない。

――ニッコロ・マキャヴェリ『君主論』

現在
シンガポール

見るからに疲れた笑みを浮かべた客室乗務員に、二枚の税関申告書を渡された。一枚をアストリッドに渡して読書灯をつけると、暗いキャビンが黄色い光で照らされた。アストリッドは座席のトレイに申告書を置き、赤い太字で書かれた文字を叩いた。〝警告：シンガポールの法律では、ドラッグの密売人は死刑に処されます〟

「大丈夫なの？」アストリッドが訊いた。

「また口を利いてくれるのか？」

「本気で言っているのよ」座席の下のキャリーに視線を落とした。十九時間のフライトのあいだ、P・キティはほとんど身じろぎひとつしていなかった。

面白い事実がある。ネコというのは、カンナ《C》ビジオ《B》ール《D》（麻に含まれる成分）を過剰摂取しても死ぬことはないのだ。とはいえキャットフードの袋には原材料にCBDと書かれているので、運輸《T》保《S》安局《A》と面倒なことにならないよう、袋からタッパーに中身を移し替えていた。規則は知らなかったし、調べようともしなかった。

「きっと大丈夫さ」私はそう言って座席の上でからだを動かし、血のめぐりをよくしようとした。からだが強張ってあちこち痛むものの、少なくとも不快感のヴォリュームは小さくなっていた。苦痛というコンサートホールで、スピーカーの隣から会場のうしろへ移動したような感じだ。

アストリッドの口調に温もりが感じられるというわけではないが、パスポートを手に入れてからこれだけ話をしたのははじめてだった。これは前進と言えるだろう。空港までのタクシーのなかでも、飛行機を二時間待っているあいだも——アストリッドはどこか宙を見つめていた。おしゃべりをしたい気分ではなさそうだったので、私は離陸するまえにヴァイコディンを何錠か飲んでおいた。フライトのほとんどは、寝ているかぼうっとしているかのどちらかだった。

P・キティのケージの隙間からもう少しキャットフードを差し入れてみたが手を叩かれなかったので、P・キティもうとうとしているにちがいない。いい子だ。

「あなたは実際にはいないと思っていたわ」アストリッドはハンドバッグからペンを取り出しながら言った。

「どういう意味だ？」

「わたしは悪いやつらも治療してきたわ」アストリッドは申告書に記入していった。何もかも新しいパスポートに書かれていることと一致するよう、注意して申告書とパスポートを見くらべている。「みんなあれこれ話をするの。ペイル・ホースのことも聞いたことがあるわ。あいつは人間じゃないって」

それを聞いて少しだけ興奮せずにはいられなかった。

アストリッドに横目で見られた。「バーで口説くまえに結婚指輪をはずして、熱が冷めたら家族のいるロングアイランドへミニバンを運転して帰る、あなたはそんな男に見えるわ。とても暗殺者だとは思えない。ジェイソン・ステイサムなら暗殺者に見えるけど」

「まずは、好き勝手に言ってくれてありがとう。それと、ジェイソン・ステイサムは映画俳優で、たまたま暗殺者の役が多いだけだ。朝食にグラスでも食べていて、部屋に入ってきただけで誰かが怪我をしそうな予感がする、そんなタイプの男だ。おれはちがう。ようはそこなのさ」小さく微笑みかけた。どう映るか不安だったが、それくらいのことしかできなかった。「とにかく、しょせん話なんていい加減だ。話しているうちにどんどん大きくなる。おれはただの仕事ができる男だったってだけさ」

「だった、ですって？　どうしたの、やめたってこと？」

心のどこかでは、何もかも打ち明けてしまいたかった。回復プログラムや、一年近くまじめに生きていることなど、何もかも。だが彼女のことは信用しているし、ほかの人たちよりもよほど信用しているとはいえ、打ち明けるわけにはいかない。この秘密だけは。あのロシア人と戦ったことを思い返した。本気でやっていれば、あの男は死んでいただろうし、私もいまここにはいないだろう。私は片手を背後で縛られた状態で戦っているのだ。ペイル・ホースという名前を出すことで、もうしばらくは危険を避けられるかもしれない。不本意ではあるものの、身を守るためのいちばん強力な盾は自分の評判なのだ。

「いま気になっているのは、ゴルフのスイングだ」私は言った。

申告書を書き終えたアストリッドにペンを渡された。思わず〝名前〟のところに〝マーク〟と書きそうになってしまった。書きなおそうとしたように見えないよう、なんとかうまくごまかした。「おれが寝ているあいだ、何をしてたんだ？」

「いろいろ映画を見ていたわ。それから二人ぶんのディナーを頼んで、両方食べちゃった」

「面白い映画はあった？」

「『恋人たちの予感』をまた見たわ。あの映画、大好きなの」

「まちがいなく、歴代トップ5に入る」

アストリッドは目を細めて私を見つめた。「アクション映画が好みだと思っていたわ」

「クラシックやロマンティック・コメディのほうが好きなんだ。アクションは実生活だけで充分だ」

アストリッドは少しだけ目をまわしたが――当然だろう――それから無表情になった。私の方へからだを寄せ、声を潜めた。「それで、ポリシーみたいなものはあるの？」

「ポリシー？」

「ええ、ポリシーよ。殺し屋っていうのは、みんなポリシーがあるわ」

これも映画のせいだ。だがそうは言っても、誰もが自分にとっての北極星のような役割を果たすモラルをもっているのは確かだろう。「十八歳未満は殺さないと思うが、そういう状況に直面したことはないからな。とにかく……殺《や》るのはゲームのプレイアーだけで、数学的に考えて正しくなければやらない。ある意味で天秤にかけるんだ。ほかの人たちを救うために、ひとりを犠牲にするというわけさ」

「女の人を殺したことは？」

「何人かは」

しばらくあえて何も言わなかった。いまのことばを受け止めると、アストリッドは言った。「訊きたいことがあるの。正直に答えて」

私は書きかけの申告書の上にペンを置き、彼女の方へからだを向けた。自分の腹をさらすことで、少しばかり弱い部分を見せるという意思表示をしたのだ。

「わたしはあなたの顔を知っているわ。あなたが誰かということも。この件のかたがつくまで、生きていられるの？」

そういうことか。だからポリシーのことを知りたがっていたのだ。たっぷり考える時間があった彼女は、きっとこう思っているのだろう。飛行機を降りて税関へ向かい、大勢の警備員たちが見えてきたら、大声で助けを求めて逃げるべきだろうか、と。

「きみを守ると約束しただろ。必ず守ってみせる」アストリッドはあまり信用していないようだった。「むしろきみは人を助けてるんだから、数学的に考えるときみには分がある」

「でも、わたしはそうとう悪いやつらも助けてきたわ」

「だったら、きみはスイスみたいなものだ。スイスと戦争をする気はない」

それは紛れもない真実だった。一年と数日まえなら、アストリッドを消すという可能性も考えただろう。余分な要素というのは方程式をややこしくする。そんなふうに考えている自分が嫌だった。かつての思考パターンだ。だがアストリッドの緊張が解けたところを見ると、信じてくれたようだ。

アストリッドは前の座席の背面に備え付けられたスクリーンに目を向けた。航空会社の宣伝が流れている。

「それで、どうするつもり？」

「向こうに着いたら、むかしの指示役から会う場所を指定されるはずだ。それには従わないで、こっちから探しに行く。きみとネコはとりあえずホテルへ。おれはATMへ行って現金をおろしてから、あれこれ調べてみる。ホテルに戻ったら、次にどうするべきか二人で考えよう」

もうひとつ用事があるものの、アストリッドには話したくなかった。いまはそんなことをしている場合ではないと、いまだに自分にも言い聞かせようとしているところなのだ。とはいえ、世界の反対側へ向かっているのだ――いまを逃すとチャンスはないかもしれない。

「わたしをホテルに置いていくのね。壊れたら困るガラスのフィギュアみたいに」

「アストリッド、おれが相手にしている連中は、本気なんだ」

「あなたが相手にしている人たちのことを教えてあげるわ。みんな手当てをしてもらいにわたしのところへやって来るはめになるのよ。結局は、ママに会いたがっている怯えた子どもみたいなものだから」

「ホテルのほうが安全だ」

アストリッドは座席に背中を預け、腕を組んだ。

「いい温泉があるところじゃないと嫌よ」

「トイレに行ってくる」

アストリッドはハンドバッグに手を入れ、小さなジッパー・ケースを差し出した。「きれいにしてから、新しい包帯に替えて。簡単でしょう？　手伝わなくても大丈夫よね？」

私は彼女に向かってジッパー・ケースを振ってみせた。「ありがとう」

キャビンの前方へ歩いていくうちに、音をたてるようにしてからだに力が戻ってきた。空いているトイレに入ると、なかは動きまわれるほど広々としていた。国際便の数少ない特典のひとつだ。顔に水をかけて頭をはっきりさせようとした。用を足して手を洗い、シャツをまくり上げた。

縫った傷口は開いていなかった。いまだに痛々しいが、赤くもなっていなければ痣にもなっていない。傷の縁を指で押してみた。痛みはあるとはいえ、ふつうの痛さだ。ジッパー・ケースを開き、傷口をきれいにして包帯を取り替えた。それが終わると何もかも片付け、鏡に向きなおって自分を見つめた。

アストリッドを連れてきたのが正しい判断かどうか、いまだに自信がなかった。空港へ向かうまえに、現金を手に入れてどこか知らない場所へ彼女を逃がすべきだったかもしれない。そんな彼女が、今度は手を貸したいだと？　アストリッドのそんないっときの感情を疎ましく思っているわけではないものの、いちばん避けたいのは彼女を危険にさらしてしまうことだった。

二日剃っていない無精ひげを掻きながら、ラヴィとの再会はどんな気持ちになるだろうか考えた。私には家族と呼べるような人たちはいない。それに近いのがエージェンシーだった。ラヴィは父親だ。ときにはリヴィング・ルームでビールを飲みながら、棒でスズメバチの巣を叩き落としてこいと言ってくるような父親だ。

私が頂点に立っていたころは、ペイル・ホースという名前を口にするだけで、相手は銃を捨てて逃げ出していた。私に不可能なことはなく、まさしく神だった。陰府《よみ》が従っていた。自分に長けていること、ほかの誰よりも秀でていることは、いまの私にはできないことだった。

これがやつの作戦だとしたら？　私を狩り出し、ハンマーを打ちおろすつもりかもしれない。

エージェンシーが裏で糸を引いていることもあり得る。エージェンシーの雇用計画に確定拠出年金がないのにはわけがある。エージェンシーで働く者は、命を落とすか、生き延びて逃げ隠れるかのどちらかなのだ。ひょっとしたら私の頭のなかに何かが埋めこまれているのかもしれない。エージェンシーが必要とするもの、あるいはほかの人間に知られたくないものが。

それでも、この件には個人的な思惑がからんでいるという考えを拭えなかった。あのロシア人はノートを奪っていった。そこには埋め合わせをするべき人たちのリストが書かれている。あの男はそのノートを狙っていたようだった。

知りたいことは山ほどあるが、その答えはほとんど見つかっていない。だが、気にはならなかった。気になっているのは――心底怯えているのは――ラヴィと向かい合って坐ったときに、見透かされてしまうのではないかということだ。もはや私に人を殺す気がないということを。もはや自分の身を守れないということを。

ライオンに囲まれて坐りながら、ライオンたちが腹を空かせていないことを願うしかなかった。

ラヴィのような男たちは、そこが問題だった。彼らはつねに腹を空かせているのだ。

一歩先を行く必要がある。ちょっとした保険がいるのだ。すぐにある考えを思いついた。少しばかりありふれたやり方だからだ。とはいえ、ありふれているのにはそれなりの理由がある——うまくいくからだ。トイレを出て座席へ戻り、アストリッドに顔を寄せて言った。「手伝ってもらいたいことがある」

アストリッドはにんまりした。「聞かせてちょうだい」

いまは冬ということもあり、まえに来たときほど暑くないことを願っていた。だが、その期待ははずれた。空港から出たとたん、ねっとりとした湿気に包みこまれた。まるで会いたくない風変わりなおじにきつくハグをされ、しかも不適切な場所を触られているような気分だった。

マクスウェル・フード・センターのなかはいくぶん涼しかった。厳しい陽射しから遮られ、ずらりと並んだシーリング・ファンが空気の流れを作り出している。その風で、ひっそりと祝日を祝う垂木《たるき》にかけられた装飾が揺れていた。

もうすぐランチの時間だった。さまざまな食べ物の屋台には行列ができ、施設内はごった返していた。ポットがぶつかる音や中華鍋が擦れる音が飛び交い、肉の焼ける匂いが充満している。白人は少なく、ここでもまた私は目立っていた。

かつてシンガポールは、タイのような国だった——いたるところに食べ物の屋台がひしめきあっていたのだ。より衛生的に、そして交通をより安全にするため、露天商人たちはこの施設のようなフード・ホールに移動させられた。それぞれの屋台で提供される料理の種類は少なく、その得意料理や出身地域によって特色があった。美味《おい》しそうな料理ひと皿で数シンガポール・ドル、アメリカ・ドルに換算すると数ドルしかしない。〈ティアン・ティアン〉という店のチキン・ライスが飛び抜けて美味《うま》かったのを覚えている。こういった場所ではいちばん長い列の最後尾に並び、多くの人が買っている料理を注文することにしている。それではずれを引いたことはない。

だが、ここに来たのは食事をするためではない。オレンジ色や緑色のプラスティックのテーブルのあいだを縫うように歩いていった。それぞれのテーブルのまわりには、地面に固定された六脚の低い黄色のスツールが備え付けられている。そういったスツールのなかには、ポケット・ティッシュが置かれているものもあった。〝いま列に並んでいて、この席を確保している〟という地元の合図だ。ハンドバッグや携帯電話を置いている人もいる。この国の犯罪率が低いことを示すもうひとつの証拠だ。

センター内の奥の方にある比較的静かなテーブル席に、ラヴィがひとりで坐っていた。白いポロシャツにショート・パンツ、サンダルという格好だ。私は店先にカトラリーが並べられた屋台の前を通り、こっそりフォークとナイフを拝借した。それからラヴィの前に立ち、気づかれるまで待っていた。

ラヴィの前には、カフェテリアのプラスティックのトレイが幾何学模様のように置かれていた——赤、オレンジ、緑、すべてがきっちり直角に並べられ、その隙間も均一だ。それぞれのトレイには、ちがう料理がのせられている。チャークイティオ、炒めた米粉の太麵、中国ソーセージ、クルマエビ、ハイガイ。そして〈ティアン・ティアン〉のチキン・ライス——ブラウン・ソースがかかった茹で鶏の皿の横にはドーム型に盛られたライスの皿があり、三種類のディップ・ソースが添えられている。そのほかにも、見たこともない料理がいくつもあった。

ラヴィは以前よりも老け、いまでは髪もほぼ真っ白だ。ラヴィをハグしたいのか殴ってやりたいのか、自分でもわからなかった。どちらのほうが傷つくだろう？

　ようやくラヴィが目を上げて私に気づいた。その表情が驚きから恐れ、そして平静へと変わっていった。

　私は向かい側のスツールに腰をおろし、フォークでチキンを刺して頬張った。常温とはいえふっくらして柔らかく、ジューシーだった。冷めても美味い茹で鶏をどうやって作るのか、見当もつかなかった。

「生きていたか」ラヴィが口を開いた。

「デジャヴだな」

　私はフォークでライスをすくった。ラヴィはなんという料理かわからない炒め物をフォークで刺して口に入れた。私たちは口を動かしながら見つめ合っていた。料理のなかに尖ったものでも入っているかもしれないと用心するかのように、ゆっくり嚙んでいた。

「ボディガードを待ってるなら、二人とも来られないぞ」私は言った。

「無事なのか？」

「ひとりは南側のトイレの個室に、もうひとりは東側の物置のなかにいる。関係をぶち壊すために来たわけじゃない」

　ラヴィは首を縦に振った。「会うのは今夜のはずだが」

「準備を整える機会を与えるとでも？」

　ラヴィはにやりとした。二人とも、かつての習慣に戻っていた。ラヴィをうならせたい私と、内心ではうなっていてもそれを隠そうとするラヴィ。ラヴィはどうやって自分を見つけ出したか訊かなかった。そんなことを訊けば、私をばかにすることになるからだ。実を言うと、ラヴィが食べることが好きで、このフード・ホールがお気に入りだということを知っていた。理にかなった推測とはいえ、たまたまそれが的中したにすぎない。

それでも、こうやっていっしょの場所にいるだけで、これまで二人でしてきたことが心理的ノイズになってかつての思考パターンがよみがえってくる。料理のトレイも水の入ったコップもプラスティックだが、カトラリーは金属製だ。丈夫な金属ではないものの、目を刺したり首を貫いたりできるくらいの強度はある。半径五十フィート以内には、三十七人の人がいる。男が二十人、女が十七人。出口は四方にあり、私なら左側の出口を使う。人が密集しているうえに、途中には食べ終えたトレイでいっぱいの謎めいた大きな金属製の装置があり、それを倒せば追っ手をかわせるからだ。さらに壁際に置かれたバケツにはモップが立てかけられていて、それを折れば即席の武器として使える。

指先に電流が流れる。久しぶりに、本来の自分に戻ったような気がした。まるでトランプのカードのように生と死を扱ってきた自分に。チャークイティオを頬張ると、口のなかでソーセージが弾けた。

ラヴィはフォークを置き、目の前で両手を組んだ。

「てっきり死んだものだとばかり思っていた。たいていはそういう終わりを迎えるものだからな。ほとんどの工作員は殺されるか逃げるかだ。逃げるような男だとは思わなかった」

「頼みがある」私は言った。

それを聞いたラヴィは笑みを浮かべ、目を見開いた。いまさら頼みごとをする厚かましさ。

「このあとの話し合いでは、ちょっとしたことを考えていたんだが」ラヴィが言った。「カップケーキでも用意していたのか？　カップケーキなら嬉しい」

「いや、ちがう」

「そいつは残念だ。それはともかく、ロシア人に襲われた。背が高くて、モヒカン刈りのやつだ」私は前腕を上げた。「サイコロみたいな五つの点のタトゥーをしてる」

ラヴィは何か言おうとして口を開いたが、その口が止まって言いなおした。「いつだってロシア人がからんでいるものだ、そうだろう？」

「心当たりは？」

「それだけではなんとも言えない。ロシアの犯罪者はタトゥーをしている者が多い。タトゥーというのは刑務所に入っていたという証《あかし》らしい。真ん中の点は自分自身で、まわりの四つの点は監視塔を表わしている」

そこで口を閉じ、まわりの人たちに目をやった。誰かを探しているのか、それとも適当なことばを探しているのかはわからない。それからまた口を開いた。「正直に言って、その男と何があったか知らないが、まだ相手が生きているのは驚きだ」

ボックス呼吸法をしようとしたが、それだけで感づかれてしまいそうな気がした。

「その日は朝食抜きだったのさ。いまだに腕はなまってない。人が多い場所で気づかれずに二人の男を動けなくしたり、飛行機を降りて二時間後に人口五百万の国であんたを見つけ出したりできるくらいにはな。おれに関係があることでも話題になってるのか？　誰かに狙われるかもしれない理由は？」

ラヴィはくつろぎ、フォークを手に取ってまた食べはじめた。「心当たりはない。さて、予想はしていると思うが、連絡があったことは長官にも伝えてある——」

「告げ口か」

ラヴィは片方の眉を吊り上げた。私がつづけるよう手を上げると、ラヴィは言った。「長官も驚いていた。その驚きが、あっという間に怒りに変わった。この仕事は、勝手に行方をくらましていいようなものではない。アズラエル（大天使）を差し向けるよう言われた」

聖書から名前を借りるのはラヴィのお気に入りだ。

アズラエルに会ったことはないが、その噂は積乱雲のように不気味だった。エージェンシーのナンバー2の殺し屋。私が抜けたあとはトップの座を継いだにちがいない。

「ごろつきどもを送りこむっていうならわかる。だが、別のプロを使うっていうのか？　ハリケーンを原子力爆弾で止めるようなものだ」

「戦争をはじめたいわけではない。長官も少しは冷静になった。おまえに提案があるそうだ」

「というと？」

「戻ってきて、この一年間のことを報告しろと。長官はなんらかの代償を求めている、いまだに忠誠心があることを示してもらうために。あの長官のことだ、厳しい要求をすると言えば、実際に厳しい要求になるだろう。とはいえ、色をつけるつもりだ。そのロシア人を見つけ出して排除するのに手を貸してやろう。それが終わったら、翌日から復帰してもらう。しばらくは監視下に置かれることになるが」

その選択肢を考えてみた。

考えること自体が問題だ。

はき慣れた靴をはくように、戻るのはたやすいことだろう。しかも安全と安心が保証される。私だけでなく、アストリッドやP・キティ、あのグループの仲間たちにとっても。

これが実際の提案だとすれば、の話だが。私をドアに誘いこんで斧を振りおろすための策略ということもあり得る。先の丸いバター・ナイフを握る手に力をこめた。あの神の力が全身を駆けめぐっている。

これが本当の自分で、本当の自分というのは変えられないのかもしれない。

そのとき、ケンジのことばを思い出した。〝手放して、神に任せる〟

ナイフを握る手から力を抜き、テーブルに置いた。

「クルト・ゲーデルという名前を聞いたことは？」私

は言った。

「オーストリアの数学者だな」

「そうだ」私はフォークを手に取り、玉子料理を口に運んだ。「ゲーデルは不完全性定理とかいうのを説いた。数学というのは絶対的な真実の体系だと思われている。一足す一はつねに二だからだ。たぶんうまく説明できないから詳しいことは省くが、不完全性定理によると、どんな数学の基本的な法則も結局は不完全ということだ。そういった法則では証明できない、数字に関する真実が必ず存在すると」

「何が言いたい？」

「数学というのは完璧ではないってことだ」フォークを放り、テーブルから立ち上がった。「またな、ラヴィ」

「どうして抜けた、マーク？　女のせいか？　いつだってロシア人がからんでいるように、いつだって女がからんでいるものだからな」

「少し休みを取ったのさ」

ラヴィは笑みを浮かべていた。その笑みを見て息が詰まった。「どこか変わったと思っていたよ」

見透かされた。どこでばれたのだろう？　そんなことはどうだっていい。私は手を伸ばして耳のうしろを掻いた。アストリッドと決めた合図だ。数秒後、ラヴィの胸に赤い光点が浮かび上がった。

「シャツに何か付いてるぞ」私は言った。

ラヴィは見下ろして笑い声をあげた。「映画で見たことがある。カネを渡さないと、レーザー・ポインターを向けられる。こんなので脅しているつもりか？　勘弁してくれ」埃を払うかのように、わざとらしく手の甲で赤い光点を振り払うまねをした。

私はテーブルに両手をつき、たったいま食べたものの匂いが伝わるくらい顔を近づけた。

私のなかのもっとも凶暴な部分を解放する。

「試してみるか？」ペイル・ホースが訊いた。

ラヴィの目がわずかに大きくなった。背筋もかすかに強張る。ほんの数秒まえまでは本気にしていなかったかもしれないが、その自信が消え失せた。私にどんなことができるか思い出したのだ。誰かが私を止めるかラヴィを助けるかするより先に、ラヴィの胸に銃弾を撃ちこんで簡単に逃げおおせられるということを。

ラヴィが考えすぎかもしれないと思うまえに、私は背を向けて人ごみのなかに姿を消した。

アストリッドが食べ物の屋台の陰から顔を出した。すでにレーザー・ポインターはポケットにしまわれている。私は彼女の手をつかみ、フード・ホールの外の厳しい陽射しの方へ向かった。

「楽しかったわ」アストリッドの声にはかすかに興奮の色が交ざっていた。

その反応にはどこか釈然としないところがあったが、その理由を考えて時間を無駄にはしたくなかった。

ゲイラン地区はピンクや青のネオンサインで輝いていた。中心業務地区のすぐ北にあるとはいえ、まるで異国のようだった。高層ビルや観光客は姿を消し、代わりに住居兼店舗のショップハウスやセックス・ワーカーがひしめいている。私は多くの視線を集めていた。列車を降りてから、自分以外の白人を見ていなかった。ドッグ・パークにいるネコのように目立っている。

ゲイラン・ロードの人ごみを離れてロロンと呼ばれる路地に入った――多少は落ち着いた脇道だ。ところどころに売春宿があり、女たちが折りたたみ椅子に坐っていたり歩道脇でたむろしたりしている。露出度が高くて透けている服を身にまとい、タバコを吸っている。目が合うとさりげなく手を振ってくるが、そのまま歩き去れば声をかけてくることはない。

シンガポールは、セックス・ワークに関しては奇妙なグレーゾーンの立場を取っている。売春は違法ではないものの、公共の場所での客引きや売春宿の経営は違法だ。たいていの場合は当局も大目に見ている。しかもこのあたりでは、数軒の売春宿の前を通って角を曲がると、小さな仏教の寺院が並んでいることもある。つまりこのエリアを歩きまわるには注意が必要で、無言の厳《おごそ》かな圧力にさらされることになるのだ。

とはいえシンガポールに存在するけちな犯罪を探しているなら、ここがぴったりだ。陰に隠れているものの、どこを探せばいいか心得ている。ラヴィとの一件で自分の役割を果たして少しばかりハイになっているアストリッドには反対されたが、これは自分ひとりでやらなければならないことなのだ。

いまだにここにいること自体、正気ではない。エージェンシーはちょっとした部隊を差し向けているだろう。だが彼らが重点を置くのは空港や鉄道の駅、それにバスターミナルにちがいない。私が逃げると思っているのだ。ぶらぶらしているなどとは想定していない。そのおかげでいくらか時間が稼げる。

地元の監視ネットワークにアクセスしていれば話は別だ。おそらくアクセスしているのはまちがいないだろう。このエリアでさえ、街灯や街角など、いたるところに丸い監視カメラが設置されている。はっきりととらえられないよう顔を背けてはいるものの、数が多すぎて把握しきれない。

エージェンシーに所属するのには特典がある。指紋や顔認証、家族や雇用履歴――そういったものは何もかも消去される。調べようとすればかすかな残像のようなものが見つかるかもしれないが、それだけだ。これまではそれが大いに役に立っていたが、エージェンシーはそのスイッチを切ってしまった。つまり、消された情報をもとに戻せるということだ。ラヴィにメッセージを送った時点で手をつけはじめたかもしれないが、空港で誰も待ちかまえていなかったところをみると、まだ心配なさそうだ。

ラヴィ。

戻ってこいということばが耳にこだましていた。

だからこそ、いまやろうとしていることが重要なのだ。一歩踏み出し、一年まえに立った運命の分かれ道から少しでも先に進まなければならない。ロシア人にノートを奪われたとはいえ、さいわいそこに書かれた内容は胸に刻みこまれている。

ふと、いまの自分がいかに孤独かということを実感した。静かな通りを歩いて死刑台へ向かっていると言っても過言ではない。携帯電話を取り出してケンジにかけた。最初の呼び出し音でケンジが出た。

「無事だったか」ケンジは驚いているようだった。そう感じて少しだけ傷ついた。

「ほかのみんなは？」

「大丈夫だ。そっちは？」

「むかしのボスを見つけ出した。いまの状況については何も知らなかった。とはいえ、まえの仕事に復帰するよう言われた」

「どう感じた？」

長い沈黙が答えになっていた。

「その選択肢を考えてみたっていうのは、悪いことじゃない。これは完璧な手順というわけではないんだ。きみだって完璧ではない。いつも言っているだろう？　手放して……」

そこでことばを切って私につづきを言わせた。「……神に任せる」

おたがいに神を信じているわけではない。これまでやってきたことを考えれば当然だ。アルコホーリクス・アノニマスの根幹をなす指針のひとつに、大いなる力に身を委ねるというのがある——その大いなる力というのはなんだってかまわない。私たちのような人間は、かつては自分自身を神だと思っていた。神がすることを自らの手でしていたからだ。死をもたらしたり、誰が生きるか決めたりしていたのだ。〝手放して、神に任せる〟というのは、アサシンズ・アノニマスで言われたい換えるとこういうことになる。〝おまえは神ではない、ひとりの人間だ。おまえがしたことは、ほかの人間に対してしたことなのだ〟

いまこそ、そのことばを嚙みしめてじっくり考えなければならない。たとえそれが歯に詰まっているとしても。

「ほかにも知らせることがある」私はケンジに言った。「これから最初の埋め合わせをするところだ」

「マーク、ステップ9に進むのはまだ早い。まずはじっくりリストを見なおすことになっている。それから二人で、直接埋め合わせをするのにふさわしい相手を決めるんだ」

「せっかくこんなところまで来たんだ。それに正直に言って、いろいろな要素を考えると、なんとなく啓示のような気がする。これをやらなきゃならない。ここからはじめるんだ。話したことがあるだろ。任務ではじめて殺した相手だ」

ケンジはため息をついた。「気まずい思いをするぞ。気をつけて。長居はするなよ」

「ありがとう」

「マーク？」

「なんだ？」

「誇らしいよ」一語一句伝わるよう、ケンジはゆっくり言った。

しっかりその気持ちが伝わってきた。

「おれも愛してる」私は言った。

目的地が近づき、私は電話を切った。どこまでもつづく三階建てのテラスハウスのなかでひときわ目を引く、荒れ果てた箱形のアパートメントだ。

フジ・マジェスティック・アパートメント。

そこは――多くの人は知らないが、私は知っている――地元の三合会の拠点でもある。

ウィア・マリスで集めた情報が正しければ、そこには幹部のひとりでビリーという名前で呼ばれるシェ・

ヤンがいるはずだ。彼の父親のウェン・ヤンは三合会のボディガードで、遠いむかし、ミレニアム・ホテルのバルコニーに出てタバコを吸っていたところを、アメリカ人の暗殺者に首をへし折られた。あの親にしてこの子あり、といったところだろう。

啓示のような気がすると言ったのは、これが理由だ。ひとつ目は、こんなことはしたくなかったからだ。したくないことをするというのは、立ちなおるためには欠かせないことだ。

二つ目は、最初の埋め合わせは、どうせならエージェンシーの殺し屋としてはじめて殺した相手に対してするべきだと思ったからだ。

正面ドアの脇で男がタバコを吸っていた。二十代なかばで頭を剃り上げ、きれいに整えたヤギひげを生やし、ネオン・ピンクのタンクトップを着ている。ヤンではない。目にすれば父親の面影が見えるだろうと思っていた。ドアのそばにいるその男に近づいていった。その男を軽く見ていると思われるほど近くまでではないが、恐れてはいないことを示すくらいの距離まで。私は声をかけた。「ビリーに会いに来た」

男は深々とタバコを吸って私のうしろの通りに弾き飛ばし、からだのまえで両手を組んだ。そのあいだ、一瞬たりとも私から目をそらさなかった。

「父親のことで話があると伝えてくれ」私は言った。

しばらく私を見つめてから、男は正面ドアを入っていった。

おそらく私の言ったことは通じただろう。シンガポールには英語が堪能な人が多い。若者のあいだではなおさらだ。鉄のセキュリティ・ゲートをとおして、男が薄暗い廊下を進んでエレヴェータに乗るのを眺めていた。

円を描くように歩きながら待っていた。何を言おうか考えていた。何も思い浮かばなかったので、成り行きに任せることにした。きっとその考えは大まちがいだろうが、いまはあれこれ学んでいる最中なのだ。

男が戻ってきてドアを開け、ついてくるよう首を縦に振った。先ほどは武器をもっていなかったが、いまは腰のあたりの膨らみを見せつけるようにしている。ズボンの前の部分に、無理矢理銃を押しこんでいるのだ。あまりにも間抜けだ。そんなところに挟んでいては素早く抜けない。なんだってみんなこんなことをするのだろう？

答えは簡単、映画だ。いつだって映画のせいだ。

黙ったままエレヴェータに乗り、長い廊下を進んだ。あるドアは重低音の音楽で揺れている。別のドアの奥からは赤ん坊の泣き声が聞こえる。私はためらいはじめていた。フード・マーケットを出たあと、そのまま逃げるべきだったかもしれない。

あるドアのところまで連れていかれ、男がそのドアを開けて私を先に通した。いまでは背後につかれたのが気に入らなかった。ふつうのアパートメントを想像していたが、リヴィング・ルームはティーンエイジャーの美的感覚をもつ大人によって飾り付けられたオフィスのようなところだった。

室内は紫色の埋めこみ型照明で照らされ、壁には古いカンフー映画やアクション映画の額入りのポスターがかけられている。『酔拳』『五毒拳』『ワンス・アポン・ア・タイム・イン・チャイナ外伝』『片腕カンフー対空飛ぶギロチン』『ザ・キラー』『インファナル・アフェア』知らない映画もいくつかあった。

奥の壁際には巨大な木のデスクが置かれていた。あまりにも大きく、どうやってドアを通したのか見当もつかない。そのデスクのうしろにはガラスのディスプレイ・ケースがあり、中国の武器が飾られている。鉤《こう》、太極剣、そしてひと組の美しく光るバタフライ・ソード。デスクはタバコの巻紙やぞんざいに積まれたマリワナの山、シルバーに輝くトーラス856リヴォルヴァなどで散らかり、そのうしろに白いナイキのシューズに赤いトレーニング・ウェア姿の若い中国人の男が坐っていた。

心のなかで、父親の姿が重なって見えた。二人とも物腰の柔らかな少年のような顔をしているとはいえ、目に浮かぶ憎しみは隠しようがない。今夜、その傷口が開くとは思ってもいなかったにちがいない。

彼の左側の壁には『ハードボイルド』のポスターが貼られていた。私はそれに向かってあごをしゃくった。

「名作だ。チョウ・ユンファ。中国のトム・クルーズ、そうだろう？」

「誰だ、おまえ？ それと、親父の何を知ってる？」

「なあ」私は背後の男にちらっと目をやった。男はゆっくり腰の方へ両手を動かしている。いかにも素人だ。

「できれば二人きりで話がしたいんだが」

うしろの男の動きが音でわかった。銃を握り、肌が金属に擦れる音がする。かつての思考パターン——それはよみがえってくるというよりも、もとからそこにあったかのようだ。本気で撃つ気はなさそうなのであえて銃を抜かせ、それを後頭部に押し付けられても抵抗しなかった。こうすれば、男も気分をよくするかもしれない。

その様子を見てビリーはにやりとした。

問題は、銃を手にした男が間抜けなことをしたということだ。近づきすぎたのだ。銃を突きつけるときに自分の身の安全を確保するには、最低でも二十一フィートの距離が必要だ。それ以上近づくと、何もかもが台無しになる。銃というのは不発に終わることもあるし、アドレナリンは研ぎ澄まされた運動機能を狂わせる。誰もが私のようにそのホルモンと親密な関係を保っているわけではない。狙いを定めて銃を撃つというのは、想像しているよりも難しい。プロなら少なくとも数歩は下がっただろう。

私はじっと立ったまま平然とし、それが二人にも伝わるようにした。

「危害を加えるつもりはない」私はビリーに言った。「知っておいてほしいことがあるんだ。おれの目的は落ち着いて話をすることだ。これじゃあ、まともな話なんてできやしない。だから一度だけ、丁寧に頼む。お友だちに銃をおろさせて、五分だけ二人きりにするよう言ってくれないか」

ビリーはそこそこ興味を示していたものの、すでにこの状況に飽きてきていた。ビリーが真新しいオフィスを見まわし、こう言っても私は驚かなかった。「こいつを地下室かどこかへ連れていけ。とにかくここからつまみ出せ」

「そうか、わかった」背後の男が指示を理解するより先に、私は肩を下げて足を引き、発砲されても当たらないよう銃をもった腕を天井の方へ突き上げたが男は発砲しなかった。それから横へまわりこんで銃を奪い、その銃を分解して床に捨てた。

ビリーがトーラスに手を伸ばし、私は大声をあげた。

「おい」

ビリーは手を止め、私を見上げた。

「そいつも奪ってみせるぞ。五分でいい、そしたら消える」

ビリーの動きが止まった。ため息をつき、手を振って男に出ていくよう合図した。

二人きりになると、私は部屋を横切ってデスクの前の空いている椅子に腰をおろした。さっきは二十二フィート離れていた。あのとき撃てばよかったものを。ビリーは椅子の背にもたれかかり、デスクの上にナイキのシューズを叩きつけてふんぞり返った。力を誇示しようとしている。

怖じ気づいていることを隠そうとしているのだ。

「親父のことはほとんど覚えてない」ビリーは口を開いた。「親父が死んだのは、おれが十二のときだ。もう何年も会ってなかった。知っておいてほしいことって、なんだ？」

「親父さんを殺したのはおれだ」

そう口にしたとたん、とてつもない解放感に包まれた。

たったこれだけ？　そう言うだけでいいのか？　こんなに簡単なことなのか？

だがそのとき、ビリーがデスクを飛び越えてきた。私は床に押し倒され、顔を殴られた。

もみ合いになったが、うまいこと腹の傷を避けてくれた。ありがたい。それからビリーが膝立ちになり、しっかり力をこめて殴ってきた。無言で何度も何度も腕を振りおろしてくる。カーペットがぶ厚くて助かった。こんなふうに頭が弾んでいてはいい気分はしないとはいえ、もっとひどいことになっていたかもしれないのだ。

自分に変えられないことを受け入れる冷静さを求めた。私はこの男の父親を殺し、今度はこの男が私を殺そうとしている。

鼻が折れた。視界が血で染まる。ここに来るまえ、ホテルのコンシェルジュにATMカードと暗証番号が書かれた紙を入れた封筒を預け、朝までに戻らなければいっしょに泊まっている女性にその封筒を渡すよう頼んでおいた。アストリッドなら大丈夫だ。たとえ私が死んだとしても。

ビリーは襟首をつかんで両手に絡ませ、私の顔を引き寄せた。拳を振り上げる。その拳は血に染まり、力をみなぎらせて震えている。この一撃で意識が飛ぶかもしれない、そんな気がした。

そのあとに待っているのは、地下室だ。

「名前を教えろ」ビリーが言った。「親父を殺した男の名前が知りたい」

正直に打ち明けるチャンスに思えた。

それにもしかしたら、命が助かるかもしれない。

本気で思いこめば、身を守ろうとしているだけだと自分自身を納得させられるかもしれない。

「マークだ」私は言った。「だが、むかしはペイル・ホースとも呼ばれてた」

襟首をつかんでいたビリーの手から力が抜け、私は床に落とされた。またカーペットで頭が弾む。ビリーが飛び退き、怯えた動物のように部屋の隅へ後ずさりしていった。逃げ出したいようだが、ドアのところへ行くにしても恐くて私のそばは通れない。私は膝をつき、折れた鼻筋に指を這わせた。それから歯を食いしばって鼻をもとの形に戻した。骨と軟骨が擦れ、声が洩《も》れた。

「おまえが……」ビリーがつぶやいた。「おまえが……」

「ああ」私は痛みをこらえて息をした。「おれがそうだ。とにかく、最後まで言わせてくれないか？」

ビリーはまるでわけがわからないといった表情を浮かべた。椅子に戻って腰をおろし、両手で頭を抱えた。殺されると思っているのだ。

まったく、この名前がもつ力ときたら。

私がもつ力。

〝いや、もはやそんな力は捨てた。そんなふうに考えてはだめだ〟

私はビリーの向かい側の椅子に坐った。顔が痛む。

「おまえの父親は、危険な連中に危険な知識を売ろうとしていた男をガードするチームのひとりだった。おれはおまえの父親の首をへし折った。世界を救うためだと思っていた。それを言いわけにして命を奪ったんだ。ほかにやり方があればそうしていた、とは言えない。ほかのやり方を望んでいたかどうかわからないからだ。おれに言えるのは、おまえにつらい思いをさせてすまなかったということだ。償うことなんかできない。おれを殺しても親父さんは戻ってこないし、おまえの気持ちが晴れるわけでもない、それは断言できる。とはいえ、気のすむようにやればいい」

「あんたが……ペイル・ホースなのか」いまだに目を

合わせようとしない。

「そう言っただろ」

「ってことは……」ようやくビリーは視線を合わせ、満面の笑みを浮かべた。「おれはペイル・ホースをぶちのめしたってわけだ」

これは予想していなかった。「ああ、そういう言い方をしたいならな」

ビリーは手を叩いて立ち上がり、拳を突き上げながらデスクのまわりを飛び跳ねた。「しかも、おれの親父はペイル・ホースに殺された！　これで、おれの評判がどうなるかわかるか？」

あまりにもばかげていて笑い声をあげたくなった。

ビリーはミニ冷蔵庫のところへ行き、タイガー・ビールのボトルを二本取り出した。栓を開け、そのうちの一本を私の前に置いた。

「おれはこれから、ペイル・ホースとビールを飲む」首を振り、ボトルに口をつけた。「あのペイル・ホースと。あんたは伝説の男だ」私をじっくり見まわした。「もっと背が高いかと思ってた。もっとごついのかと。ジェイソン・ステイサムみたいに」

私はため息をつくのをこらえ、ボトルを手にして一気に飲んだ。ビールは氷のように冷たく、殴られた痛みをいくらか和らげてくれた。

ビリーはたっぷり時間をかけてビールを飲み、手の甲で口元を拭った。「なあ、おれは親父が好きだったわけじゃない。おふくろに優しくなかったし。おれたち親子は見捨てられたようなもんだ。さっきは……」どう言えばいいかことばを探して遠くを見つめ、それから視線を戻してきた。「あんたを殴ったほうがいいと思ったんだ。だって、そうするのがあたりまえだろう？　そんなことよりも、あんたがここにいるってことのほうにびっくりしてる」

私を救ってくれたのは、私のなかにいる神というやつだった。

立ちなおろうとしている私にとって、最悪のことだ。「復讐を果たしても、自分で思ってるような気持ちには絶対にならない」私は言った。「響きはいいが、それもじっくり考えるようになるまでの話だ。自分の命を守るためにこんなことを言ってるように聞こえるかもしれない。だがそれが、最近になっておれにもわかるようになったことなんだ」

ビリーはまたゆっくりビールを飲みながら私に目を向けた。

「あんたを殺したところでなんになるかわからない。あと始末だけでも面倒だ」

大胆になってきている。そこは少しばかり褒《ほ》めてやってもいいだろう。

「実に寛大だな」

「寛大？」

「優しいってことさ」

ビリーは首を縦に振った。「で、どうするんだ？」

「話のネタができただろ。たいしたことじゃないかもしれないが、楽しめばいい。本当に頭を撃ち抜かないっていうなら、次におれがするべきことは、どうやってこの国を生きて出ていくかってことだ」

ビリーに訝《いぶか》しげな目を向けられ、私は肩をすくめた。

「むかしの雇い主に命を狙われてるんだ。ここにいることもばれてる」

ビリーはゆっくり首筋を掻き、口を開いた。「取引をしよう」

私は片方の手を上げ、つづけるように促した。

「ボートに乗れるように手をまわしてやる、簡単さ。ジャカルタとここを結ぶルートをもってるんだ」

「その代わりに？」

「あんたをぶちのめしたって、みんなに自慢する。親父を殺したのがあんただってことも……」

ビリーはデスクの引き出しを開け、なかをあさった。この取引は舌の奥で苦く感じる。ペイル・ホースは痛めつけられたりしない。相手を生かしておくこともない。どこかの青二才に主導権を握られて、そのまま見逃すこともない。

だが、それはいまの私ではない。それは自分に言い聞かせてきた話にすぎず、私はその話を変えようと努力しているのだ。物語が別の方向へ向かったとして、なんだというのだ？

「それと」ビリーはつづけた。「記念が欲しい」

ビリーはパール・ハンドルのダマスカス・ナイフをデスクに置いた。

「利き手じゃないほうでいい。親父はろくでなしだったとはいえ、妥当なところだと思うけどな」

四秒で吸って四秒止め、四秒で吐いて四秒肺を空にする。

ビリーは両手のひらを下にしてデスクに置き、にやりとして待っている。

私は立ち上がってナイフを手に取った。重みを確かめ、しっかり握る。そしてそのナイフをもち替えて木の天板に突き刺した。ビリーの左手の中指と薬指のあいだに。

「記念は、見逃してもらえるってことだ」ペイル・ホースが言った。

ビリーの顔から血の気が失せた。私が手を差し出すと、ビリーは呆然とした表情で握手をした。

「この街を出るのはおれだけじゃない。連れがいる。それとネコも」

ビリーは一枚の紙を取り出し、震える手でそこに走り書きをしてよこしてきた。「二時間以内にこの場所へ。シャオに会いたいと言えばわかる」

私は残りのビールを飲み干し、デスクにボトルを置いて言った。「助かるよ」

ドアへ向かうとビリーが言った。「まじめな話、出ていくまえに、これまでの経験で学んだことをちょっとだけ教えてくれないか。おれはいま二十六で、シンガポールの三合会を仕切ってる。もしあんたが二十六歳の自分と話せたら、なんて言う？」

しばらく考えてから口を開いた。「宇宙飛行士になれ、かな」

私はビリーの反応を確かめることなく出ていった。


フロントガラスに雨が打ちつけるなか、ホテルの正面でタクシーが停まった。私は運転手にシンガポール・ドルを渡して降りた。タクシーが走り去っていくのを見つめながら、ハイウェイの横を走る静かな並木道にひとりでたたずんでいた。

アストリッドが頭を冷やしてくれていればいいが。彼女はそのホテルが気に入らなかった——二つ星のホテルで、街の中心部からは遠く離れている。温泉はない。マリーナ・ベイ・エリアのホテルに泊まりたがっていたが、監視ネットワークが厳しすぎる。

だが、道が開けた。ジュロン港は歩いて十分のところにある。そこでシャオと会うことになっていた。シャオが実在し、三合会の大勢のメンバーを引き連れたビリーが待ち伏せをしていなければ、の話だが。とはいえ、そんな気はしなかった。ビリーに強烈な印象を与えるとともに震え上がらせた自信がある。

空を見上げ、顔に当たる雨粒を感じた。

あの状況でかつての仮面をかぶったのは、生き残るためだ。

指先が痺《しび》れるような感覚を無視していた。胸が浮き上がるような感覚を。

あのデスクに一インチもナイフを突き刺したときにビリーの目に浮かんだ恐怖。

神への畏怖《いふ》。

ケンジに電話をかけたが出なかった。向こうは……正午のはずだろう？　私からの連絡を待っているにちがいない。はじめての埋め合わせをしたのだ。これは大きなことだ。もしかしたら忙しいのかもしれない。

すぐにかけなおしてくるだろう。いつだってそうだ。

ロビーに人気《ひとけ》はなかった。デスクの奥に、顔立ちの整ったインド人の男が立っているだけだ。青いベストを着て、頭にはフェルトでできた二本のシカの角をつけている。私が入っていっても、目を上げようともしない。私はポケットに手を入れてカードキーを探し、エレヴェータに乗った。港へ行くまで一時間ある。シャワーを浴びる時間が欲しいとはいえ、念のためビリーのアパートメントを出たあと列車に乗ってこの国の西の端へ行き、それからタクシーで戻ってきたのだった。尾行されているとすれば気づいただろうし、気づかなかったとしても、うまくまけたはずだ。

廊下の突き当たりにある部屋へ行き、ドアをノックした。二回、一回、二回。これでアストリッドには私だというのがわかる。しばらくして、なかからノックが返ってきた。

三回。

二回のはずだ。

即座に決断しなければならない。部屋に誰かがいる。とはいえ、エージェンシーがフルメンバーで来ているはずはない。もしそうなら、タクシーを降りたとたん、首にテーザー銃を押し当てられていただろう。アストリッドを見捨てたくはない。ドアを開けると、ベッドの脇に彼女が立っていた。テーブルにナイフを突き立てたときのビリーとさほど変わらない表情を浮かべている。

部屋の奥に、全身黒ずくめの男が二人いた。二人とも練習でもしたかのようないかめしい顔をし、注射を打っていそうな大きなからだをしている。それを目にし、二人が二流だというのを見抜いた。左側の男はスキンヘッドで、首が頭と同じくらい太い。右の男はバイキングのようなあごひげをたくわえ、茶色の長い髪をポニーテールに結っている。

二人は私とはちがい、どちらかと言えば鈍器のようなタイプだ。ダメージを与える充分なパワーはあるものの、うまく切り抜けられるほどの頭があるとはかぎらない。ようするに、使い捨てだ。

スキンヘッドの男――〝首《ネック》〟と呼ぶことにする――は腰のホルスターに収められた銃に手を添え、トリガー・ガードに指をかけている。「チームのほかのメンバーたちもこっちに向かっているところだ。もうすぐ来るだろう」

「怪我はないか？」私はアストリッドに声をかけた。

アストリッドは首を縦に振った。P・キティはどこにも見当たらない。部屋の隅にあるキャリーは空っぽだ。P・キティは賢いネコだ。そうでなければ、電源コードを噛んで五回は舌を火傷しているだろう。危険を察してベッドの下に逃げこんだのかもしれない。

私は右目を閉じてアストリッドに言った。「心配しないでも大丈夫だ」

アストリッドは空いている椅子のひとつに腰をおろした。ここは小さなホテルということもあり、部屋は幅よりも奥行きがある。右側には小さなテーブルと二脚の椅子、左側には小さな簡易キッチンとテレビがある。その奥は一段高くなっていて、二台のベッドが隣り合わせに置かれていてヘッドボードが右側の壁に接している。左側の空いているスペースは一フィートもない。

二人の男は部屋の奥で窓を背にして立っていた。遮光カーテンはぴったり閉められている。

私は手を上げて閉じた右目を擦った。

「おい」ポニーテールが言った。「何をしてる？」

「何をしてるって、なんのことだ？」

「その目だよ」

「何か入ったみたいだ。ごみかもしれない」

ネックが銃を抜いてからだの横で構えた。「動くな。生かしたまま連れてこいとの指示だが、まちがいは起こるものだ、そうだろう？　ペイル・ホースを捕らえれば、昇進するかもしれない」

テーブルに、アストリッドが買ったにちがいないトラベルポーチが置かれていた。もってこいとはいえないものの、それでなんとかなる。

ポニーテールが咳払いをした。「おまえがそうなのか？」声にかすかな畏敬の念がこめられている。

「ああ、本人だよ」

「それほどタフには見えないな」ネックが言った。

とはいえ、その声は少しばかり震えている。

私はそっと目を擦っていた。「話っていうのは、だんだん大きくなっていくものなのさ。正直に言うと、おまえたち二人はかなりタフそうだから、おかしなまねをするつもりはない」

「おまえがやったことを考えると、ぶちのめしてやりたいところだ」ネックが言った。「だが、もう誰かにやられたようだな」

一瞬、なんのことかわからなかったが、思い出した。ビリーだ。

「相手の顔を見せてやりたいよ。かすり傷ひとつないんだからな」

「心配するな。ことが終わるまえに、おれもぶん殴ってやるから。それくらいして当然だ」

「確かにおれはあれこれやってきたかもしれないが、なんだってそんな感情的になってるんだ？」

「目が覚めたら、スクワット・トイレに頭を突っこんでたからだ」

そういうことか。この二人は、フード・マーケットにいたラヴィのボディガードだ。あっという間に片付けてしまったので、どんな顔をしていたか覚えていなかったのだ。二人にそのことを言っても、おそらく好感はもたれないだろう。

「なるほど、そいつは機嫌がよくないのも当然だ。悪く思わないでくれ。本当にすまなかった」

アストリッドは私から十二フィート離れたところに

いて、銃を手にした男の射線上には入っていない。右側の男はまだ銃を抜いておらず、二人とも十九フィートの距離がある。二人にとって都合はよくない。

私は手で目を押さえたまま、がっくり肩を落とした。

「どうでもいい。もううんざりだ。逃げることにも、こんな暮らしにも、いつもびくびくしていることにも。いつ殺されるかわからないんだ、そうだろう？　ペイル・ホースでいるっていうのは楽しくて仕方がないと思われてるようだが、たいへんなんだよ。その期待に応えるのが」

ネックが笑い声をあげた。「まるで図体のでかい赤ん坊だな」

「なあ、アストリッド？」

「なに？」

「P・キティはどこだ？」

「ベッドの下よ」

「さすがだな。おまえら、海賊のことはよく知らないんだろう？」

二人が答えるより先に、私は素早く手を伸ばして壁のスイッチを押した。部屋はカーテンが引かれているうえにほかに明かりはなく、真っ暗になった。だがしばらく閉じていた私の右目は、暗さに慣れていた。はっきり見えるわけではないものの、部屋にいるほかの誰よりも視界は利く。

左目を閉じて右目を開くと、部屋の奥にいる男たちの輪郭をとらえることができた。二人に見えるのは闇だけだ。アストリッドは床に伏せた。私はトラベルポーチをつかみ、すでに銃を抜いているネックに投げつけた。トラベルポーチがネックの顔に当たった。私は助走をつけて手前のベッドを飛び越え、ネックに膝蹴りをお見舞いして壁に叩きつけた。ポニーテールは私を探しているが、まだ見えていない。私は着地して身構えるやいなや、ポニーテールの膝の横に蹴りを放った。

それからネックに向きなおる。わずかに前屈みになっているネックの頭に膝を数回食らわせ、壁にぶち当てた。ネックが銃を落とした。石膏《せっこう》ボードにひびが入って欠ける。つづけて肩へのサイドキックでポニーテールを倒し、体勢を立てなおして銃に手を伸ばす暇を与えないようにした。二人を窓から落とさないよう注意しなければならない――ここは八階なので、落ちれば死を意味する。

ネックが床にくずおれた。私は振り向きざまにポニーテールの腹に拳をめりこませた。シャツの下に着ているプレート入りの防弾チョッキに拳が跳ね返される。ぱんぱんのサンドバッグを叩くような感触だ。おかげでポニーテールの反撃を許し、体当たりされて壁際に追い詰められた。ヘッドロックでとらえられたが、からだをひねって隙間を作り、あごを目がけて肘《ひじ》を突き上げた。

ポニーテールがうしろへふらつき、窓から落ちそうになった。すんでのところで襟首をつかんで引き戻す。それから膝を蹴りつけ、倒れかけたポニーテールのこめかみを膝で打ち抜いた。

そのとき、両手で首を絞められた。ネックが耳元で囁《ささや》く。「たっぷり楽しませてもらうぞ」

どちらへ逃れようか考えるまえに、ネックが悲鳴をあげてベッドに倒れた。膝の裏を押さえて叫んでいる。アストリッドがバレエのような動きで足を振り上げ、思い切りネックの額に踵《かかと》を落とした。彼女は驚くほど荒々しいうなり声をあげていた。ネックはぐったりし、ポニーテールも第二ラウンドに挑めそうにはない。

「まさかの展開だな」私はアストリッドに言った。「明かりをつけられるか？」

しばらく動きまわる音や文句を言う声が聞こえ、部屋に明かりがついた。あまりのまぶしさに、私は目を細めた。まばたきをして目を慣らし、二人に息があることを確かめた。二人ともぶざまに倒れてうめいている。ネックのベルトに丈夫な結束バンドが挟まれていた。それを使って二人の手と足首を縛り、ボディチェックをしてもちものを取り上げた。銃を分解し、リコイル・スプリングを折り曲げてはめなおせないようにした。携帯電話を踏みつけ、現金はポケットにしまった。

「マーク、いったいどうなっているの？」アストリッドが訊いた。

私は床に屈みこんだ。ベッドの下の隅でP・キティがすくんでいた。いっぱいにからだを伸ばし、脚をつかんで引っ張る。手元へ引き寄せて首筋をつかむとP・キティのからだから力が抜け、それからキャット・キャリーに押しこんだ。

「悪いな」私は声をかけた。「優しくしてやる時間がないんだ。あとで埋め合わせをするから」

「マーク、わたし――」アストリッドが言いかけた。

「荷物をまとめろ、出ていくぞ」

素早く部屋を見まわして忘れものがないことを確かめていると、のびている男のからだからザーッという音がし、別の男の声が聞こえた。「エコー、応答せよ。ターゲットを確認できたか？」

ポニーテールの防弾チョッキを探り、無線機を見つけた。「まだだ」私は答えた。

「マリーナ・ベイにはいない。バックアップを送る。見つけしだい連絡せよ」

「了解。以上」無線機を切って叩き壊した。

「これからどうするの？」アストリッドは空港で買った小さなバックパックに荷物をまとめ、キャット・キャリーを手にしていた。

「ボートに乗る」

「どこへ行くの？」

「ジャカルタだ」

エレヴェータではなく階段でおりることにした。階段をおりているあいだ、ある考えを頭から振り払えなかった。戻って二人を殺すべきだ、という考えを。二人を生かしておくのはまちがいだ。結束バンドをはずして追ってくるかもしれない。彼らがエージェンシーのチームに警告すれば、急いで駆けつけてくることも考えられる。それに、アストリッドとP・キティは二人に危害を加えられていてもおかしくなかったのだ。数学的に考えて二人は分が悪いというだけではない。私の根幹にある部分が揺すぶられているのだ。まるで何かが欠けていて、二人の目から命の輝きが消えるのを見届けることでそれを埋められる、そんな感覚がからだのなかでうごめいていた。

そのあいだ、アストリッドに見つめられていた。私に礼を言うべきか、こんなことに巻きこんだ私のタマを殴りつけるべきか決めかねているようだ。

「海賊ですって?」アストリッドが口を開いた。

「海賊が眼帯をしていたのは、片目を暗闇に慣らしておくためだと考えられている。そうすれば、船のデッキを上がったり下がったりしてもうまく対応できるからな」

「それとその顔、いったいどうしたの?」

「顔がどうした?」

「生の牛肉みたいな顔してるわよ」

「この件とはまったく関係ない。おれを殺そうとした別のやつにやられたんだ。さんざんな一日だよ。あんな戦い方、どこで習ったんだ?」

「どうしてわたしが戦えないって思うの?」

アストリッドの動きには無駄がなかった。この話には何かありそうだと考えたが、探っている時間などない。思っていたよりも背中が守られていることで、少なくとも気が楽になった。

ドアを開けると、ロビーには誰もいなかった。わざわざチェックアウトをするつもりはない。部屋を掃除に来た清掃係によってあのごろつきたちが解放され、仲間に連絡されるのはごめんだった。腹がずきずき痛む。シャツに血が染み出していた。最高だ。傷口が開いたにちがいない。心配ごとが増えたというわけだ。

ドアの手前で声が聞こえた。「ミスタ・ジュベール？」フェルトの角をつけたフロント・デスク係が近づいてきた。接客用の笑みをたたえている。「チェックアウトなさるのですか？」

「いや、荷物をレンタカーに運んでるだけだ。すぐに部屋へ戻る」

デスク係はキャリーに目をやったが肩をすくめ、折りたたまれた紙を差し出した。「これをお預かりしています」その紙をよこしてデスクへ戻っていった。私は紙を開き、アストリッドも肩越しに覗きこんできた。

〝どこへ行こうがおれの目からは逃げられない、子ネコちゃん《カチョーナク》〟

どちらのほうが最悪なのか、正直に言ってわからなかった。あのロシア人がこのホテルにやって来て、私をからかって楽しんでいることか。それとも外に出て携帯電話をチェックしても、ケンジからの連絡が来ていなかったことか。

6

礼というのは感謝と敬意を示すためのものである。つまり、自分の技に磨きをかける機会を与えてくれた相手に対して感謝の気持ちを表わしているのだ。

——嘉納治五郎、柔道の創始者

五年まえ
プラハ

私は口元に両手を当て、ハーッと息を吹きかけた。手袋をもってくるべきだった。雪が降りしきり、日よけの下に立っていてもほとんどしのげていない。美しい光景だった。黄色いナトリウム・ランプで照らされた雪によって、静かな工業団地が光り輝いている。肺に冷たい空気を吸いこみ、この静寂を楽しもうとした。

その静寂も、まもなく暴力の渦に呑みこまれることになる。

コートからタブレットを取り出し、今朝この寂れた倉庫内に仕掛けたカメラの映像を確かめた。まだごろつきが数人いるだけで、タバコを吸いながらトランプをしている。ターゲットは現われていない。ダイスケ・サカイ、ヤクザの組長——大ボスだ。

サカイはここで、大量の武器をナ《N》ショナリスト・ソ《S》ーシャル・ク《C》ラブに売り渡すことになっていた。NSCというのはアメリカに拠点を置くネオナチ・グループなのだが、最近ではフランスやハンガリー、ドイツなどを騒がせていた。エージェンシーの情報では、大規模な荒っぽいことをたくらんでいるということだった。それを聞いたNATOは、NSCがアメリカ国内のグループであることから、これはアメリカが片付ける問題だと言ってきた。理由はそれだけではない。というのも、その武器はアフガニスタンのディーラーから入手したものだが、もちろん、もとはアメリカが売ったものなのだ。

私たちはなんと複雑に絡み合った面倒ごとを作り出しているのだろう。

そのもつれを解くのが、私の役目だった。

サカイは部下たちや十数人のネオナチとともにもう到着していてもおかしくはないのだが、今朝の天気予報では雪になるとは言っていなかった。

携帯電話が振動し、ラヴィからのメッセージが届いた。

ラヴィ：状況報告？
私：友人たちは遅れている。
ラヴィ：天気のせいだろう。
私：おそらく。ところで、このあとメシを食うのにお勧めの店は？
ラヴィ：〈ラ・デギュスタシオン〉ミシュランの星付きだ。むかしながらのチェコ料理。絶品だぞ。
私：どうも。食費は経費で落としているのか？
ラヴィ：いや、だが私は独身だし、子どももいない。だからたいしてほかにカネの使い道がない。
ラヴィ：おまえの帰りのフライトは明日だが、一日遅らせることもできる。
私：危険はないのか？
ラヴィ：不安か？
私：いや。店に予約を入れてみる。いっしょにどうだ？
ラヴィ：昨日行ったばかりだが、喜んでまた行こう。

そのレストランのウェブサイトを調べてみた。明日のディナーは予約でいっぱいだが、午後一時半にテーブルがひとつ空いていた。ジョルジュ・ジュベールという名前で予約を入れ、それをラヴィに伝えた。

楽しみだ。ラヴィに今回の仕事のできを褒められ、勘定も払ってもらえる。任務の締めくくりとしては悪くない。

それから私は待った。

この仕事の大半は待つことだった。

雪が降りつづいている。またタブレットを取り出した。もう四度目になるが、明かりを消すキルスイッチの状態や、閃光手榴弾のトリガー、倉庫内をBZガスで満たすガス弾の中継器をチェックした。興奮を抑えられなかった。

BZガスは3‐キヌクリジニルベンジラートとも呼ばれ、認知機能障害や錯乱状態、幻覚などを引き起こす。手に入れるのに少しばかり苦労する代物とはいえ、ここはそういったものが盛んに売られている東ヨーロッパなのだ。まえからこれを試してみたくて仕方がなかった。情報によると、相手は多くて二十人。それほど心配しているわけではないものの、敵がつまずいたりふらついたりしていれば、仕事がかなり楽になる。

何もかも準備万端だということに納得してから、またカメラをチェックし――残りの間抜けどもが到着した気配はない――両手に息を吹きかけた。あたりは静まり返っている。そのあまりの静けさは、地面に落ちる雪の音が聞こえてきそうなほどだ。その静けさそのものが音の層を作り出しているかのように感じられ、危うく聞き逃すところだった。雪を踏みしめるかすかな音。

左の方から聞こえる。腰から頼りになるシグ・ザウアーP365を抜き、身を隠している吹き抜け階段の囲いの横を振り向いた。黒っぽい人影が腰を低くして身構えていた。その男に気づいたとたん、首の脇に長い銀色の刀を押し当てられていた。

「アナタハダレ?」男が口を開いた。

〝おまえは誰だ？〟

男は黒装束に身を包み、目出し帽をかぶっている。私よりも年上で、均整の取れたからだつきをし、左利きだ。日本人なのは明らかだ。理由のひとつは、敵のメンバーのひとりだとは思えない。階下の男たちはうすのろだ――屋上をこっそり歩きまわっているからだ。階下の男たちはうすのろだ――私は装置をしっかり隠していたとはいえ、連中は倉庫内をちゃんと調べなかった。

さらに、男の目つきに気づいた。鏡で見る自分の目と同じ目をしている。

プロだ。

そこで、ちょっとした賭けに出た。ちょっとどころではない。男の立ち位置を考えると、たとえ私が銃を撃てたとしても、その体勢から体重を預けてくれれば刀で頸動脈を切り裂かれてしまうだろう。湿ったティッシュペーパーのようにあっさりと。

「ワタシ……ハ、カレラ……ト、イッショ、ニ、イマセン？」私は答えた。

〝連中の仲間ではない〟

そう言ったつもりだ。日本語はそれほど得意ではない。

「アメリカ人だな」男が言った。

「狙いはサカイだ」

男がためらった。いまこそ覚悟を決めるときだろうか？ 引き金にかけた指に少しだけ力をこめた――相手を警戒させず、しかも自分が優位に立てる程度に。うしろへ下がれば……

首から刀が離れた。まだ男は刀を構えたままだが、先ほどより切っ先を下げている。私もそれに合わせて銃をおろした。

「私の狙いもサカイだ」男が言った。

「これで状況がややこしくなるのか、やりやすくなるのか、見当もつかない」

男は屋上を見まわし、ほかに誰もいないことを確かめた。私は客人が来たことを示す車の音や話し声に耳を澄ましていたが、何も聞こえなかった。

「誰の指示で動いている？」男が訊いた。

「関係者だ。言えるのはそれくらいだ。あんたは？」

「けじめをつけるためだ」

私は笑い声をあげそうになったが、まだ男に刀を向けられていた。「なあ、どっちがサカイを殺そうと、おれにはどうだっていい。ここを立ち去るまえにサカイが死んでいれば、それでいいんだ。サカイはあんたに譲ってもいい。だが、朝からずっと面白いトラップやらなんやらを仕掛けていたんだ。それが無駄になるのはもったいない」

男は臨戦態勢を解き、まっすぐ背筋を伸ばした。それでも私より頭ひとつ低い。それから刀を鞘《さや》に収めた。

「とどめを刺すのは私の手で」男が言った。

「交渉する必要なんかない。あんたの言うとおりにするから」

二人で屋上を見まわし、おたがい次に何を言えばいいか戸惑っていた。エージェンシーのメンバー以外と共闘したことはなかったし、ほかのプロと手を組んだこともない。たいていは、下着につけられた名札を覗《のぞ》かなければ自分の苗字すら書けないような間抜けたちがバックアップについているだけだった。

「それで、あんたのことはなんて呼べばいい」私は訊いた。

しばらく男に見つめられていた。まるでネコに話しかけているかのようだ。鼻をすり寄せてくるのだろうか、それとも目を引っ掻いてくるのだろうか？　確かに、私だって用心している。すると、男は目出し帽の下半分をまくり上げて顔をあらわにした。思っていたよりも年を取っている。

「ケンジだ」

「通り名はあるのか？」

男は目を細めて首をかしげた。「通り名？」

「ああ、ニックネームみたいなやつだ。コードネームとか、そういうやつだよ」

男は首を縦に振った。「バクだ」

「なんてこった」思わず笑みがこぼれ、少し恥ずかしくなった。「聞いたことがある。バクっていうのは悪夢を食らう悪魔だろう？　いかしてるな。二年まえにオーサカでヤクザの大きな抗争がなかったか？　三十人の男たちがいる部屋にあんたが丸腰で乗りこんでいって、かすり傷ひとつなく出てきたとか？」

男は小さな笑みを見せた。「かすり傷は負ったよ。それに、相手は二十四人だった」

「なるほど、この手の話っていうのは、だんだんでかくなるものだからな」

「あんたは？」

私は言うのをやめようかと思った。

思っただけだ。

実際には、こんな機会に恵まれることなどめったにないのだ。

「マークだ。ペイル・ホースという名前でとおってる」

ケンジのからだが硬直した。それから膝をついて頭を下げ、自分の刀を差し出した。

「ジヒヲコウ」ケンジが言った。

〝どうかお許しを〟

「知らなかったとはいえ」そうつづけた。

少しばかり気まずくなった。

「まあまあ、気にするなよ」

ケンジは膝をついたまま顔を上げ、困惑の表情を浮かべた。私は少しばかり得意になった。こういった反応に対してなんとも思わないようにするのは、簡単なことではない。

とはいえ、いくら私が凄腕《すごうで》だろうと、危うくこの男に先手を取られるところだったのだ。そこは認めざるを得ない。そこで私は何ごともなかったかのように振る舞い、ケンジを安心させた。「どこかなかで待てる場所でも探したほうがいいんじゃないかって思いはじめていたんだ。このままだと、引き金を引くころには指がちぎれてしまいそうだ」

ケンジは立ち上がり、屋上の反対側の端へ私を案内した。そこには先ほどの場所よりも風をしのげるアルコーヴがあった。雪が足跡で覆われている。ケンジはここで待機していたにちがいない。少し滑稽に思えた。二人ともいつからここにいたのだろう？

下に黒い袋が置かれていた。ケンジは袋に手を入れて小さなジェル・パックを取り出し、それを押し曲げて放ってよこした。カイロだ。私はそれを両手で挟んだ。ケンジは魔法瓶《びん》を差し出した。

「カンパイ」ケンジが言った。

湯気を立てた熱い緑茶がからだに染み渡り、あっという間に温かくなった。それをケンジに返すと、ケンジは敬意を示して縁を拭かず、ゆっくり緑茶を味わった。

「私はケンジ・サカイだ」

「なるほど、家族のごたごたというわけか」

ケンジは頷き、魔法瓶の蓋《ふた》を閉めた。「兄だ。兄の決めたことには賛成できない。あんなやつらに武器を売るなんて。カネよりも仁義のほうが大切なはずだ」

「カネっていうのは、何かと面倒を引き起こすものだ。ということは、このあと故郷には戻れないってことか」

「戻るつもりはない。兄の命は、私が奪う最後の命になる」

「本気か？　足を洗うと？」

「疲れたんだ」ケンジは壁に寄りかかり、遠くを見つめた。「訊いてもいいか？」

「ああ」

「重くのしかかってこないか？　これまでの積み重ねが？」

なんの積み重ねか言う必要などなかった。ケンジの言いたいことはわかっている。私はケンジの視線の先にある廃《すた》れた工場地帯の向こうに目をやった。地平線になんらかの答えでも書かれているかのように。「何もかも数学的に考えるようにしている。方程式のバランスをとるのさ。あんたの兄貴やここにやって来る連中は、よからぬことをくわだてている。そいつらを排除すれば、よからぬことは起こらない。全体的に見れば、それで丸く収まる」

「夜は寝られるのか？」

「ぐっすりと」

ケンジにちらっと目を向けられたが、その目は眠れないと語っていた。「人を殺すたびに」ケンジはつづけた。「自分のなかの何かを失って、相手の一部が入ってくるんだと思う」ケンジの目が穏やかな悲しみに包まれた。「ずいぶん長いこと生きてきたような気がする。もう休んでもいいころだろう」

「まさか、これが終わったら命を絶つ気じゃないだろうな？　おたがいよく知ってるわけじゃないが、それが答えだとは……」

「ちがう。私たちのような人たちのグループがある。武器を置いた人たちだ。いわゆるサポート・グループというやつで、新しい人生をはじめられるよう手を貸してくれる。人を殺さないという人生を。兄を殺したら、刀を置いて彼らを探してみようと思う。別の人生をはじめられるかどうか、試してみたいんだ」

私はタブレットをチェックしようとコートに手を入れた。横目でその様子を見たケンジの手が、反射的に刀に伸びた。「カメラをチェックしてる」ケンジは首を縦に振って緊張を解いた。一行はまだ来ていない。

「それで、どんなグループなんだ？」私は訊いた。

「人殺しのためのア《A》ルコホーリクス・ア《A》ノニマスみたいなやつか？」

「まさにそのとおりだ」

「おれたちは依存症ってわけじゃない、そうだろう？ ヘロインとはちがうんだ」

「快楽・報酬系神経回路が関係している」ケンジは言った。「仕事をする。その仕事をうまくやる。カネや称賛《しょうさん》が手に入る。すると脳でドーパミンが分泌される。ドーパミンに慣れてくると、もっと刺激を求めるようになる」また横目で見られた。「言っていることがわかるな」

訊いているのではない。

私にはわかっていたからだ。

何かに秀でているというのは、気分がいいものだ。

「依存症になるのは、なにもドラッグだけとはかぎらない。セックスも依存症になる。ギャンブルもそうだ。勝つことのスリルや、負けることのリスク。その危険性。私たちのような、人を殺す人たちを調べた研究がある」ケンジは自分の頭を叩いた。「私たちの前頭前皮質には欠陥が見られるとのことだ。それが判断力や意思決定、自制心に影響を与えている。それと同じことが、依存症の人たちにも多く見受けられる」

そんなふうに考えたことなどなかった。そもそも、考えてみたこともない。私は自分のするべきことをするだけだ。シンガポールの空を飛んだとき、深く考えることを放棄したのだ。

「いずれやめると思うか？」ケンジが訊いた。

「いつか農場をもつのも悪くないと、ずっと思ってた。イヌを飼って、のんびり暮らす。毎朝、遅くまで寝るんだ。でも正直に言って、おれの得意なのはこれだけだ。これをやめるなんて考えられない」

「そのプログラムで学ぶのは、殺さないってことだけじゃない。自尊心を捨てることも学ぶ。私たちには自分で決めるべきではないことを決める権利が与えられている、そんな考えをあらためるんだ。私もそんな考えは捨ててしまいたい。そしていつか、自分のしてきたことを償いたいと思っている」

「償う？　あんたが殺した相手ひとりひとりの家族に会いに行って、謝るっていうのか？　冗談じゃない。あんたがどう生きたいかってことに、とやかく言うつもりはないが、そんなのはみっともないとしか思えない」

「みっともないという気持ちと謙虚な心のちがいは、進んでやる気があるかどうかだ。ようは相手のためじゃない、自分のためなんだ」

遠くから軋《きし》むような音が聞こえてきた。タイアの音だ。私はカメラをチェックした。なかの男たちが慌てふためき、この一時間ほど怠けていたわけではないように見せようとしている。

「ショウタイムだ」ケンジに言った。「ガスマスクなんてもってないよな？」

「ああ、もってない」

クソッ。私もひとつしか用意していない。BZガスを使うのを楽しみにしていたというのに。それなら、むかしながらのやり方でやるしかない。背中のホルスターからHK417アサルト・ライフルを抜き、素早く点検をした。「サカイはあんたに任せる。このあと酒を酌み交わすことはなさそうだが、会えてよかったよ」

ケンジが両手を差し出した。片方の手のひらの上にもう片方の手を重ねている。

その手のひらにのっていたのは、白い紙を折って作った小さくて複雑な紙のツルだった。

私はそれを手に取った。ポケットに入れようかと思ったが、その繊細な美しさを台無しにしたくなかったので、HKライフルを入れていたケースにしまった。

「その農場とやらを見つけたいと思ったときのために」ケンジは言った。

「ありがとう」そう口にしたものの、自分でもどういう意味で言ったのかよくわからない。ケンジの行為は思いやりに満ちていた。彼が心の平穏を見いだせることを願っていた。とはいえ、これはただのいい話とクールな土産だとしか思えなかった。私は依存症などではないのだから。いつでも好きなときにやめられる。

下の通りから大声がし、ゲートが上がっていく音も聞こえた。もう一度ライフルをチェックして言った。

「やつらをみな殺しにしよう」

7

あなたを疲弊させるのは目の前に立ちはだかる山ではない。靴のなかの小石だ。

——モハメド・アリ

現在
ロンドン

アストリッドは地下のフラットの正面ドアの脇で携帯電話をいじっていた。そのあいだ、私は通りに目を光らせていた。通りを歩いている人は多くなく、歩行者がいたとしても私たちのことなど気にもしていなかった。

「一年くらいまえだと思うんだけど」アストリッドは声を潜めてつぶやいていた。私にというよりも自分自身に話しているようだった。「どこかにEメールが残っているはず……」

ロンドンにいると落ち着かなくなる。問題はほかの大都市と同じだ――監視ネットワーク。時間が経てば経つほど、エージェンシーには世界じゅうの法執行機関のデータベースに私の画像をアップロードする時間ができる。遅かれ早かれ、ただ外出するだけでも命がけになるだろう。

だからこそ、これがうまくいけば、状況はかなり有利になる。短期賃貸のサイトのリストでは、そのフラットは契約済みということになっていた。だが部屋の明かりは消えていて、玄関マットには落ち葉が積もったままになっている。街の近くで支払いは現金のみのモーテルを探していたが、これまでのところどれも空振りに終わっていた。しかも、通りから姿を隠す必要もあった。

そのうえ、二人ともシャワーを浴びたほうがよさそうだった。ビリーの部下は手はずどおり漁船に乗せてくれた。その七時間後にジャカルタへ着き、出国するときに問題が起きないよう、パスポートの入国スタンプまで押してくれた。ニューヨークへの直行便は見つからなかったものの、ロンドンに役に立ちそうなコネがあるかもしれないとアストリッドが言ったのだった。

「あったわ」アストリッドがドアのロックに暗証番号を打ちこんだ。運がよかった。ドアが開き、とても小さくていかにもヨーロッパふうのアパートメントに入ることができた。白い壁、狭い部屋、イケアの家具、フェイク・ウッドのフローリング、いたるところにあるおかしなプラグ。

「それにしても、使えないわね」アストリッドは新しい使い捨ての携帯電話をポケットにしまった。「わたしがその男にたどられているって、本気で思っているの？」

「やつは何かをたどってる」

　そのことに気づいたのは、船でジャカルタへ向かっているときだった。だからこそ、いま私たちの携帯電話はジャワ海の底に沈んでいるのだ。すでに自分の携帯電話を取り戻したくなっていた。通常の古いスマートフォンでは無防備になったような気がする。とはいえセキュリティで保護された自分のEメールにアクセスできるし、ウィア・マリスのサイトを利用するのに必要なD@nt3のブラウザも手に入った。ラヴィとの連絡に使っていたメッセージ・アプリケーションはダウンロードしなおさなかった――わざわざ耳に毒を注がれるようなまねをする必要はない。

　フラットに入るまえ、携帯電話を出してWi‐Fiネットワークをチェックした。ネットワークのひとつは奇妙な名前だった――意味をなさない長い数字と文字の組み合わせだ。それからドアのロック機構をもう一度確かめた。シグナルを送信するような高性能なものではない。P・キティをおろしてアストリッドに言った。「ここを動かないでくれ」

　地下のフラットということもあり、すでにかなり暗かったが明かりはつけなかった。携帯電話のライトを使って室内を調べ、とくにベッドのまわりや照明器具、コンセントには気を配った。ずいぶん埃がたまっているのは安心だった。邪魔をされることはないだろう。バスルームの通気口で何かが光っているのが目に留まった。引っ張り出してみると、手のひらサイズの小さな黒い箱形の装置だった。通気口の内側にはコンセントまで設置されていて、ワイアが見えないようになっている。それをアストリッドのところへもっていった。

「カメラだ。Wi‐Fiが使えるようになってる。モーション・センサーが付いているようには見えない。たぶんここのオウナーは、誰もいないときには録画してないんだろう」

「あの変態……」

「不法侵入っていうのも、それほど悪くないような気がしてきた」

落ち着いたところで、P・キティのために準備をした――キャットフードの缶詰を取り出し、キャビネットにあったボウルに水を入れ、ネコトイレも用意した。さいわい、このアパートメントはペット可なのでもとからネコトイレが置かれていた。P・キティをキャリーから出してやった。P・キティはしばらく歩きまわって新しい場所を確かめ、それからキャットフードのところへ行った。腹ぺこだったにちがいない。

私はバッグをつかんでベッドルームへ行った。アストリッドのあとでシャワーを浴びようと思っていたのだが、上半身裸の彼女が背を向けて立っていた。その背中には大きな傷があった。まるで肉を吊るすフックで突き刺され、左肩から斜めに引き裂かれたかのようだ。

私たちは同時に気づいた。アストリッドは両腕で胸を隠したものの、どちらを向けばいいか迷っていた――見られたくないのは胸か傷か決めかねている。私はベッドルームを飛び出して彼女をひとりにした。

「すまない、悪かった」私は壁を背にして謝った。

「おたがいに大人なんだから。あなたがシャツを脱いだところだって見たことあるし」

「ひどい傷だな。訊いてもいいか?」

アストリッドは裸足にジーンズ、白いTシャツという姿でベッドルームから出てきた。私をじっくり眺め、どう答えようか考えている。決めたようだ。「これまで仕事で関わってきた人たちは、あなたみたいないい人ばかりってわけじゃないってことよ」

かつての私なら、それをやった本人に礼をしに行ってやると買って出ただろう。心のどこかではいまでもそうしたいと思っているが、アストリッドには勇ましい振る舞いとしてはとられないような気がした。現に

かったただけだ。勇ましさなど関係ない。誰かを痛めつける理由がほし

「実際のところ」私は言った。「どういうことなんだ？　あのホテルでも、冷静に対応していたし」

答える代わりにアストリッドはキッチンへ行ってコーヒー・メーカーを取り出し、それに水を入れてトレイの下からポッドを手に取った。問うような目を向けられ、私は頷いた。アストリッドは一杯目のコーヒーを淹れはじめ、スツールに腰をおろした。それから湯気の立つその一杯目のマグをよこしてきた。私がそれをカウンターに置いて冷ましているあいだ、アストリッドは自分のぶんを用意した。

「それで、これからどうするんだ、ボス？」私は訊いた。

「予定としては」アストリッドが口を開いた。「このあと街に出ていって友だちと話をしてくる。うまくいけば、その友だちがわたしたちの探している男の居場所を教えてくれるかもしれない」

「どうしてそのお目当ての男がここにいると？」

「わかるものはわかるのよ。男っていうのは自慢話が大好きだから。わたしは聞き上手なの」

「危険はないのか？」

「わたしはか弱い乙女じゃないわ」

アストリッドはマグを手にしてシンクに向きなおり、いくらか水をかけてコーヒーを冷ました。マグに口をつけたままその縁越しに見つめられ、信じられないほど魅力的な彼女に衝撃を受けた。

気づいていなかったわけではない。アストリッドのような女性というのは、気づかずにはいられないものなのだ。

だが、そのときは何かがちがった。ひと息いれ、いっしょにコーヒーを楽しみ、私をつけ上がらせないようにに釘を刺しているそのひととき。アストリッドといて安心できた。本当のことを打ち明けたかった。彼女

の膝に頭をのせて横になりたい。彼女とキスをし、胃のなかで交ざり合った苦しみとコーヒー以外の何かを感じたかった。

つまり、いまの私が本当に必要としているのはミーティングということだ。

これまで二度、話をしに行き、二度ともペイル・ホースの声が出てきた。かつてのパターンや常套《じょうとう》手段に逆戻りしかけている。いい気分はしなかった。

いい気分ではないと、自分に言い聞かせていた。

だが、それがうまくいっていない。だからこそ、ミーティングが必要なのだ。

「きみはきみがやるべきことをやってくれ。おれにもやることがある」

「何かわかったら、携帯電話にメールするわ」

「了解《テン・フォー》」私はベッドルームへ行って携帯電話を取り出した。いまだにケンジから連絡はなく、不安になった。この新しい番号をメールで伝えていたので、すでに返事が来ているだろうと思っていた。何かおかしい。あのロシア人がシンガポールにいるなら、アメリカで問題を起こしているはずがない。どちらにせよ、ケンジなら自分の身くらい守れる。

それでも、セキュリティで保護されたメール・アカウントを開き、ドラフト・フォルダにメモを残した。

〝K、連絡をくれ、M〟

まえのメッセージが届いていない場合に備え、新しい番号も書いておいた。それからウィア・マリスを開き、掲示板を調べた。そこには、連射装置の長所と短所についての長々とした議論や、もっとも効果的な死体の融《と》かし方、サバイバル用品のレヴューなどが書きこまれている。ほぼすべてのフォーラムは公開されているが、〝折りヅル〟を含めた例外がいくつかある。私はパスワードを打ちこみ、街のリストをスクロールしていってロンドンを見つけた。

〝1デイUK〟というユーザーネームだけのスレッドが表示された。コメントはできないようになっている。私はダイレクト・メッセージを送った。

〝街にいてHALT（停止）している〟

HALTというのは、腹が減っている《Hungry》、怒っている《Angry》、寂しい《Lonely》、疲れている《Tired》を表わす、アルコホーリクス・アノニマスで使われている頭文字だ——というのも、こういった欲求が解消されていないときには、とりわけぶり返しやすくなるからだ。ここでも同じ頭文字が使われていることを願った。いまは、まさにその四つとも当てはまっているのだ。

それからシャワーを浴びて熱い湯で肌を刺激し、石けんで洗って腹の傷口をきれいにした。ボートのなかでアストリッドに縫いなおしてもらったのだが、それほどひどくなってはいないようだ。痛みがあるとはいえ、痛むのはどこもかしこも同じだ。こんなに疲れ果てているのは、ネイビーシールズでの地獄週間《ヘル・ウィーク》以来だった。一日二十時間、週五日のフィジカル・トレーニング、二百マイルのランニング、四時間の睡眠。からだが凍え、砂まみれになり、腹が減り、絶えず目の前で怒鳴られつづける。

なんのためらいもなく、あのころと替わってもいいくらいだ。

だからこそ、ここへ来るまでのあいだはからだを休めることとノートが奪われた意味を考えることを交互に繰り返していたのだ。ノートはすべて暗号で書かれているとはいえ、少しでも時間と頭のある者なら解読できるだろう。書かれていることはほとんど覚えている。取るに足りない仕事を除外するのは簡単だ。誰が仕組んでいるにせよ、大物にちがいない。ということは、政府高官やオリガルヒ、石油で儲けたテロリスト、その他もろもろの裕福なサイコパスの誰であってもおかしくはない。

あれから一日経っても、確実な手がかりと言えそうなものは見つかっていない。苛立ちが募って叫びたい気分だった。そういうわけで、シャワーを出て携帯電話をチェックした私は、少しだけ気持ちが落ち着いた。ミーティングの場所を伝える連絡が来ていたのだ。

教会もちがうし地下室もちがうとはいえ、リノリウムの床を踏みしめたとたん、私の血管が冷めていくのを感じた。

立ちなおることこそが最終目的だと思っている人たちがいる。だが実際には、重要なのは生涯をかけて歩いていく道であり、つねにゴールラインは地平線の彼方にあるのだ。その旅路に満足することを覚えなければならない。旅路そのものになることを。

部屋に入ると、折りたたみ式テーブルからクマのような大男が振り向いた。そのテーブルに置かれているのはコーヒーやドーナツだろうと思ったが、そこにあるのはスコーンと紅茶だった。なかなか趣味がいい。薄茶色の髪に濃いあごひげの男で、嫌というほど殴られてきたような顔をしている。

「メッセージをよこしてきたのは、あんたかい？」イギリスの労働者階級の訛《なま》りが重々しく、水に沈んでしまいそうなほどだ。どうしてこの男はこの部屋にいるのだろう？　ＭＩ６のようなタイプというよりは、地元のならず者に見える。

「ああ、おれだ」

男はハグを期待しているかのように両腕を広げたが、本当にそうしたいのかどうかわからなかった。「ようこそ。アメリカ人だな？」

「どうしてわかった？」

テーブルへ来るよう手招きされた。「しかもニューヨーカーだ。ああいうドライな態度が染みついているからな。いまでもケンジがミーティングを仕切っているのか？」

「ああ」

「ケンジはいいやつだ、そうだろう？」男が手を差し出した。「確か三、四年くらいまえに顔を出したことがある。娘に会いにアメリカへ行ったときに。私はレイだ」

握手を交わした。レイの手は大きく、コンクリートでできているかのようだった。その手でどんなことをしてきたのだろう？「マークだ」

「マーク。ゲストが来ることはあまりないとはいえ、いつだって歓迎する。どうしてこの街に来たのか訊きたいところだが、これまでの経験からすると、質問は控えるに越したことはない、そうだろう？」

「あんたの言うとおりだ。とはいえ、今日はいろいろあって、タイミングが合って助かったよ」

「いまはどのくらい？」

「あと何日かで一年だ」

「私は八年ちょっとだ。頑張っているな。最初の一年というのは重要だ。一年目指して、一日ずつやっていこう」

丸く並べられた椅子の方へ案内された。その真ん中には小さなテーブルがあり、ミーティングの内容が外へ洩れないようにするためにケンジが使っているのと同じような防音装置が置かれている。私が椅子に坐ると、男が入ってきた。ボクサーのような男だ——潰れた耳、剃り上げた頭。肩が筋肉で盛り上がっているものの、足の動きは軽やかだ。私をにらみつけ、それからレイに目をやるとレイは頷いた。

「わかった」男はその物腰とはそぐわない柔らかく叙情的なアイルランド訛りで言った。「今日は新入りがいるってことだな？」

次にやって来たのは女だった。背が高くしなやかで、黒髪をピクシーカットにしている。たぶん日本人だろう。そうだとしても、ヤクザではない。ヤクザは男だけの組織だ。ということは、フリーランスかもしれない。私に向かって小さく首を縦に振り、さっと椅子に坐って膝の上で両手を組んだ。

用意されている椅子は八脚だが、三人目の男が入ってきたところでレイが言った。「これでそろったな。すぐにはじめるから紅茶でも飲んでいてくれ」

まるでスポットライトでも向けられたかのように、からだの表面が熱くなった。

いま入ってきた男は黒髪に白髪が交じりはじめ、鋭い鼻と石炭のように険しい目をしていた。頰には傷があり、無精ひげのあいだからのぞいている。オリンピックの水泳選手のような引き締まったからだつきだ。名前はジャン・ラヴィーン。フランス人の暗殺者で、コードネームはノアール。ペイル・ホースほどのネームバリューはないかもしれないが、実にフランスふうなのは確かだ。

私たちの道は交わったことがある。

六年まえ、アルジェリアのイスラム過激派がリヨンの鉄道の駅で釘と火薬を詰めこんだ爆弾を破裂させた。四人が死亡、数十人が怪我をした。ラヴィーンは、そのグループのリーダーであるザイン・ハサン暗殺の指令を受けた。問題は、ハサンがアメリカの安全保障にとって重要な情報をもっていたことだ。そこで、ラヴィーンを止めるために私が送りこまれたのだ。

その任務には気が乗らなかった。数学的に考えてみても、納得できない。ラヴィーンはプロで、与えられた仕事をしているだけだ。ハサンはろくでなしだ。あの爆発で、二人の子どもが一生残る大怪我を負った。だが私の計算では、ハサンを生きたまま拘束すれば多くの命が助かることになるので、やるしかなかった。

だからこそ、ラヴィーンを殺さず、動きを鈍らせるだけにしたのだ。カタールでラヴィーンはハサンに迫っていた。そこで私は、最後にハサンが目撃された場所へ向かうラヴィーンの耳を、五百フィート離れたところからスコープを使って撃ち抜いた。それにより、エージェンシーのチームには突入してターゲットを確保する時間的な余裕ができたのだった。

ラヴィーンは私をじっくり見据えてから向かい側に腰をおろした。あれをやったのがペイル・ホースだというのをラヴィーンは知っている。彼が復讐を望んでいたこともわかっている。ラヴィーンは探りを入れ、私を見つけ出そうとしていた。モロッコで追い詰められそうになったことがあるものの、顔は見られなかった。私は、ラヴィーンの左耳があるべきところにあるまだらでピンク色の肉のかたまりを見つめないようにしていた。

「では、みんな」レイが湯気の立つ紅茶の入った紙コップをもって椅子に坐った。「見てのとおり、今日は新しい人が来ている。遠くアメリカから。まずは自己紹介をしてくれないか?」

「どうも、おれはマーク」ラヴィーンにばれないよう、あまり彼に視線を向けないようにした。「人殺しだ」

グループが拍手をした。

「やあ、マーク」レイが言った。

ミーティングがはじまった。アイルランドのボクサーのリアムがステップを暗唱する。ひととおり終わると、話を分かち合いたい人はいないかレイが訊いた。ゲストの私に気を使い、私に話すよう促している。だが、ラヴィーンが手を挙げた。

「私はジャン、人殺しだ」抑揚のあるため息交じりのフランス訛りで言った。「三年間、誰も殺していない。今日はとてもつらい思いをしている」そこで口を閉じ、膝の上で組んだ両手に視線を落とした。

これは、私が望んでいたこととは正反対だ。

ラヴィーンがつづけた。「昨日、スーパーマーケットに行ったんだが、小さな男の子が……」大きく息をつく。「母親にこう言っているのが聞こえた。〝ママ、あの人どうしたの？　怪物なの？〟と」耳を隠そうとでもするかのようにうつむいた。「無理もない。いまでも、これをやったやつを探し出してこの傷を見せてやりたいと思う日がある。あの人生を捨てようと懸命に努力してきた。私たちはここにいろいろなことを抱えている」自分の胸に触れた。「だが外から見える名残、毎日、鏡に映るもの、私が苦しんでいるのはそれなんだ。それがこう語りかけてくる。〝おまえは変われない。一生その傷が癒《い》えることはない〟と」

前屈みになり、その感情と向き合おうとして小さくなってしまったかのようだ。

ラヴィーンは埋め合わせをするべき人のひとりだと私は思ったが、リストには入っていなかった。

そう考えると、リストに入れ忘れた人は何人いるのだろう？

傷つけた人は、まだどれくらいいるのだろう？

この行程に終わりはあるのだろうか？　目が覚めているあいだは、死ぬまでずっと、本当の意味では決して果たせない償いをしつづけなければならないのだろうか？

「申しわけない」ラヴィーンが私に謝った。「ゲストとして、まずはきみに話してもらうべきだったのに。とにかく、この感情を吐き出したくて。わかってくれるか？」

私はゆっくり頷いたものの、どう対応すればいいかわからなかった。心のどこかでは、こう言いたかった。〝おれだ。あんたの耳を吹き飛ばしたのはおれなんだ〟と。襲いかかられたとしても、この部屋のほかの人たちが止めてくれるはずだ。ここは打ち明けるには最適の場所かもしれない。立会人たちの目の前で、話し合って解決できるのだから。

私はそうしたかった。だが、胸が焼けるように熱かった。私がこの世に残した傷跡をあらためて突きつけられたように感じた。この男はまっとうな人間になろうとしているだけだというのに、私が毎日のようにそれを難しくしているのだ。

「気にしないでくれ」私はポケットから六カ月メダルを取り出し、手のなかでひっくり返した。「ここではどうしてるか知らないが、おれのグループでは一カ月、半年、一年ごとにメダルをもらえる」私は六カ月メダルを掲げてみせた。「今日はおれも精神的にまいっている。あと何日かでこれを新しいメダルと交換できるんだが、とてつもなく大きな節目に感じていた。だがいま、おれの過去がよみがえってきて悩まされている。むかしの感覚が何もかも戻りかけているような気がするんだ。むかしの自分が。最悪なのは、それをどこか楽しんでいることだ。あの感覚が懐かしい。人を殺せば、人生はもっと楽になる、そうだろう？　それで問題が消えるんだから。だからこそ、立ちなおるのはこんなに苦労するのかもしれない。自分たちがしたこととどうやって向き合えばいいか、教えられたことはない。ただ葬り去って、次に進むだけだった。真剣に話をすることなんかなかったし……」

　ほかの人たちも首を縦に振っていた。ここでは時間が決められているかどうかわからないので――レイは何も言っていなかったが、ふつうは決められていない――そのままつづけた。

「はじめての埋め合わせをした……昨日になるのかな？」自分の顔を指差し、ビリーにやられた切り傷や痣を見せた。「変な感じだった。ぼこぼこにされたんだが、許してもらえたような気もする。ちょっとややこしいんだ。おれが言いたいのは、これで前向きになれる、このままあきらめずにやり抜こうって気持ちになれる、そう感じると思ってた。でも心のどこかには、その場で相手を殺してしまえばよかった、そうすればこれから悩まされることはない、そう思ってる自分がいるんだ」

　さらに全員が頷いた。

「人を生かしておくっていうのは、たいへんなことだ。生きていくってことも」

ラヴィーンに目をやると、視線が合った。

〝おれがやったんだ。

おれなんだよ。

すまない。

そう言うんだ〟

「その気持ち、よくわかる。私たちは仲間だ」ラヴィーンが言った。

そのことば、そう言ったときの彼の口調に、むき出しの肌が焼け焦げた。

〝仲間だ〟

自己嫌悪という暗い穴に転げ落ちていったが、日本人の女が手を挙げたことで途中で止まった。

「ヒナ」レイが彼女の方へ手を振った。

「ペイル・ホース、ちがう?」ヒナが言った。

心臓が止まり、私はヒナを見やったが、彼女が目を向けている相手はラヴィーンだった。

「そうだ」ラヴィーンが言った。「これをやったのはあいつだ」

「こんなこと言いたくはないんだけれど、自分に正直になるためも、話さなきゃいけないわね」ヒナはうつむいて目を閉じた。「あの男に復讐できるなら、いまやっていることを何もかも投げ出してしまってもいいわ。チャンスがあれば殺してやる。なんのちゅうちょもなく」

「そんな気持ちと向き合うのは厄介なことだ」レイが言った。「分かち合ってくれてありがとう」

なんだって? 彼女には見覚えすらない。

レイが目の前で手を握った。「ペイル・ホースに対して憎しみを抱くのは、自分で毒を飲んで代わりにペイル・ホースが死ぬのを願うようなものだ。そんなことをしてもなんにもならない。ペイル・ホースは心を病んでいて苦しんでいる、そのことを思い出すんだ。

みんなが専念するべきは、いましていることだ」

レイはそう言いながら私にちらっと目を向けた。そう言えば気持ちが楽になるだろうと思っているのだ。楽にはならなかった。

その後のミーティングは濃い霧に包まれたようだった。平安の祈りを唱えて終わったものの、私の心に平安はなかった。食べ物が置かれたテーブルのところへ行き、スコーンを手に取って立ち去ろうとした。飛び出すようにして出ていきたくなかったが——そんなことをすれば怪しまれる——長居もしたくはなかった。どちらにせよ、アストリッドを探さなければならない。ケンジからの連絡も……

「マーク」

振り返ると、ラヴィーンが手を差し出していた。その表情や態度からは何も読み取れない。私に見えるものといえば、頭の横にある肉のかたまりだけだった。

私は手を伸ばして握手を交わした。「きみがここに来てよかった」ラヴィーンが言った。「こんな日には、おたがいに支え合わないと、ちがうかい?」

「そうだな」スコーンを手にしたまま逃げ出したかった。自分が誰なのか、どうしてあんなことをしたのか打ち明けたかった。指示に従っただけだ。誰もがそうだ。とはいえ実際のところ、それは言いわけにはならない。私は自分で決断したのだから。あのときスコープでラヴィーンをとらえて引き金を引くと、彼の頭ががくんと揺れた。ラヴィーンは必死にあたりを見まわしてから身を伏せた。それを目にした私は、ラヴィーンの小脳に銃弾を撃ちこまなかったことを少しばかり残念に思ったのだった。

エージェンシーからの指示はラヴィーンを止めろということだったので、殺すという選択肢もあった。プロとしての仲間意識から怪我を負わせるのがいちばんだろうと考えたのだが、あとになって思うと自分がやわになった証拠のように感じた。

「いつまでこの街にいるか知らないが、いっしょに酒でもどうだ？」ラヴィーンはわずかに視線をそらし、それからまた目を合わせてきた。「嫌なら仕事の話はしなくていい。回復プログラムの話をする必要もない」

なんてことだ。

私を口説いている。

ますます悪くなるいっぽうだ。

ラヴィーンはハンサムな男だ。それにあのフランス訛りのアクセント。私の男の好みは女の好みよりも少しばかり狭いとはいえ、ラヴィーンはまちがいなくストライク・ゾーンに入っている。頭のなかであれこれ考えていると、ラヴィーンは私がためらっているのを感じ取ったようだ。「すまない。こういうのはなんて言われてるんだったかな？　ステップ十三？」

回復プログラムに参加して日が浅いメンバーに、古参が言い寄ることだ。眉をひそめられる話だとはいえ、実際にあることなのだ。頭がおかしくなりそうなくらい複雑に絡み合った心理的で性的な要因がなければ、考えてみたかもしれない。まちがいなく、いま起こっていることから気を紛らわせてくれるだろう。

だが、ラヴィーンに埋め合わせをすることは決してできないのだ。

心の内をさらけ出したラヴィーンに対し、私はただ坐って話を聞くだけで、何も言わなかったのだから。

「悪いな」私は言った。「そうしたいところなんだが、友だちと会うことになっていて。そのうえ、いまはちょっと面倒なことになってるんだ」

ラヴィーンは両手を上げて一歩下がり、それを受け入れた。「気にしないでくれ。まだしばらく街にいるようなら、状況が落ち着いてからでも……」

「その耳のこと、すまない」

ラヴィーンは背筋を伸ばし、わずかに胸を膨らませた。「ありがとう。でも、きみが謝ることでもない」

「ああ、その……」私は言いかけたものの、まずい方向へ向かう可能性がいくつも見えた。「ただ、そう言いたかっただけだ」

ラヴィーンは肩をすくめた。「このおかげで目が覚めた。いまこの部屋にいるのはこれがあったからだし……」

「なんてこと」

私たちは部屋の向こうにいるヒナに目をやった。携帯電話を手にして私たち二人を見つめている。呆然と開いた口が腱や筋肉に支えられていなければ、彼女のあごは床まで落ちていただろう。「たったいまメールが来て……ウィア・マリスに動画が上がっているの」

まさか。

ヒナに指を差された。「こいつよ。こいつがペイル・ホースよ」

ラヴィーンが私に向きなおった。目が怒りに燃えている。「おまえが……」

ラヴィーンの肩が動いた瞬間、私は腕を上げて拳をブロックした。脳の本能を司る部分がこの局面を計算する――右にかわしてあばらにフックを叩きこみ、アッパーであごを突き上げる。だがその本能を押さえつけて閉じこめ、防御に徹した。殴り返したくなかった。心のどこかでは、両手をおろしてまともに拳を食らうべきだろうかと考えていた。そこで好きなだけ殴らせてガードの上からパンチを浴び、それで少しはラヴィーンの気がすむことを願っていた。

数発いいパンチをもらったが、不意に攻撃がやんだ。レイがベア・ハッグでラヴィーンをとらえていた。レイはラヴィーンの倍近くの体格があるとはいえ、それでも押さえつけるのに苦労していた。いっぽうリアムはヒナの前に立ちはだかり、両手を広げていた。「やめるんだ。あんなやつなんかのために」脇をすり抜けようとするヒナを、リアムが食い止めている。いつまでもちこたえられるか、見当もつかない。

「このクソ野郎」ラヴィーンはレイの腕を振りほどこうとしていた。「澄ました顔をして、ただ坐ってたっていうのか？」私の方へ唾を吐いた。

「出ていったほうがいい」レイが言った。「いますぐに」

私は言い返そうとも、自分の言い分を聞いてもらおうともしなかった。ドアへ走っていくと、レイの声が聞こえた。「戻ってくるなよ、いいな？　このグループは、たぶんあんたには合わない」

どうやらビリーのオフィスにはカメラがあったらしく、信憑性《しんぴょうせい》を高めることにしたようだ。そこで私をぶちのめしている映像を上げてコメントを添えたのだ。

〝親父を殺した「ペイル・ホース」に恨みを晴らしているところ。命までは奪わなかった——もう戻って来ないだろう〟

これによっていくつか問題が生じた。ひとつは、その映像にはっきり私の顔が映っているということ。そのせいで、私を殺したがっている多くの連中が動きだすだろう。さらに事態を悪化させているのは、掲示板の書きこみだ。事実ではないと思っている人たちもいるようだ。ペイル・ホースがあんなガキにやられて、生かしておくはずがない、そう言っている。

だがもし事実なら、ペイル・ホースは噂ほどタフではないにちがいない、と。

あのボートに乗せてもらうのに、それなりの代償があるのは覚悟していた。だが、まさかこんなことになるとは。

アストリッドが訊いた。「『ポイント・ブランク』は？」

「えっ？」

「『ポイント・ブランク』はどうなの？」

「ええと」憂鬱な気分から引き戻され、二本目のアメリカーノを飲み干してごみ箱に放り投げた。「見たことない」

「本当に？　面白いわよ」

アストリッドは映画に詳しい。いまはそんな話をしている場合ではないと、きっぱり私は言っていた。こうやって私の気分を紛らわせようというなら、それもいいだろう。「ジョン・キューザックは殺し屋には見えない」

アストリッドはゆっくり首を縦に振って考えた。

「それなら……『コラテラル』は」

「トム・クルーズが出てるやつか？」

アストリッドは頷いた。

「トム・クルーズなら殺し屋に見える、まちがいない。でもタクシー運転手をさらって、夜が明けるまえに殺す？　そこまでする必要はない。タクシー運転手はゲームのプレイアーじゃないんだから」

「『レオン』は？」

「あれはいい映画だ。ジャン・レノは最高だよ。でもアメリカ版じゃなくて、完全版のほうじゃないと。アメリカ版は二十四分もカットされてるからな」

「ナタリー・ポートマンのぞっとするようなシーンがあるからでしょう？」

「ああ、でもいままで見てきたなかで、暗殺者の生活がいちばんしっかり描かれてる」言いたくはないが、もっとも共感したのはレノの抑えた悲しみと寂しさだった。

「『ヒットマンズ・レクイエム』は？」

「あれは笑える。ブレンダン・グリーソンは面白い。ブレンダン・グリーソンが出てるやつならなんだって見る」

「『Mr.＆Mrs.スミス』は？」

「見たけど、何も覚えてない」

「『ジョン・ウィック』シリーズは好きじゃないって言ってたわね？」

「好きじゃないとは言ってない。あれはファンタジーだと言ったんだ。キアヌ・リーヴスは国宝級だ。でも、ラッシュ・アワーのグランド・セントラル駅で斬り合ってるのに、誰も気づかないだって？　あり得ない」

「いちばん好きなのは？」

「ジュベールだ。『コンドル』に出てくる暗殺者だよ。あれこそプロだ」

「いいわ、でもあれはスリラーよ。わたしが訊いているのは、いちばん好きな殺し屋の映画よ」

「『サムライ』だ」

アストリッドは頷き、ゆっくり紅茶を飲んだ。「見たことないわ」

「六十年代のフランス映画で、最高にクールだ。アラン・ドロンも悪くない」

「アクション映画は好みじゃないのかと思っていたわ」

「好みじゃないとは言ってない。ほかのジャンルのほうが好きだと言っただけだ」

「わかったわ」アストリッドは満面の笑みを浮かべた。「じゃあ、いままでいちばん好きな映画は？」

答えは決まっているが教えたくなかったので、それに次ぐ二番目を挙げることにした。「『夢のチョコレート工場』」こんなことばかり訊かれてうんざりしてきた私は、目の前に見える建物にあごをしゃくった。それは雲に覆われた空に向かって伸びるオベリスクのようだった。「まちがいないのか？」

「ここで働いているのはまちがいない。しかも内部の人間よ。トップというわけじゃないけれど、トップに近いところにいるわ」

その建物に入っているのは、銀行の本社だった。探している男は、その銀行に勤めているらしい。しかも内向的な男で、家や職場以外での人付き合いは少なく、この近くに住んでいる。そこで、計画はシンプルだった。その男が出てくるのを待って家まであとを尾け、ドアをノックしてあれこれ聞き出すというものだ。ニューヨーク行きのフライトが発つのは今夜遅くなので、追ってみる手がかりとしては悪くないように思えた。

いまは五時すぎということは、もうすぐ出てくるだろう。それでも私は落ち着かず、用も足したかった。アストリッドは私の横で小さめのバブルジャケットにくるまっている。いま何よりもしたいのは、この胸で激しく渦巻いているものを彼女に見せることだった。誰かに見せれば、その激しさも少しは弱まるかもしれない。だが、そんなことはできない。いま感じていることを彼女にあかすわけにはいかない。あかしたとたん、かつての自分を、そしていまとはちがう自分を認めることになるからだ。

どこへ行っていたのかアストリッドに訊かれなかったし、私も彼女がどうやってこの男を探し出したのか訊かなかった。その出どころは重要ではなく、うまくいきさえすればいいのだ。その男がどんな役に立つのかすらわからないが、プランBよりはましだ。プランBというのはこのまま家へ帰り、グラスにウイスキーを注いですすり泣きながら、私の命を狙っている人たちがほかのことに気を取られてそちらへ注意を向けるよう祈ることだった。

そんなことは起こりそうにないが。

まわりには大勢の人たちがいた。誰も私の正体を知らないとはいえ、彼らに見られているような気がした。その誰もが、私の肋骨の隙間に何か鋭いものを突き刺そうとしているとしても不思議ではない。

アストリッドは紅茶をすすって笑みを浮かべている。楽しんでいるのだ。わかっていない。スリルと非現実的な考えに夢中になり、これはゲームだと思っているのだ。ゲームなどではない。これは恐ろしくて愚かなことだ。この現状に、自分自身に、そして何もかもに嫌気が差した。

背後にある書店に目をやり、少しでも穏やかな気持ちになれないだろうかと考えた。少なくともトイレには行けるだろう。それに、ケンジとプレゼント交換をすることになっている。本なら予算内に収まるし、本を探していれば気も紛れる。嫌な記憶をいい記憶で上書きする。これも立ちなおるためのちょっとした一歩と言えるかもしれない。

私はアストリッドに言った。「そいつが出てきたら窓を叩いてくれ」

彼女は入り口から目をそらさずに首を縦に振った。

「『レイダース』」

「それがどうした？」

「わたしのいちばん好きな映画よ。訊かれたわけじゃないけど」

「そいつはすまなかった。あれはいい映画だ」アストリッドが何かつぶやいたが、書店に入っていく私には聞こえなかった。温かさと紙の匂いに包みこまれた。

レジスターの奥にいる若い女性は、毛足の長いベージュのセーターに栗色のウールのキャップという格好をしていた。鼻にはバーベル・タイプのピアス、耳には黒くて太いピアスをつけている。私に笑みを向け、また読んでいる本に視線を戻した。

トイレに行ったあと、棚のあいだを歩きまわりながら考えた。仕事として人を殺していた相手には、どんなプレゼントがいいだろう？

いまでも暗殺者をしているなら、答えは簡単だ。ナイフというのはいつだって役に立つ。お気に入りのライフルがあるなら、新しいスコープというのも悪くない——着弾落下補正レティクルの付いた高性能のやつだ。とはいえ、ケンジが愛用していたのは刀だ。刀用のアクセサリーでもないだろうか？　たとえば、刀の手入れに使ういい布とか？　黒っぽい服というのも、この手の仕事ではいつでも利点になる。それに、手早く食べられるもの。ターゲットが現われるまで長時間待つことになるので、プロテイン・バーやトレイル・ミックスでも用意しておけば緊張もほぐれる。

だが、それはかつての思考パターンだ。

いまのケンジはどんな人だ？

お茶を好む。ディナーのときには、よくベジタリアンのメニューを頼んでいる。アキラ・クロサワのフィルモグラフィーについて、長々と話をしたことがある。ケンジのお気に入りは『用心棒』、私のお気に入りは『隠し砦の三悪人』だ。二人とも『七人の侍』や『羅生門』と言わなかったことを、おたがいに納得していたように思う。公園で会ったときに、アガサ・クリスティーの小説を読んでいたこともある。

歩きながら本の背表紙に触れてまわった。アガサ・クリスティーは無難すぎるように思える。せっかく買っても、それを読んだことがあるとしたら？　日本語で書かれた本、あるいは日本人が書いた本をあげるのもいいかもしれない。ケンジが読んだことのない作家の本を見つけたかった。読んだことがなくて、意外な作家。本を読むより人を殺してきた経験のほうが長いこともあり、何も思い浮かばない。

〝クソッ。こんなふうに考えるのをやめなければ〟

こんなことをしていても無駄なように思えた。だがそのとき、たまたまドストエフスキーの小説がずらりと並んでいるあたりを通りかかった。頭のなかで小さなベルが鳴った。これなら少しは馴染みがある。棚から『罪と罰』を手に取った。なかなか立派な現代版のハードカバーだ。

この本を読んだのは、ずいぶんまえのことだ。自分は選ばれた非凡人なので大家を殺しても問題ないと考えた男の話ではなかっただろうか？　そんなあらすじだった気がする。とはいえ、人を殺すのは悪いことだというメッセージがこめられているのは明らかに思えた。これならいいかもしれない。人を殺してもかまわないと言っているような本をあげたくはなかった。まっとうな生活をはじめてから時間をもてあますようになり、少しは本を読むようになった。そしていまどきのスリラーの多くは、目的を達成するためなら殺しも許されるというような描き方をされていることに気づいた。それが現実世界ではどういう意味をもつかなど、ちっとも考慮されていない。

その人がどんなに〝悪いやつ〟だろうと関係ない――おそらくこの世界のどこかにはその人を愛している人がいて、その〝悪いやつ〟が殺されれば心に大きな悲しみを抱えて生きていくことになる。それが理由で、アクション映画も避けるようになった。背景であっさり殺されていくその他大勢の手下たちを見るたびに心が痛んでしまうのだ。

その本をカウンターにもっていき、財布を探した。

「いい本ですよね」店員の女性が言った。「わたしも読んだけど、すごくよかったわ」

「変なことを訊くけど、主人公は罪を逃れるわけじゃないよな？」

彼女は少し目を細めた。「ええ、刑務所行きになります。ネタバレするようで悪いですけど」

「書かれたのは百年以上まえなんだから、いまさらネタバレなんてことにはならないだろう。主人公が当然の報いを受けるってことを確かめたかっただけだ」

「いまはそれが問題だ、ですよね？」

気の利いた受け答えを懸命に探したが、何も思い浮かばなかった。

「心配しないでも、罪か罰かじゃなくて、罪と罰ですから」彼女は笑顔でビニール袋に本を入れた。その本を受け取ると、正面の窓を叩く音が聞こえた。アストリッドが両腕を振り、出てくるよう合図している。

私がドアを出たとたんにアストリッドも歩きだした。私がついてきているかどうか確かめようともしない。人ごみをかき分けていくが、あまりの人の多さに誰を尾けているかわからなかった。二ブロックほど先でレスター・スクウェア駅への階段をおり、回転式改札口を抜けてエスカレーターを下り、止まっている車両に乗りこんだ。ちょうどドアが閉まるところだった。その車両はぎっしり混みあっていた。私が手すりにつかまれる場所を見つけると、アストリッドが寄りかかってきて耳打ちした。「あの金色のジャケット」

あれか。見逃しようがない。がっしりした黒人の男で、髪を短く刈り、金色のバブルジャケットに黒いジーンズ、金色のスニーカーという格好をしている。大きくて高価なノイズキャンセリング・ヘッドフォンを頭につけ、音楽に合わせてからだを揺らしている。

アストリッドの話では、男の名前はガイウスというそうだ。

ウィア・マリスを管理しているのが誰なのか、知る者はいない。その運営は小規模に行なわれている。おそらく関わっているのはほんのひと握りの人たちだろう。そうやってばれないようにしているのだ。そのサイトは二十年まえにデザインされて立ち上げられたように見えるとはいえ、そういったたぐいのものは派手である必要などない。しっかりその役割を果たしさえすればいいのだ。

そのトップにいるのは、ハンニバル・カーンという ハンドルネームで呼ばれる人物だった。それが連続殺人鬼の名前に『スタートレック』の敵役の名前を組み合わせたものなのか、実在の支配者たちの名前を組み合わせたものなのかは定かではない。とにかく、いかした名前だ。Gジュベールよりずっといい。

長いことカーンが捜査の手を逃れてきたことは驚きだ。シルク・ロードという最初のダークネット・マーケットは二年後に潰された。ドレッド・パイレート・ロバーツと呼ばれていたロス・ウルブリヒトは連邦捜査局に逮捕されたが、それまでに数億ドルというカネを稼いでいた。逮捕されていなければ、その金額は数十億になっていただろう。

いっぽうのハンニバル・カーンは、もう少し頭が切れるようだ。ウィア・マリスは十二年もつづいている。

法執行機関が懸命に捜査しているのはまちがいないが、いまのところ問題なく運営されている。

アストリッドの情報によれば、その技術部門を任されているのがガイウスということだった。

ガイウスが降りる駅を危うく見逃すところだった。ガイウス自身が乗り過ごしそうになったのだ。携帯電話に夢中になっていたガイウスはアールズ・コート駅でドアが閉まる間際に飛び出し、アストリッドと私も乗客たちを押しのけてなんとか降りることができた。ガイウスは私たちにまるで気づいていなかった。かなり距離を空けているわけでもないので、ガイウスがプロではないのはまちがいない。そうなると、楽にことを運べそうだ。

エスカレーターを上って二本の通りを歩いていった。ガイウスはインド料理の店に立ち寄ってテイクアウトを注文し、それからようやく自宅のアパートメントに着いた。比較的新しい高級な建物で、どこもかしこも鋭角的なうえに、床から天井まで届く窓もある。ということは、それなりの防犯カメラが設置されているだろう。そこで私は、そのままあとについて入っていこうとしたアストリッドの腕をつかんで引き留めた。

「大丈夫よ」アストリッドが言った。「こっそり入っていっても、あの男に気づかれたりなんかしないわ」

私は入り口を指差した。通りの向かい側からでも、入り口の上にある黒いドーム型カメラが見える。「しばらく様子を見よう」私は言った。

私たちは目を配って立っていた。ちょっとした運が向いてくるのを期待していた――その期待どおり、四階の端にある窓に明かりがついた。あとは、カメラに映らないようにしてなかに入ればいいだけだ。エージェンシーであれ、あのロシア人であれ、誰かに見つかってしまうようなパンくずを残すことはない。

ここへ来る途中にホームセンターがあった。私はその店の方へアストリッドを連れていき、素早く店内に入ってスプレー塗料を買った。

ホームセンターというのは、殺し屋にとってベスト・フレンドのようなものなのだ。

アパートメントの建物へ戻った。入り口ホールに入るとスカーフで口元を覆い、レンズに向かってスプレーを吹きかけた。カメラのドームは黒いため、よく見なければスプレーが吹きかけられていることには気づかない。それから二階の部屋のブザーを押した。

不機嫌そうな声が返ってきた。「なんだ？」

「5Bにお届けものなんですが、廊下に置いていこうと思いまして」

ドアのブザーが鳴った。階段で四階まで上がり、廊下の端を目指した。それらしい部屋はひとつしかなく、途中にはカメラもない。ドアの前まで行ってノックをした。しばらくすると、内側から静かな声が聞こえた。

「はい？」

「お届けものです」私はイギリス訛りをまねしてみたが、わざとらしく聞こえたのはまちがいない。

やや間が空き、ドアの向こうで足音がした。おそらくガイウスがドアスコープから覗いているのだろう。だが私はからだの一部しか見えないような位置に立ち、アストリッドも壁に背を付けている。

「置いておいてくれ」

私はポケットからフェルトペンを取り出した。「サインがいるんですが」

アストリッドが目をまわしてみせたが、私は肩をすくめた。彼女にはこう言いたかった。〝こういうことは得意だったんだ。文句があるならあとにしてくれ〟

ドアの奥から大きなため息が聞こえ、チェーンのはずれる音がした。ドアが開くやいなや私はなかに押し入った。ガイウスは厚手のローブにフランネルのズボンという姿で、その顔に浮かんでいるのは驚きと恐怖のあいだにある谷間のような表情だった。私はガイウスの肩をつかみ、脇腹にフェルトペンを食いこませた。

そこまで力をこめていないとはいえ、魔法のような効果を発揮した。からだを仰《の》け反《ぞ》らせてバランスを崩したガイウスを、壁に押しつけた。それからアストリッドに言った。「ほかに誰もいないことを確かめてくれ」

誰もいないと思ってはいたが、アストリッドは廊下の先に姿を消して室内を見てまわった。ガイウスは驚くほど冷静だった。言われたとおりにしていれば大丈夫だろうと考えているにちがいない。「なあ、カネならある。マットレスの下に現金が。なんでも好きなものをもっていっていい。それでおたがい手を打とう、どうだ?」

「こっちの話をよく聞いていれば、誰も怪我をしないですむ」

ガイウスは首を縦に振り、両手を上げた。廊下の端からアストリッドが顔を出し、親指を突き上げた。私はガイウスをリヴィング・ルームに連れていった。狭苦しいとはいえきちんと整理されている。壁際には大きなテレビが設置され、馴染みのあるありとあらゆるゲーム機のほかにも知らないゲーム機までいくつかあり、高そうなヴェルヴェットのカウチも置かれている。ガラスのコーヒー・テーブルには先ほど買ってきたテイクアウトの料理や高価なヘッドフォン、閉じられたノートパソコンがのっていた。テレビの画面は静止画状態になっていて、『スター・ウォーズ』のチューバッカが大きく口を開けたまま固まっている。

カウチの方へガイウスを押すと、彼は腰をおろした。「警察じゃないな」ガイウスが言った。「そうだとしても、安心はできないような気がする」

「おまえが面倒を起こさないかぎり、危害を加えるつもりはない」私はキッチンへ行った——まるで一度も使ったことがないかのように、そこもすっきり片付けられていて、がらんとしていた。シンクの横に、洗ったテイクアウトの容器がきれいにうずたかく重ねられているだけだ。小さなテーブルから椅子をつかみ、リヴィング・ルームへもっていってコーヒー・テーブルの向かい側に置いた。アストリッドは廊下のそばに立ち、どうすればいいか戸惑っているようだ。

　これでひとまず落ち着いた。私の顔をよく見たガイウスは目を見開き、カウチに坐ったままたじろいだ。

「嘘だろ。まさか」

「動画を見たのか？」

「もちろん見たさ。みんな見てる。サイトのアクセスはとんでもないことになってるんだ」ガイウスは両手を上げて抵抗する気はないことを示した。「なあ、そのまえに母さんに電話させてくれないか？　母さんには黙ってるから。しばらく話してないんだ。こんな状況だからこそ、せめて愛してるってもう一度だけ言っておかなきゃ後悔するような気がして――」

「静かにしろ。おまえに危害は加えない」

　ガイウスは目を細め、困惑していた。「だったら、何をしに来たんだ？」

「あの動画を削除できるか？」

　ガイウスは肩をすくめた。「たぶん。でも、削除したって意味がない」

「どうして？」

　どうして空が青いのか訊かれたかのような顔をした。

「どこまでシェアされてスクリーンショットも拡散されてるか、見当もつかないんだ。歯磨き粉はチューブに戻せないってやつさ。いくらあんたでもね」

「そうか、わかった。おれのことで、何か知ってるか？　誰がおれの話をしてる？　おれの情報を探してるやつは？　おれは誰かに狙われてる。ウィア・マリスでおれを調べたにちがいない。その痕跡が何か残ってるはずだ」

「そこまでサイトを見てるわけじゃない。ただ管理してるだけなんだ」

「ハンニバル・カーンなら何か知ってるんじゃない

か?」

「もしかしたら。おれにはわからない。サイトの仕組みは知ってるのか?」

「なんとなく。だが説明したいようだから、さっさと説明してくれ」

ガイウスは小さく笑みを浮かべた。たとえ危険にさらされていても、人というのは自慢したがるものなのだ。そういった機会があまりない場合にはなおさらだ。

「わかった。ようするに、あれはダークネットだ」ガイウスは言った。「どんな検索エンジンで調べても見つからない。アクセスする方法はひとつだけ。D@nt3を通じて直接アドレスを打ちこむしかない。Torブラウザみたいなもんだが、性能はずっと上だ。Torを使う場合、インターネットにアクセスすると、シグナルが世界じゅうにある七千くらいの中継点のあいだを経由する。だからたどるのは不可能だ。おれたちが使ってる中継点は五十万で、しかも毎回ランダムだ。だから、超不可能ってわけさ」

「おまえの言ってることはさっぱりわからない、〝超不可能〟からしてな」しゃべらせればしゃべらせるほど、役に立ちそうな情報が手に入りやすくなるだろうと考えた。「だが、実際にはどこまでセキュリティは万全なんだ? シルク・ロードを運営していたやつは捕まっただろ」

「ああ、そのとおりだ。どうしてかわかるか? 古い掲示板にあいつのEメールが残っていて、しかも偽のドキュメントが自宅に送られるようになっていたからだ。それでも、実際にログインするところを押さえて本人だというのを証明するために、警察は念入りなおとり捜査を準備しなければならなかった。おれたちは長年やってるから、自分たちのしてることをしっかり把握してる」

「そうは言っても、おれはおまえのリヴィング・ルームにいるんだぞ」

ガイウスは大きなため息をついた。「そうだな、どうやったのかちょっと気になってるところだ」

「ハンニバル・カーンはどこだ？」

「直接会ったことはない。おれは技術とサポートを任されてるだけだからな」

テーブルに置かれたガイウスの携帯電話を手に取り、彼の目の前に突き出した。「連絡しろ」

「カーンが電話で連絡がつくやつだとでも思ってるのか？　暗号化されたアプリケーションを使ってやりとりしてるんだ。一度だって会ったことはない」

「どうやっておまえにカネを？」

「ウィア・マリスでカネを払うのと同じさ。暗号通貨だ。それもたどれない。学校でやってるようなお菓子のバザーだとでも思ってるのか？」

このままではらちが明かない。話していないことがもっとあるはずだ。次にどの角度から攻めようか考えていると、ガイウスが小さな笑い声をあげた。

「どうした？」私は訊いた。

「おれはそういうのとは関係ないけど、あんたのことは知ってる。ジェイソン・スティサムみたいなタイプだと思ってた……」

うしろでアストリッドが含み笑いを洩らした。

「ひとつ覚えておいたほうがいい」私は椅子に坐ったまま少しだけ身を乗り出した。ガイウスが尻ごみをし、ソファーのスプリングが軋んだ。「今週はろくなことがないうえに、今日はとくにひどい一日だった。ここでの会話は」――おたがいを交互に指差した――「いまのところ穏やかだ、そうだな？」

ガイウスは首を縦に振った。

「穏やかじゃなくなるようなまねはするな」ペイル・ホースが言った。

ガイウスは息を詰まらせた。それから前屈みになってノートパソコンを開いた。「わかった、わかったよ。こんなこと話しちゃまずいんだけど、身に染みてきた、ことの深刻さが。これから話すことは、絶対にほかの人には言わないでくれ……」パソコンをタップして顔をしかめた。「そのまえに、何かおかしなことになってるぞ。個人的な安全対策として、この建物のまわりの送信シグナルをモニタしてるんだ。監視されてないのを確かめるために。それによると、いまここから妙なGPSのシグナルが出てる。まさにこの部屋から。あんたたちのどっちかが、シグナルを発信してる何かをもってるってことだ」

アストリッドに目をやると、彼女は肩をすくめた。

「携帯電話は新しく手に入れたやつだ」

「携帯電話じゃない」ガイウスが言った。

「あのロシア人がたどっていたのが携帯電話じゃないとしたら？」私は訊いた。

「何かつけられたとしたら、気づいたはずよ」

「GPS装置っていうのは、どんどん小さくなってる」ガイウスが言った。「五ペンス硬貨くらいの大きさしかないやつを見たこともある。しかも一般向けのやつだ。軍事利用となると、もっと小さいのもあるかもしれない」

私は立ち上がってバスルームを調べた。電子機器はなく、リヴィング・ルームからも見えるうえに、窓もすり抜けるには小さすぎる。リヴィング・ルームに戻ってガイウスに言った。「バスルームに入ってドアを閉めろ。いいって言うまで出てくるな。携帯電話は置いていけ」

ガイウスは両手を上げて立ち上がり、喜んで部屋を出ていった。ドアが閉じてロックされる音がするやいなや、私は髪をかき分け、それからシャツを脱いだ。

「何をしているの？」アストリッドが訊いた。

「何もつけられてないことを確かめてるんだ。そんなわけはないと思うが、用心に越したことはない。服じゃないはずだ。あの夜に着ていたのは、全部捨てたからな」

アストリッドも頷いてシャツを脱いだ。

「何をしてるんだ？」

「わたしもつけられていないことを確かめているのよ。この男は凄腕なんでしょう？　わたしを見つけ出したほどだから。すれちがいざまにつけられて、気づかなかったのかもしれないわ」

おたがいに背を向けて服を脱いでいった。私はできるかぎりからだを調べてみたが、自分では確認できないところがあるのに気づいた。

「もう少し徹底的にやる必要があると思う。きみが言ったように、おれたちは二人とも大人だ、そうだろう？」

「ダニ探しみたいになってきたわね」

振り向くと、すでにアストリッドは全裸になっていた。彼女のからだの滑らかで繊細な曲線や、少しだけ反っているヒップなどに意識を向けないようにした。アストリッドは私の股間を見下ろし、すぐに目を上げて見なかったふりをした。

「それじゃあ、とっても気まずい作業に取りかかるわよ」

二人でおたがいのからだのプライベートな部分を念入りに調べ、何かついていないかどうか確かめた。アストリッドに股間を調べられているあいだ、私は呼吸法を実践してあまり興奮しないようにしていた。少しばかり興奮してしまい、アストリッドは手を止めたが何も言わなかった。女性の前で裸になるのは、サラと付き合って以来はじめてだった。そう考えただけで、心の表面に干《ひ》割れが入った。

その作業が終わり、私たちは床から服を拾い上げた。

「何もなかった」私は言った。

私がシャツを着ていると、アストリッドがナイフで刺された腹の傷を覆う包帯を見つめていた。

傷口が開いたのだろうかと思い、私は視線を下げた。つい忘れてしまう。傷の痛みは、変な方へからだを動かしたり咳をしたりしないかぎり感じないほどになっていた。とはいえ包帯に染みはなく……

「まさか」アストリッドが口走った。

私も気づき、血が氷のように冷たくなった。「指を入れて調べたはずだ……」

「小さければ気づかなかったかもしれない。保証はできないって言ったわよね。でも、そんなことがあり得るの？」

あの男にナイフで刺された。突き刺されたあとナイフを抜かれ、そのまえにディナーをごちそうするという誘いもなかった。どうやってGPS装置を仕込んだというのだ？

ピンときた。

「ワスプ・ナイフだ」

「なにナイフですって？」

「ワスプだ。狩り用に作られた物騒なやつだ。獲物の体内に二酸化炭素のガスを噴射する。刺された部分は瞬間冷凍されて破裂する。それに手をくわえて、何かを埋めこめるようにしたのかもしれない」腹のなかに電子機器があるかと思うと、吐き気がしてきた。「何か方法は？　ここのバスタブで診査手術をする以外に？」

アストリッドは肩をすくめた。「ここのバスタブで診査手術をすることね」

服を着てガイウスに声をかけた。バスルームから出てきたガイウスに、アストリッドが言った。「よく切れるナイフとアルコール、沸かしたお湯とありったけのタオルを用意して。処方された鎮痛剤はある？」

「ちょっと待ってくれよ。どうなってるんだ？」

私はシャツをめくって包帯を見せた。「ここを刺された。発信器が仕込まれてるかもしれない。ということは、ここにもやつが来るかもしれないってことだ。こんなことしたくはないが、一刻も早くこいつを取り出さないと」

「わかった、落ち着けよ。どうかしてる。ちょっと待っててくれ」

ガイウスはベッドルームへ行った。引き出しを開ける音やつぶやき声が聞こえ、黒い小型の装置をもって戻ってきた。トランシーバーのような形をしていて、上に太くて黒いアンテナが付いている。それをパソコンにつなげた。

「シグナル・ジャマーだ」ガイウスが言った。「二十フィート以内のシグナルをブロックしてくれる。でも、携帯電話も使えなくなる。電話をするときにはオフにしてもいいけど、しないほうがいい。オフにしたとたん、居場所をつかまれるからな」

私は窓のところへ行って外を覗き、通りに目を走らせた。それなりに歩行者が多く、考えすぎかもしれないと思った。

通りの向かい側にあのロシア人が立っていた。緑色のミリタリー・ジャケットを着てタバコを吸い、バスを待っているかのように街灯に寄りかかっている。

「マーク？」アストリッドが声をかけてきた。

「こいつはどのくらい正確なんだ、ガイウス？」

「ピンポイントにはわからない。たぶん半径百フィートってところだろう」

私たちがこのあたりにいて動いていないというのを把握しているにちがいない。だから姿を現わすのを待っているか、あるいは離れたところからただ目を光らせているだけかもしれない。ロシア人が視線を上げるまえにカーテンから下がった。「その装置を作動させるのにどのくらいかかるんだ？」

ガイウスがいくつかのキーを押した。「終わった」

外から気づかれないように注意しながら、カーテンの隙間から覗いた。ロシア人はタバコを吸い終え、ポケットから携帯電話のようなものを取り出した。しばらくそれを見つめて顔を上げ、ブロックを見まわした。

戸惑っている。

「どうしたの?」アストリッドが訊いた。

私は窓際から離れた。「タイミングはこっちに味方したようだ。あいつは通りの向かい側にいる。だが、ジャマーがうまくいったらしい」

私は窓に近づこうとしたアストリッドの肘をつかんだ。「見るな」

「わかったわ、ごめんなさい」

ガイウスがスクリーンから目を上げた。「シグナルがなくなっても、このあたりにいることはばれてる。屋上に上がって、そこからほかの建物に移って通りの反対側から出ていけばいい。たぶんそれがいちばん安全だ」

私はカウチのガイウスの隣に坐り、クッションに頭を預けた。「そうだな」

「悪いけど、正直に言わせてもらう。こいつはすごいな」

「感心してもらえて嬉しいよ。そのうちなんらかのレアメタル中毒みたいなことになるかもしれない。それで、サイトについての話だが?」

「そうだった」ガイウスは首を振ってため息をついた。「ゴッド・モードっていうのがあって、それを使えばサイトに上がってることならほぼなんでもアクセスできる。その投稿がどこから送信されたのかってことまでは調べられないが、ダイレクト・メッセージでのやりとりなんかはわかる」

「それがなんの役に立つっていうんだ?」

ガイウスは肩をすくめた。「どのユーザーを調べればいいか教えてくれ、何かわかるかもしれない」

私は携帯電話を取り出し、D@nt3を起動していくつかのフォーラムを調べた。アストリッドも同じことをしている。おそらく、ガイウスもそうしているはずだ。しばらくその作業に没頭し、手がかりになりそうなことを探していた。

いまではペイル・ホースの話題専用のフォーラムがあったので、そこからはじめてみた。たくさんの人が好き勝手なことを言っている。私を見つけ出すとか、あんなふうにやられるなんて調子が悪かったにちがいないとか。恨みを晴らすという書きこみが多い。会ってみたいという人もいる。私と寝たいという女までいた。役に立ちそうなこと、前向きになれるようなことはひとつもない。

自分自身について胸を張れるようなことは何もなかった。

こうしているあいだも、頭上に剣がぶら下がっているような気分だった。いまだに外へ出ていってあのロシア人と対峙したいと思っていた。とはいえ、この数日間でそれなりに殴られているうえに、大きく開いた腹の傷はアストリッドに縫いなおしてもらわなければならなかったくらいだ。絶好調というわけではない。

しかも、何がどうなっているのか正確につかめてもいない。

それだけではない。こんな感情ははじめてだった。これまで一度も感じたことがないため、その縁に触れて明確にするのに時間がかかった。

私は恐れているのだ。

この相手を殺さずに倒す方法が思いつかない。

「ねえ、何か見つけたわ」アストリッドが言った。

彼女に携帯電話を渡された。ランダムに並べられた文字と数字からなるユーザーネームの人物が投稿したもので、こう書きこまれていた。

〝ペイル・ホースはちっともタフではなかった。最後には血を流して床に倒れていた。まるで怯えた小さな子ネコみたいだった。あいつをどこで見つけたか言ったら……〟

〝カチョーナク〟子ネコ。あのロシア人は私をそう呼んでいた。とりあえずいまのところ、回復プログラムの話はあかさないことにしたようだ。そのことが知れ渡れば、私はまちがいなく殺される。私がこれを見ることを想定して書いたのだろう。

これは心理戦だ。心理戦を仕掛けているのだ。ノートなどいらなかったのかもしれない。ノートを奪ったのは、ただ私をもてあそぶためだったとも考えられる。

「どうやってこんなに早く見つけたんだ？」

「検索機能があるから」

「検索機能があるのはあたりまえだ」ガイウスは少しばかにされたように感じたようだ。

「わかった、二人とも、でかした。助かるよ。ガイウス、書きこんだのは誰だ？」

ガイウスは携帯電話に目をやり、パソコンに向きなおった。「そのユーザーが書きこんだのはそれだけだ。ちょっと待ってくれ……」何度かタップし、画面を見つめた。「新しいアカウントで、一カ月まえに作られてる。でも、それなりに使用されてるみたいだ。最近になって、ほかのユーザーとメッセージのやりとりをしてる」

「ダイレクト・メッセージをたどれるなんて、あまり倫理的とは思えないけど」アストリッドが言った。

ガイウスはじっと彼女に目を向けてから小さな笑い声をあげた。「これは犯罪活動なんだ」キーボードを叩いてつづけた。「メッセージは読めないけど、メッセージが送られたこと、そして誰に送られたかってことならわかる。こいつがラブレターの交換をしてる相手は、サンジュウロウっていうユーザーネームのやつだ。そいつのことも調べようか？」

部屋がぐるぐるまわっていた。私は前のめりになり、両手で頭を抱えた。アストリッドとガイウスの二人は黙りこんだ。私はことばを探した。なんでもいいから言うことを探した。

「調べたほうが……」ガイウスが口を開いた。

「いや」私は言った。「誰かはわかる」

サンジュウロウというのは、映画『用心棒』でロウニン——主人のいないサムライ——が名乗っていた名前だ。

ケンジのいちばん好きなクロサワ映画だ。だからこそ、そのユーザーネームにしたのだろう。

8

きみが罪深いいちばんの理由は、ただいたずらに自分の感情を殺したこと、自分を売ったことだ。

——フョードル・ドストエフスキー『罪と罰』

二年まえ

マンハッタン、ミッドタウン

八時三分。もう彼女が出てきてもいいころだ。私は携帯電話をチェックしたが何も連絡はなく、その建物のガラス・ドアに視線を戻した。そこに立って十一分が経つが、デスクにいる警備員は携帯電話から一度も顔を上げていない。私には気づいていないようだ。ようするに役立たずということだ。

ミッドタウンの人通りの多い歩道を人々が行き交っている。私は少しスカーフを上げて顔を覆った。冷たい風を防いでくれるだけでなく、顔を見られないほうがいくらか安心できるからだ。

腹が減っていた。何か食べておくべきだった。まえもって食べておかないというのは、いつだってまちがいだ。

携帯電話が振動した。

〝ごめんなさい。会議が長引いて。いまから行く〟

私は返事をした。〝わかった〟

それからスクロールし、サラからのまえのメッセージを表示した。

私：何をしたい気分？
サラ：ブライアント・パークで祝日のお祝いをしているわ。ホットココアなんてどう？
サラ：アイススケートは？
私：やったことがない。
サラ：コツがあるの。教えてあげるわ。
私：そうなのか？　どんなコツだ？
サラ：あとのお楽しみ。八時まで会議があるの。そのあとで会える？
私：最高だ。

携帯電話を操作しているついでに、サラと知り合うきっかけになったデート・アプリケーションをタップした。最初に表示された写真は、オフィスで坐っている彼女の写真だ。おそらく重役のオフィスだろう。青とピンクとグレーのフランネル・シャツを着ている。赤褐色の髪はカールして乱れ、まぶしいほどに輝かんばかりの笑みを浮かべている。

趣味はSFやスピリチュアルなこと、外食にくわえ、主導権を奪い合うSMプレイ、グループ・セックス、そして認め合ったうえでの多重恋愛。このアプリケーションが気に入っているのは、これが理由だ。長期的な交際よりも性倒錯やセックスに重点が置かれているのだ。つまりテーブルに着いたとたんに、重要なカードがあかされているというわけだ。マッチングしてチャットをはじめた私たちには、はじめから二つのことがはっきりしていた。

ひとつは、二人とも真剣な交際を求めているわけではないということ。それは私にとって都合がよかった。二人ともふつうのセックスフレンドのような相手を探していたのだ。二人で会って怪しげなことをしつつ、ときには映画館や美術館にも行くような関係だ。シンガポールの埠頭でラヴィと握手を交わしたとき、自分の将来に核家族やマイホームといったものは望めないというのを受け入れた。それでもかまわない。一度もったことがないものに対して切なく感じることなどないのだ。だが一夜限りの関係やエスコート役を何年もつづけているうちに、もう少し踏みこんだ関係に憧れるようになった。

自分のことを知ってもらいたいというよりは、相手のことをもっと知りたいと思うようになったのだ。

もうひとつは、メッセージのやりとりをしているうちに気づいたのだが、サラと話をしていると送電線の先に触れているような感じがするのだ。私たちはむかしからの友人のように気軽におしゃべりをし、いつのまにか奔放でセクシー、しかも少しばかり甘美に思える関係になっていた。

もちろんリスクはある。自分がリスクを負うのはかまわない。それが仕事なのだから。問題は、サラを危険にさらしてしまうかもしれないということだ。とはいえ、何があろうと彼女を守れる、そんな希望にすがりついていた。この惑星には、私にちょっかいを出そうと考えるような間抜けはそれほど多くはいないだろう。

「マーク？」

建物のロビーから洩れる明かりのなかに、サラの輪郭が浮かび上がっていた。温かみのある金色のオーラに包まれているかのようだ。青いニット帽に黒っぽいオーバーコートという格好で、黒いファーの襟が首元をすっぽり覆っている。目が合ったとたんに風がやんだように思え、体感温度が二、三度上がった気がした。慌ただしくミッドタウンを行き交う車や歩行者たちの音が、急に聞こえなくなった。

「そうだ」できるだけ人当たりのいい口調で言った。

サラはにっこりして首をかしげた。その目はまるで何かを感じ取ったかのようにも見える。すると私の股間に視線を向け、眉を吊り上げた。「チャックが開いているわよ」

私は背を向けながらチャックを上げ、サラに向きなおった。「こんな第一印象は望んでなかったんだけど」

「気にしてないわ」サラが近づいてくると、ラヴェンダーの香りがした。「ホットココアは？」

たったいま会ったばかりだというのに――何度かEメールでやりとりをし、一度だけビデオ・チャットもしていたが――サラは公園の方へからだを向けて腕を組んできた。少しばかり古風だが愛らしい仕草に思えた。サラに強く引きつけられていた。これほど心地よくなければ、不安になっていただろう。

公園を囲む木々の枝が骸骨《がいこつ》の手のように空へ伸び、藍色の空に浮かぶ大きな満月をそっと支えている。私たちはテーブルのあいだを歩いていった。あたりはきらめくライトで照らされ、雪が融けて濡れた地面は塩がまかれているせいで歩くたびに音がする。ホットココアを売っているフードトラックへ向かった。一杯十ドルもするうえに、できるまで五分もかかる。多くの人たちが店の前で自撮り写真を撮っていなければ、列はもっと早く進むだろう。

「ニューヨークは量子状態で存在しているとも言えるな」私はサラに言った。

「あら、そうなの？」

ココアのカップをもってピース・サインをしながら、自撮り写真を撮っている若いカップルの方にあごをしゃくった。列の邪魔になって次のグループが注文できずにいる。「ここは世界最高の街でありながら、最低の街でもあるんだ」

サラは公園のまわりに吊るされたライトを眺め、首を伸ばしてアイススケート・リンクに目を向けた。それからおしゃべりをしたり笑ったりしている人たちで賑わうテーブル席を見まわした。

「どうかしら」サラはにっこりした。「とってもいい街だと思うけど」

そういうことにしておこう。そうやって皮肉に穴を開けられてしぼまされ、私はばつが悪くなった。とはいえ、それほど気にもならなかった。

それに、あの笑顔。あの笑顔をどう言い表わせばいいかことばが出てこなかった。

たとえて言うなら、彼女は何もかもお見通しで、二人でいっしょに笑って私の成功を喜べるのを辛抱強く待っている、そんな笑みだ。

私たちは黙って並んでいた。じわじわ列が進み、サラが口を開いた。「仕事は何をしているの、マーク？聞いたことがないから」

「データ・アナリストをしてる」それが表向きの身分なのだ。そこには少しだけ真実も含まれているのだが――ある意味では、私の仕事は計算にもとづいている――漠然としていてつまらなそうに思えるため、あれこれ訊かれることはない。

「どうしてその仕事に？」サラが訊いてきた。「

今日は例外のようだ。

「むかしから数字が得意だったから。数学をとおして、この世界を理解するんだ。自分には目的があるような気持ちにさせてくれる。子どものころになりたかったものじゃないけど、夢を叶えられる人なんてほとんどいないだろう？」

「子どものころは何になりたかったの？」

「宇宙飛行士だ」

サラが温もりを逃がさないようにからだを寄せてきた。パズルのピースのように、おたがいのからだがぴったりはまる。「どうして？」

鼓動が少しだけ速くなった。自分のことを訊かれるのは慣れていない。最後に誰かと仕事とは関係ない会話らしい会話をしたのがいつだったか、思い出せなかった。しかも、そういった会話は短かったり友好的ではなかったりすることが多かった。

いまの問いに正直に答えると、この地球から逃げたかったからだ。そうすることで、子どものころの記憶、いつも心に不安を抱えてたらいまわしにされていた里親の家の思い出も忘れ去りたかったのだ。だが打ち明けるにはあまりにも私的なことに思え、代わりにこう答えた。「星が見たかったのさ」

サラの笑みは、それが本当の答えではないことを見透かしていた。

私たちはホットココアを受け取り、空いているテーブルを見つけた――テーブルは薄っぺらで、椅子も小さくて冷たいとはいえ、少なくとも乾いている。腰をおろし、おたがいを見つめ合っていた。何かとんでもないことが起こっている。つねに私の脳は、ある程度の警戒感をもってなにげなく周囲の状況を確認している。さしあたり危険が迫っていないいまでさえも。絶えず頭のなかでささやき声がするのだ。〝出口はどこだ？　まわりには何人くらいいる？　武器として使えそうなものは？〟

それがいまはまるでトンネルのなかにいて、その先にいるサラしか見えていないかのようだった。私の認識能力は、オンになったりオフになったりしていた。だがそんなことよりも、不安に感じるべきだと思った。調子が悪い気がし、集中力を欠いているのはまずいと。
「きみは非営利団体で働いてるという話だったね」私は言った。

サラはココアをひと口飲むと目をまわした。「とっても美味しい……ええ、そうよ、街じゅうの食糧配給所を取りまとめているグループの運営を手伝っているの。子どものころの夢は、お姫様になることだったの。その理由のひとつは、慈悲深い統治者になって、お腹を空かせている人がひとりもいない王国を作りたかったから。だから、少なくとも夢に近いことをやっていると言えるわね」

私もココアのカップに口をつけた。サラの言うとおりだ。まるで融けたチョコレート・バーを飲んでいるかのようだ。面倒なことになるかもしれないが、コートにはラクトエイドの錠剤が入っている。私はまわりにそびえる高層ビルを見上げた。「しかも、お城みたいなところで働いているしな」

「そうね、でも王笏《おうしゃく》もなければ、きれいなドレスも着てないけれど。宇宙飛行士ってデータを分析するのよね？」

「ああ、でも月には行けない。まあいいさ」

「ストレスが多い？」

「ときどき。たいていは、ボートのいちばん近くにいるワニを殺してるだけさ」

サラは顔をしかめた。「その言いまわし、大嫌い」

「でも、そういう日もある」

「わかっているわ。でもどうして成果を上げるのに、何かを殺すたとえを使う必要があるの？」

「その代わり、ワニをどうしろと？」

「なでてあげるのは？」

「たぶん手を食われる」

「だったらワニじゃなくて……たとえば、ウサギは？」

「ウサギだって？」

サラは頷いた。「ボートのいちばん近くにいるウサギをなでる」

「ウサギが溺れるんじゃないか？」

サラは舌を突き出した。「それじゃあ、ベンチのいちばん近くにいるウサギをなでる」

「そいつはいいな。気に入ったよ」

サラは目の前にホットココアを置き、私の膝に両脚をのせた。すかさず私は彼女のふくらはぎをマッサージしはじめた。「あなたの家族は？」サラが訊いた。

「家族って言えるような人はいない。ひとりっ子だし、両親も小さいころに亡くしてるから」

「ごめんなさい」

「気にしてない」この話題を切り上げようと、こう言った。「きみの家族は？」

「両親はフェニックスにいるわ。わたしもそこで育ったの。あとはアップステート・ニューヨークに住んでいる兄がいる。看守をしているの。とっても仲がいいんだけど、あんまり会えなくて」

「看守か。きっとタフなんだろうな」

「自分ではそう思いたがっているみたいだけど。もし会う機会があれば、威圧的に振る舞ったり、兄貴風を吹かそうとしたりするかもしれないけれど、心配しないで。何もしないから」

それを思い浮かべて笑い声をあげた。だがそれだけでなく、サラの家族に会うかもしれないという考えに対しても笑ったのだ。はじめての経験になる。ゆっくりココアを飲みながら、家族がいないという私の話に戻ってしまわないよう、懸命に頭を絞って家族以外の話題を考えていた。そのとき、サラの背後で見覚えのある顔が目に留まった。

アントニオ・アマート。

「どうしてフード・バンクに関わるようになったのか、もう少し聞かせてくれないか？」

片方の耳でサラの話を聞きながら、頭のなかで計算をしていた。

ときどき、ヴィア・マリスでフリーランスの殺しの依頼を眺めることがあった。エージェンシーの任務の合間の時間を潰すためだ。地元の仕事はそれほど報酬がよくないとはいえ、ずっと簡単だった。政府の建物に侵入したり、強固なセキュリティ・システムを攻略する方法を考えたりしなくてもいいからだ。なかにはくだらない依頼もある。妻が浮気をしたから殺してほしいとか、毎週日曜日の午前七時に芝刈りをする隣人を殺してほしいとか。そういったことには関わらないようにしている。

だが二日まえの夜にアマート殺しの依頼を目にし、頭の片隅にとどめておいた。

五大ファミリーが牛耳っていた帝国は粉々に崩壊したかもしれないが、いまだに小さなマフィアのグループは存在している。どうやらアマートは大物で、別の大物を怒らせたようだ。その怒った大物が、アマートを消してくれる人を探しているのだ。

アマートは薄茶色のコートに身を包み、白髪交じりの髪をうしろになでつけていた。そこまで外見を気にしないラインバッカーのようなからだつきをしている。二、三台向こうのテーブル席で魅力的な若い女性と坐っている。大学生くらいの女性だ。たぶん愛人だろう。二人はおしゃべりをしながらココアを飲んでいた。デート中に二つの役割をこなそうとするなと自分に言い聞かせたが、駆けめぐるアドレナリンにノーと言うのは難しかった。

サラは人助けについての話を締めくくるところだった。私は言った。「本当にやりがいのある仕事みたいだな」

「ええ」サラは目を細めた。「食糧配給所にボランティアとして手伝いに行くこともあるの。いい運動にもなるし。足腰の強い人がいると助かるわ。ボランティアのほとんどはお年寄りだから。五十ポンドのジャガイモの袋なんかが来たときに運んでくれる人が必要なの」

「それは楽しそうだ」

サラはココアのカップを置いた。「大丈夫？　ちょっと上の空っていう感じだけど」

おかしい。ふだんならもっとうまくいくつものことを同時にこなせるのだが。アマートがテーブルから立ち上がり、トイレの方へ向かった。そこで私は言った。「実は、はじめてのデートでこんなことはちょっと言いにくいんだけど」

サラは眉を吊り上げ、ココアをもうひと口飲んだ。振りおろされるハンマーでも待っているかのようだ。「お腹の調子が悪くて」私はカップを掲げた。「乳製品がちょっとね」

サラは大きなため息をついた。「びっくりした、結婚してるとかなんとか言われるのかと思ったわ。別にココアじゃなくてもよかったのに」

「でも、どうしてもココアが飲みたそうだったから」

サラは身を乗り出して私の腕を叩いた。「誰だってトイレには行くわ、気にしないで。わたしのオフィス・ビルのトイレを使う？」

「いや、ここのトイレも充分きれいだから。すぐに戻る」

「そのあとのスケートはどうする？」

「やったことがないって言っただろ」

サラはにんまりし、ウィンクをした。「コツがあるって言ったでしょ」

私はココアのカップを置いて立ち上がった。「考えておくよ」

サラは椅子の背にもたれかかって脚を組み、携帯電話を取り出すやいなやインスタグラムに没頭した。

トイレは公園の反対側の端にあった。私は歩きながら、運が向いてくれることを願っていた。途中で携帯電話を手に取って最初の投稿を探し、そこに記された番号にメールを送った。

〝引き受けた。またあとで連絡する〟

トイレに着くころには返事が来ていた。

〝写真と支払いの方法を〟

ふだんなら自分が誰かを伝え、前金で全額を払ってもらうのだが――断わられたことはない――いまはそんな気分にはなれなかった。サラは腹の調子が悪いということに理解を示してくれたようだが、ここに長くいれば今夜彼女を家まで送るチャンスに影響が出かねない。心に残ったイメージには、消せないものもあるのだ。

トイレは発電機の大きな音がするトレーラーだった。ドアが二つあり、ひとつは男性用でもうひとつは女性用だ。茂みに三角コーンがあったので、私はそれをつかんでドアの前に置き、男性用トイレに入った。小便器のところにアマートが立っていた。素早く個室の下を覗いてみたが足は見えなかった。通りから離れた公園内ということもあり、来る途中にカメラは見当たらなかった。

私はドアに鍵をかけた。その音が大きく響き、アマートはチャックを上げずに振り返った。首に懸賞金がかかっていることを考えると、これからどうなるかはっきり予想がついているにちがいない。思ったとおり、アマートが襲いかかってきた。サイドステップをしてかわそうとしたが、シンクにぶつかった。ここは狭すぎる。腰をつかまれて脇腹を殴られた。腎臓や肝臓を狙っている。年のわりには殴り合いが得意らしく、殴り合いが得意な男というのは狭い場所でこそ力を発揮するのだ。

私は膝を突き上げて距離を取り、頭突きをしようとした。だがそうすると額が切れることもあり、頭の傷というのは大量に血が出るので説明が面倒になる。そこで喉の横に拳を叩きこんだ。人間の気管というのは、炭酸飲料の缶のように簡単に破裂する。呼吸ができなければ戦うことなどできない。

アマートは少し息を詰まらせて後ずさりをした。目を見開いている。

「頼む」あえぎながら言った。「いくらで受けたか知らないが、もっと払う」

アマートが何をしたのか見当もつかない。たいていは、殺すまえに相手がしたことを聞かされている。それで心が楽になることもある。とはいえその首に二万五千ドルもの報酬がかけられているということは、何をしたにせよいいことではないだろう。

「悪いな。数学的な考えだよ、わかるだろ?」

アマートの腹に蹴りを放ったが、その蹴り足をつかまれて横にひねられた。私はよろめいてシンクに頭をぶつけた。からだを起こして頭を押さえると、血の感触がした。こうならないようにしていたというのに。

立ち上がって相手の腹に強烈なパンチを打ちこんだ。からだを二つ折りにしたアマートの首をつかみ、力一杯引っ張った。脊椎が折れ、床にくずおれる。そのからだを仰向けにひっくり返して携帯電話で写真を撮り、私の暗号口座の情報とともに先ほどの番号に送った。

用を足したくなってきたとはいえ、長居をしすぎたような気がする。遅かれ早かれ、三角コーンを無視して入ってくる人がいるだろう。頭がふらつき、鏡でチェックしてみた。額がざっくり割れ、血がにじみ出している。ペーパータオルを何枚かつかんで傷口に押し当て、ドアを開けて誰もいないことを確かめた。

テーブルに戻ると、サラはまだ携帯電話をいじっていた。私を見上げて一瞬だけ訝しげな顔をし、それから目を見開いた。「大丈夫？」

「ああ。氷で滑ったんだ」

サラは坐るように促し、私の手に触れてペーパータオルをどかした。その傷を見て顔をしかめる。「病院で診てもらったほうがいいわ」

「いや、そんなに深くはない。すぐに血は止まる」

「深いわよ」

「スケートは？」

「ほかの日でもできるわ」

「そうだな。でも、コツを教えてくれる約束だぞ」

またサラはあのわけ知り顔の笑みを浮かべ、椅子に坐りなおした。「それじゃあ、わたしのオフィスへ、それでいい？　すぐそこだし。キッチンと救急セットもあるから」

「わかった」

私たちは席を立った。サラが腕を組んでくる。もと来た道を戻っていると、悲鳴によって夜の静けさが切り裂かれた。アマートといっしょに坐っていた女性だ。

「誰か、助けて！　パパが！」

なんてことだ。

サラがまわりに目をやった――トイレからあの女性が走ってくる。「手を貸したほうが」サラが言った。

だが、すでに数人が駆けつけていた。「ちょっと……目まいがする」私は言った。

「わかったわ」サラはそう言い、二人でオフィスへ戻った。とはいえ、その夜の空気は変わってしまっていた。楽しかった雰囲気は、寒さで壊れやすくなったガラスのように急にもろくなっていた。

ふだんは仕事の現場から立ち去るときには、少しハイになっている。あの神の力が全身を駆けめぐっているのだ。私は自分が得意とすることをした。私は生き残り、相手は死んだ。報酬が待っている。だが、あの女性はガールフレンドか愛人だと思っていた。どうしてそれなら気にする必要はないと感じるのかわからないが、とにかくそう感じていた。彼女が娘だったこと、アマートの娘の悲しみをサラが目にしたこと、そしていまサラに手当てをしてもらうためにほかの場所へ向かっていること、しかもその痛ましい状況を作り出したのが自分だというのをサラが知らないこと、そう考えると自分のしたことが恥ずかしくなった。

こんな気持ちになったのははじめてだった。

「ねえ」サラが声をかけてきた。「大丈夫?」

いまはエレヴェータに乗ってオフィスのある階へ上がっているところだった。ロビーを通ったことすら覚えていない。私に何が起こっているのだ?

「ああ」私は答えた。

サラのオフィスに入り、小さなキッチンに案内されて硬いプラスティックの椅子に坐らされた。サラがどこかへ行き、白いプラスティックの救急セットをもって戻ってきた。それを開けてティッシュと抗生剤軟膏、絆創膏を並べ、それからシンクのところへ行って手を洗った。

そんなサラを見ていると、ますます気が滅入ってきた。

自分はそんなことをされるに値しないとでもいうように。

戻ってきたサラがティッシュを広げ、額の傷のまわりに当てて血を拭き取った。私は訊いた。「それで、コツっていうのは?」

「えっ?」

「スケートのコツだよ」

「そのことね。足を滑らせないことよ」

私は笑い声をあげた。私のなかで何かがぱっくり割れ、泣きださないようにこらえなければならなかった。サラが手を止め、私の目を見つめた。ただ見つめているのではない。その優しげな茶色の目で、私の絡み合った人生を解きほぐしているのだった。

サラに訊かれた。「いま幸せ？」

答える必要はなかった。

サラには訊くまえから答えがわかっていたのだ。

ティッシュを置き、からだを寄せてキスをしてきた。

その瞬間、私はあるものを見いだした。それは、自分でも探しているとは気づいてさえいないものだった。

安らかな気持ちになったのだ。

9

交友関係というのは、その人の価値を測る最良の尺度のひとつだ。

——チャールズ・ダーウィン

現在
ブルックリン、ブッシュウィック

着信音が鳴り止み、呼び出し時間が切れた。飛行機を降りたときもケンジは電話に出なかったが、いまも出ない。いまだに何を言えばいいのか、どうして電話をかけているのかわからないとはいえ、もてあました時間は潰せる。さもなければ、頭のなかにある小さな暗い穴に落ちていって二度と出てこられなくなるだろう。

　携帯電話をポケットに入れた。ケンジは関わっていないと信じたかったものの、なかなか信じ切れなかった。ケンジはヤクザを敵にまわし、兄を殺して自らの名誉を汚したあと――ケンジのような立場の者にとっては、もっとも重い裏切り行為だ――アメリカへ逃げてきた。故郷へ戻ることはできず、かつての人生とも完全に縁を切るしかなかった。財布に入っている現金のほかには何ももたずにニューヨークへやって来た。なかなかできることではない。夜に温かく過ごせるだけの大金がなくても、私はこのプログラムをこれだけ長くつづけていただろうかと思うことがあった。私は一生働かなくてもやっていける――そのカネの出どころを考えると、そんな贅沢を楽しめない日もあるのだが。

　最後に話をしたとき、ケンジがことばを選んでいたように感じたのはそのせいだろうか？　あのときは、会話をあいまいにするためだと思っていた。ほかに理由があったのだろうか？　ケンジがあのロシア人を雇ったのだろうか、それとも私を売っただけだろうか？　どうしてこんなふうに私をもてあそぶようなまねをするのだろう？　何もかも筋が通らない。〝サンジュウロウ〟という名前を耳にしたとき、心がスレッジハンマーで砕かれたような気がした。精神的な苦痛で、いまだにからだじゅうが揺すぶられている。

　親友だと思っていた。

　ポケットから六カ月メダルを手に取ってひっくり返した。これを渡してくれたのはケンジだ。まるで自分のことのように喜んでくれた。ケンジは次のメダルと交換するのを心待ちにしていた。いまではそのメダルがちがうものに思え、重みも変わったような気がした。軽く、安っぽく、まがいものになってしまったように。

「それは？」アストリッドが訊いた。

私はポケットにメダルを戻した。「なんでもない」

「どんな人か知らないけれど、早く来てほしいわね」

ヴァレンシアのアパートメントの入り口にあるコンクリートのステップは凍えるほど冷えるとはいえ、少なくとも地面は乾いていた。その建物のなかに入るのは簡単だ。そうすれば温かいところで待てる。だが、人殺しを驚かせるのは得策ではない。たとえそれが改心した人殺しだとしても。

ここにはまえに来たことがある。半年ほどまえのある夜、ミーティングのあとでヴァレンシアと酒を飲みに行った。そのときにヴァレンシアは子どもが欲しいという夢を語った。酔っ払った私たちは、私にはいい遺伝子があり、精子バンクへ行くよりも安くすむと考えた。部屋に上がってほぼ裸になったところで、ヴァレンシアが動きを止めて私の目をまっすぐに見据えた。そしてそこにある何かに気づいてブレーキを踏んだ。理由は言われなかったものの、彼女の意思を尊重した。それがいちばんだろうと思った。セックスよりもミーティングの安全と尊厳を守ることのほうが重要だ。きっとヴァレンシアも同じように考えていたのだろう。

できればここにはひとりで来たかった。だがアストリッドとP・キティが隠れられるホテルを探そうと言うと、彼女はカッとなった。自分はホテルにかくまわれるような女ではないと。アストリッドを連れていくとヴァレンシアの顔と名前がばれてしまうが、それをうまく説明する方法が思いつかなかった。

そういうわけで、ここで待っているのだ。

キャリーのなかからP・キティが訴えかけてきた。私は隙間から指を入れて頭を掻いてやった。

「もうすぐなかに入れるから」私は言った。

「クリスマスまであと二日ね」アストリッドが言った。「何か予定でもあった?」

アストリッドは肩をすくめた。「友だちとディナーに行って、妹とFaceTimeで話をすることになっていたわ、プレゼント交換はしないけれど。あなたは？　殺し屋っていうのは、どうやってクリスマスをお祝いするの？」

　去年のことを思い返した。

　クリスマスツリー。ポップコーン。プレゼント。

　血。悲鳴。

「ひとりで過ごすのさ」

　ブロックの端からヴァレンシアが姿を現わした。私たちに気づいて足を止め、また歩きはじめた。ファーの襟が付いたフランネルの上着のフードで顔を隠し、買い物袋を抱えている。私は手を振った。ヴァレンシアがステップの下で口を開いた。「どうも、アストリッド」

「どうも、ヴァレンシア」

　私は二人を交互に見やった。「知り合いなのか？」

「あたりまえでしょ」アストリッドが言った。「銃《G》撃《S》たれた傷《W》はどう？」

　ヴァレンシアは左太腿のあたりに手をやった。「問題ないわ。傷跡もほとんど目立たないし。さすがね。それで、二人ともどうしてここへ？」

「なかに入れてくれないか？　大事なことなんだ」

　ヴァレンシアが私たちの横を通ってドアを開け、三人で軋む階段を上がっていった。部屋に入るとコートを脱いだ。ヴァレンシアはキッチンへ袋をもっていき、冷蔵庫に肉や野菜をしまった。「ネコを出してもいいわよ」ヴァレンシアが言った。

　キャリーを開けると、P・キティがよたよた出てきた。おそるおそるリヴィング・ルームを歩きまわる。P・キティにとっては、食料雑貨店と私のアパートメントが世界のすべてだった。それがいまや地球を半周している。私はP・キティを抱き上げて安心させてやろうとしたものの、P・キティはその腕を振りほどいて部屋を探検しはじめた。

「まあいいさ」私は言った。

ヴァレンシアがリヴィング・ルームに戻ってきた。

「二人だけで話がしたいのよね。アストリッド、冷蔵庫のものを適当にあさってて。マーク？」

長い廊下の先にあるベッドルームに案内され、ヴァレンシアがうしろ手にドアを閉めた。シンプルな部屋だった。へたれた緑色のヴェルヴェットの掛け布団がかけられたクイーンサイズのベッド、年代もののドレッサー、趣味のいい姿見。

そして掲示ボード。そこには数人の男の写真が貼られていた。

その男たちにこれといった共通点はない。年齢、人種、体型もばらばらだ。それぞれの写真の下にはカードが添えられ、スペイン語のメモがきれいに手書きされている。多くの言語に精通している私はスペイン語も話せるのだが、読むのは苦手だった。暗殺者としての脳は、ターゲットを貼り出したものだと告げていた。

私が口を開くより先に、ヴァレンシアが言った。「それは気にしないで。ルーベン・エスピノサを殺したのはあなた？」

振り向くと、カミソリのように鋭い視線を向けられていた。

エスピノサ。思い出すのに少し時間がかかった。すぐに思い出せないというのは、悲しいことだろうか？おそらくそうだろう。

メキシコの砂で覆われた地域にある敷地。夜中に忍びこみ、住宅市場を混乱におとしいれようとたくらんでいた謀反人のカクテルに有毒のリシンを混入した。

その男は新しい土地開発を妨害するために仲間を集め、十数人の警備員たちを殺そうと画策していたのだ。

「あの動画を見たんだな」私は言った。「ああ、やったのはおれだ」

ヴァレンシアは怒りで固く口を結んでいた。「そうだろうと思っていたわ」

「なあ、きみとどんな関係だったかは知らないが、あいつは悪党で――」

「ちがうわ」ヴァレンシアは声を荒らげ、一歩足を踏み出した。「悪党は、メキシコの住宅市場を三十パーセントも吊り上げていた銀行家や政府高官たちよ、マーク。エスピノサは完璧な人間ではなかったかもしれないけれど、市民の味方だったわ」

「きみには関係ないだろう？」

「エスピノサを守ろうとしていたのよ」

「てっきり、カルテルに関わっていたのかと思っていた」

ヴァレンシアは目を細めた。「わたしがメキシコ人だからカルテルとつながっていると？　とんでもない偏見だわ、マーク。わたしは特殊作戦グループのメンバーだったのよ。それが何か知ってる？」

なんてことだ。「ＣＩＡの極秘の準軍事部隊」

「そうよ」ヴァレンシアは背を向けて全身でため息をついた。「あの住宅計画のせいで、たくさんの人たちがだまされた。貧困から抜け出せなくなったのよ。どこかのろくでなしが、一隻目のヨットが壊れた場合に備えて二隻目を買いたいから、たったそれだけのためにね。わたしたちの任務は、エスピノサを止めることだった。わたしはエスピノサに情報を流して、彼が一歩先を行けるようにしていたの。エスピノサが何をしていたにせよ、その理由は正しかったから。でも、わたしはうまくやりすぎたみたいね。あなたが呼ばれたんだから」

「いいか、おれはただ自分の――」

向きなおったヴァレンシアは怒りに震えていた。「自分の仕事をしていただけ、なんて言わせないわよ。肌が褐色の人たちが調子に乗って、歯向かってくる。すると白いターミネーターを送りこんでおとなしくさせる。でも、いまにはじまったことじゃないわよね」

「なあ……」

「なに？」

「……白人もたくさん殺してきた」

そう言ったとたん、失言だということに気づいた。

ヴァレンシアは両手で顔を覆い、何度か深呼吸をした。

私もそうした。四秒で吸って四秒止め、四秒で吐いて四秒肺を空にする。ほんの数年まえにこの対決が実現していたとしたらまるでちがう展開になっただろうと考えると、少しばかりおかしく思えた。笑い声をあげてそのことを指摘し、緊迫した空気を和ませたかった。とはいえ、まだ彼女は笑える状態ではなさそうだ。

「ずっと気になっていたの。あの殺しはあまりにも完璧だったから。少なくとも、これでわかったわ」

「けりをつけなくてもいいってことか？」

「ええ、ばかね。怒ったりうろたえたりしてもいいけれど、それでも相手を許す。それこそが、このプログラムの大事なところなのよ」

「わかった。すまなかった。カルテルのことも謝る。勝手に決めつけていた」

ヴァレンシアはどっしりとベッドに坐りこんだ。

「それで、いったいどうなっているの？」

「ケンジに裏切られたと思う」

とたんにヴァレンシアの顔が曇った。何度かまばたきをしている。「そんなわけないわ」

私はここ数日間で起こったことを手短に説明した。あのロシア人のこと、アストリッドがいっしょにいる理由、シンガポールへ向かったこと、厳戒態勢を敷いたエージェンシーがアズラエルを差し向けると脅してきたこと、ガイウスのこと、そしてケンジとのつながり。ヴァレンシアは表情を変えずに耳を傾け、納得するたびにゆっくり頷いていた。話し終えると長い沈黙が流れ、二人ともパズルのピースをつなぎ合わせようとしていた。

ヴァレンシアは口を結び、それから苛立ちの募った大きな息を吐いた。「アズラエルのことは聞いたことがあるわ。どれもいい噂ではないけれど」

「顔を合わせたことはない。連中はおれが本気でやり合うつもりだと思ってるだろうから、それは最終手段のはずだ。長引けば長引くほど、おたがいの道が交わるのは時間の問題になってくるだろう」

「ケンジが関わっていると、本気で思っているの？」

「電話しないで来たのは、それが理由だ。きみがケンジに相談してみようと思うかもしれないから。つい最近まで、おれの正体を知ってるのはケンジだけだった。このクソみたいなプログラムのせいでハンディキャップがあることも」

「このクソみたいなプログラムは、あなたやわたし、それに数え切れないほどたくさんの人たちの人生を救ってくれているのよ」

「わかってるけど、おれの人生はかなり楽になるんだ。枷《かせ》をはずして、むかしのようにやれれば――」

「そこまでよ」ヴァレンシアは立ち上がって胸に指を突きつけてきた。「言いたいことはわかるけれど、あなたはこの一年間頑張ってきたことを無駄にする言いわけを作ろうとしているのよ」

「穏やかに暮らせるようにこの一回だけ邪魔者を片付けるっていうのは、そんなに悪いことなのか？　たった一年じゃないか。また一日ずつ数えていけば……」

「だったら、殺しをやめる意味ってなに？　問題があるたびに誰かを殺すの？　今度、銀行で列に割りこまれたら、そいつの首を折ればいいわ」

「そういう意味で言ったんじゃない」

「わたしたちにはこれしかないのよ」ヴァレンシアは一語一句はっきり言った。「もうあんなこと言わないで、いい？　あんなことに耳を傾けるのは、あなたにとってよくないし、わたしにとってもよくないわ」手を腰にやってからだを反らせた。「これからどうするの？」

「ブッカーとスチュアートにも話をしてみる。何か知ってるかもしれない」

「ブッカーはスタテン・アイランドに住んでいるわ。スチュアートはアストリアよ」

「この件はアナログなやり方で進めたい。電話も、パソコンや携帯電話のEメールも、たどられるような方法はだめだ。ブッカーの家の場所を知ってるか？」

「ええ、同じボウリング・リーグに入っているから」

「二人とも、ボウリング・リーグに入ってるのか？」

ヴァレンシアは小さな笑い声をあげた。「ブッカーは下手くそだけれど。言わないでね。気を悪くするから」

「わかった。じゃあ、こうしよう。きみはブッカーを探してくれないか？　おれはスチュアートを探す。何か役に立ちそうな情報でももっていないかどうか確かめたい。でもそのときが来たら、きみとブッカーの二人に手を借りたい」

「ええ、わかったわ」

「もう一度、謝る。エスピノサのことも、こんな話をしに来たことも。気が引けるけど」

「だからこそ、ここにこうしているんじゃない、ばかね。うしろめたさを感じてもいいの。そう感じるべきなのよ。そういった感情と向き合って、いまできることをする。それはそうと、あなたを許すわ。いまのあなたは、あのころのあなたではないんだから。回復プログラムへようこそ」

私は表情を変えないようにこらえていた。とはいえなかなかうまくいかず、それを隠そうと両腕をヴァレンシアにまわしてきつく抱きしめた。ヴァレンシアは抵抗せず、それから私の肩を叩いて言った。「しっかりしなさい」

私たちはからだを離した。まわりの温度もいつもどおりに戻っている。私は掲示ボードの写真にあごをしゃくった。「あれは見すごすわけにはいかない。また仕事を請け負ってるみたいだが」

ヴァレンシアはむっとして掲示ボードのところへ行

き、それぞれの顔写真に目をやった。「わたしの望みは知っているわよね、マーク。毎週のように話しているんだから。子どもが欲しいの。精子バンクへ相談に行って、候補者のプロフィールを手に入れたのよ」

「ああいうのは匿名だと思ってた」

ヴァレンシアはにやりとした。「ええ、そうよ。でも、わたしたちのような人間にとっては匿名なんて無意味よ。わたしには求めている条件があって、それは書類ではわからないかもしれないようなことなの。それを確かめたくて」

「たとえば？」

ヴァレンシアは私を正面から見据え、表情を和らげた。これほど無防備な彼女を見るのははじめてだった。

「どんな暴力も振るったことがない人がいいの」

そういうことか。

まえにここへ来たとき、ヴァレンシアが私のなかに見たもの。あのときやめた理由。

私たちにはカッとなりやすい遺伝子があるのかもしれない。

「これは生まれながらのことだと？」私は訊いた。

ヴァレンシアはなかばあきらめたような笑みを浮かべた。「そんなリスクを冒したくないのよ」

私は言い返したかった。ちがう、こうなったのは環境のせいだ、そう言いたかった。だがアドレナリンが駆けめぐっているときのからだの震え、あっという間にたぎる血、そういったことを考えると自信がなかった。

それなら、自分にはどんな希望があるというのだ？私たちのような人間には希望などないというのか？すると、新たに別の恐怖が湧き上がってきた。私のなかにあるものがなんであれ、遺伝するかもしれないという恐怖だ。

「さあ」ヴァレンシアがドアへ向かった。「さっそく取りかかるわよ」

彼女がドアを開けるまえに、私は声をかけた。「なあ」

ヴァレンシアは振り返らなかった。声も囁き声に近い。「なに？」

「おれはちゃんとした家族をもったことがないから、この手の話に詳しいわけじゃない。でもおれとしては、きみはいい母親になれると思う」

ヴァレンシアは手をおろし、何か言いたげに見えた。感情をほとばしらせようとしているかのように。それが〝ありがとう〟なのか〝ふざけないで〟なのかはわからない。わかることといえば、いま言ったことを私自身が信じているということだ。それから彼女はドアノブに手を伸ばしてまわし、黙って部屋を出ていった。

Rラインの列車に乗ってアストリアへ向かっていた。アストリッドは向かい側に坐っている。私は携帯電話を操作していた。駅のあいだで電波がつながったり途切れたりしている。スチュアートを見つける手がかりはたいしてなかった。名前は知っている。連続殺人犯だということも。スチュアートが話したことをもとに調べてみると、この二年間でこのあたりの地域で起きた、彼の仕業かもしれない未解決の殺人事件がいくつか見つかった。

スチュアートの家に行くのは気が重かったとはいえ、確かめなければならない。私が聞き逃したことを耳にしているかもしれないからだ。もしかしたら、スチュアートの身にも危険が迫っていることもあり得る。彼のことをどう思っているかは別として、立ちなおってほしいと願っていた。スチュアートがミーティングに顔を出すたびに、誰かの命が奪われずにすんでいる。

ずいぶんまえに指導してもらった近接格闘術のクラヴ・マガのインストラクターが言っていたことを思い出した。銃乱射対応訓練をしていたときのことだ。彼はこう言っていた。銃撃犯を一秒止めるたびに、命がひとつ助かるのだ、と。聖典のタルムードによると、命をひとつ救うたびに、世界を救うことになるそうだ。

インストラクターは裸足でマットを歩きまわり、手を銃の形にして構えていた。そして声を張り上げる。

〝バン！　世界〟

〝バン！　世界〟

〝バン！　世界〟

ときどき、それを思い出す必要がある。

こんなときにはなおさらだ。

そこにはスマイリーもいたからだ。空になったヘネシーのボトルを手に車両内を行ったり来たりしている。そのボトルを大きく振り、誰にぶつかろうがおかまいなしといった様子だ。

列車は二十三丁目駅を出発したところだった。スマイリーは車両の揺れとは関係なくからだを揺らし、話しかけてほしくないと思っている人たちに話しかけている。黒髪は脂っぽくてぼさぼさだ。ふだんより機嫌がよさそうだ。

そしてアストリッドに目をつけた。

スマイリーがアストリッドの目の前にやって来た。彼女が身じろぎをしたが、スマイリーが私たちのあいだに立っているのでどういう反応をしているか見えない。

あと数駅。アストリッドは大人だ。自分の身は自分で守れる。

スマイリーを無視していればいい。

四秒で吸って四秒止め、四秒で吐いて……

だめだ。

私は立ち上がって二人のあいだに割って入った。そのせいで少しだけ場所を空けるはめになったスマイリーは、怒っているというよりもショックを受けているようだった。それから私のことを思い出してにやりとした。「ちょっと下がってくれ」

かまうな。

そこに立っていればいい。それだけだ。そうしているだけでいい。

穏やかに、平和的に押しとどめるのだ。

「その女と話してたんだ」スマイリーが言った。

アストリッドが私を見上げた。その目は〝何をしているの？〟と問いかけている。

かまうな。かまうな。

「耳が聞こえないのか？」

「マーク、ねえ……」アストリッドが口を開いた。

かまうな。かまうな。かまうんじゃない。

四秒で吸って……

スマイリーに押された。足を踏ん張っていたのでびくともしなかったとはいえ、呼吸が乱された。

狙いどおりに。

言いわけが欲しかったのだ。

スマイリーが言った。「坐れ、さもないと怒り狂うことになるぞ、クソ野郎」

頭で考えるより先に手が出ていた。スマイリーの髪の根元をつかんでうしろへ引っ張り、喉をむき出しにさせた。そこに嚙みつき、喉を食いちぎってスマイリーの顔に吐き出してやりたかった。

「戦い方を知らないのがどんなやつか、教えてやろうか？」ペイル・ホースが言った。「怒り狂うことになるぞって言うようなやつだ。まるで自分を抑えられなくなって、獣《けだもの》にでもなるみたいに。戦いっていうのはそういうものじゃない。本当に危険な相手というのは、どんなに緊迫した状況でも冷静で落ち着いていられるやつだ」

さらに髪を引っ張り、スマイリーを仰け反らせた。

「マーク！」アストリッドが声をあげた。

「そんなタフガイ気取りでおれに近づくな」ペイル・ホースがつづけた。「誰に喧嘩を売ってるか、知りもしないくせに」

スマイリーのからだを反転させ、地下鉄のドアに顔を叩きつけた。スマイリーが倒れて泣きだした。私は腕をつかんで力をこめ、その腕を折ろうとした。どう折れば二度とまともに腕が使えなくなるか心得ている。そうすれば、湿気の多い日や腕の動かし方をまちがえたときに、今日のことを思い出すだろう。そのちょっとした痛みのおかげで、妙な考えを起こさないように

――

アストリッドに引き離された。

「やめて」

スマイリーはからだを丸めて泣いていた。私は自分がアリを踏み潰すようなまねをしていることに気づいた。自分でも何を期待していたのかわからないが、顔を上げた私の目に映った光景は予想とはちがった。誰もが車両の両側ですくみ上がり、心底怯えていたのだ。

私のなかにあるもっとも凶暴な部分に。

後悔していると言いたいところだが、悔やんでなどいなかった。

ケンジに連絡して話をするにはまたとない機会だ。だが、できない。

「行くわよ」アストリッドが言った。

数人の乗客が携帯電話を取り出して動画を撮っていた。最高だ。ソーシャルメディアに投稿されることになる。それはそうだろう。私を探している連中に、正確な居場所が伝わるというわけだ。

二十八丁目駅でドアが開き、アストリッドに引っ張られて車両を降りた。地上へ出てタクシーを探しながら、痛くなるほど拳を握りしめていた。

ここでまちがいなさそうだ。フライドポテトが美味い。細切りで外側はカリッと、なかはふっくらしている。味付けも完璧だ。前回のミーティングで、スチュアートは自宅近くにあるフライドポテトが美味い店のバーテンダーを探ってみたくなったとかいう話をしていた。たいした手がかりではないとはいえ、食べ物関

係の四つのブログでフライドポテトが絶賛されている〈ラスティーズ・タバーン〉という店を見つけた。

そこは三十一番アヴェニューとステインウェイ・ストリートの角にある、年配の人たちに人気のバーだった。木のスツールやむかしながらのスツールがたくさん置かれている。ただ酒に溺れたい老いた常連客に交ざって、店の雰囲気に驚いて目を丸くした富裕層たちも見受けられる。そういった富裕層は、ブルックリンは高すぎて手が出せないためにこの地区に押し寄せてくるようになった人たちだ。

店は客で賑わっていた。私はトイレへ行って手についた血を洗い流した。それからアストリッドとカウンターの席に着き、一パイントのビールを二つとフライドポテトを注文した。アストリッドはビールに手をつけなかった。私は半分ほど飲んだ――ほろ酔いになるほどではないものの、気を静めるには充分な量だ。

アストリッドは口を利いていない。きっと怯えているのだろう。当然だ。この一年間しがみついてきたものが、指のあいだをすり抜けていってしまうような気がした。

そして恐れていたとおりになった。ツイッターはたいへんなことになっていた――スマイリーをぶちのめす私の動画がシェアされ、右派と左派の両方で政治問題に発展していた。右派は暴力によってこの街を取り返すときだと主張していた。左派はあんな人を襲った私を非難し、精神衛生サービスにもっと資金をまわすべきだと市長に訴えている。

私はといえばその板挟みになり、後悔の念に苛《さいな》まれていた。しかも、ニューヨークに戻ってきたという確かな証拠をエージェンシーにつかまれてしまったのだ。

バーテンダーが、ほかに注文がないかどうか訊きに来た。若くてかわいい女性だ――黒髪はブローしてもらったばかりらしく波打って輝き、青い目は射貫くような光をたたえ、その笑顔は熱を上げた客がチップをはずんでしまいそうなほど愛らしい。「ほかに何か?」

「ああ、実を言うとね」私は言った。「訊きたいことがあるんだ」

彼女は肩を強張らせた。あからさまにぞっとしているわけではなさそうだが、見知らぬ男に訊きたいことがあると言われたきれいなバーテンダーがガードを上げるのは当然のことだ。

「友だちがいるんだけど、ときどきこの店に来てると思うんだ。いやでも人目を引くか、まったく目立たないかのどっちかのタイプだ。スチュアートっていうやつで……」

彼女の目がピクリとした。

「知ってるのか?」

ゆっくり頷いた。「あなたのお友だち?」

「〝友だち〟というより、知り合いだ。あいつを探してる。ところで、おれはマークだ——」

「あの人、気味が悪くて」

「おれもそう思う。こんなこと訊くのもなんだけど、何か変なことはされてない?」

「されてないわ。とっても礼儀正しい人だから。ただ、何か気になるの。まるでマスクでもかぶっているみたいで」彼女はグラスを手に取ってきれいに拭き、遠慮がちな目を向けてきた。私の顔が生肉のようだからだろう。ようやく彼女がつづけた。「あの人、いつも丁寧で、チップもはずんでくれるし、口数も少ないわ。理想的な常連客よ。ただ、あの人に見つめられると鳥肌が立つの」

「あいつに用があるんだ。何か知ってたら——」

「角を曲がったところに住んでいるわ。左側にレンガ造りの家が並んでいるところよ。どの家だったかは覚えてないけれど。どれも同じに見えるから。でも、そこから出てくるのを見たことがあるわ」

私は財布から百ドル札を抜き出し、フライドポテトとビールの代金としてカウンターに置いた。彼女はそれを滑らせて手に取り、期待をこめた目つきをした。

「釣りはいらない」

私がスツールからおりると、彼女はその札をポケットにしまった。「あの人を探しているなら、気をつけて」

笑わずにはいられなかった。「わかった。できるだけ気をつけるよ」

バーを出ると、太陽が建物の下に沈みかけていた。街灯の黄色い明かりのなかで雪が舞っている。アストリッドはいまだに黙ったままだ。私は襟を立ててポケットに両手を入れ、角の方へ歩いていった。色とりどりのきらめくライトで飾り立てられた店や家の前を通り過ぎていく。

「もう口を利いてくれないのか？」私は声をかけた。

「あれはやりすぎよ、マーク。相手はほんの子どもじゃない」

「子どもにはしつけが必要だ」

「あれじゃ何も学ばないわ。あの人には助けが必要なのに、その助けが届いていないのよ。彼はゲームのプレイアーなんかじゃないわ、マーク。それなのに、殺していたかもしれないのよ」

そうだ。殺そうと思えば殺せた。

きっと気分がすっきりしただろう。

その考えを頭から締め出し、角を曲がった。バーテンダーの言うとおりだった。二階建てのレンガ造りの家が六軒並んでいて、それぞれが壁を接している。どの家もまったく同じに見える。私の目はどんなに細かいことも見逃さないのだが、昨日スチュアートがこのうちの一軒から出てくるところを見かけたとしても、今日はそれがどの家だったか思い出せないだろう。六軒のうち、明かりがついているのは二軒だけだった。そこで手前の家へ行ってドアをノックした。手すりに備え付けられた郵便受けには、郵便物があふれている。

封筒を一枚抜き出した。

スチュアート・ベイツ。

彼は連続殺人犯で、しかも『サイコ』の主人公と同じベイツという苗字だというのか？

そんなまさか。

「ここだ」私はアストリッドに言った。

一軒目で彼の家を見つけられて運がいいと思ったが、たまっている郵便物とつけっぱなしの部屋の明かりを見るとその運がどこまでつづくか不安だった。そのブロックにはほとんど人影がなかった。防犯カメラも見受けられない。財布には安物のピッキング・ツールが入れてある――セキュリティの高いドアを破ることはできないとはいえ、これはそういうドアではない。ほんの十秒ほどでピンが上がり、デッド・ボルトもはまっていなかった。もう一度、通りに目をやって誰もいないことを確かめ、映画の『裏窓』のように覗いている人がいないかどうか通りの向かい側の窓にも気を配った。それから家のなかに忍びこんだ。

「なにこれ」アストリッドが洩らした。「ひどい臭い……」

その臭いを嗅いだとたん、何を目にするにせよ気持ちのいいものではないだろうと覚悟した。そのあまりの腐臭は、舌の奥で感じられるほどだった。陽射しにさらされて傷んだ肉の臭いだ。殺されたばかりの大量の死体の臭いには慣れている――血や臓器の臭いが立ちこめ、死んだ直後にはクソが洩れる――とはいえ、ここまで腐敗が進むころにはとっくにその場を去っている。

入り口からつづく廊下に血があった。屈んでよく見てみた。薄い膜状で、乾いて粘ついている。少なくとも一日か二日、もしかしたらもっと経っているかもしれない。その廊下の先にはリヴィング・ルームがあり、そこにスチュアートがいた。仰向けに倒れ、顔が陥没している。

アストリッドは手で口を覆い、外へ飛び出した。リヴィング・ルームにはまるで生活感がなかった。グレーのカウチ、大型テレビ、リモコンが置かれたコーヒー・テーブル。壁に絵は飾られておらず、床にもカーペットは敷かれていない。本もない。スチュアートはジーンズにスウェットシャツ姿で、潰された顔の一部にまるまるとしたゴキブリがたかっている。

その分野のプロではないものの、経験からある程度の推測はできる。顔はブーツで踏みつけられたようだ。潰れ方にむらがあることから、おそらく踵部分を使ったのだろう。その潰れた肉片に収まっている曇って白濁した眼球が、天井を見上げていた。

腹のなかで複雑な感情が渦巻いた。最初に湧き上がってきたのは、安堵だった。スチュアートがいないほうがこの世のためかもしれない。だが、実際にはスチュアートと自分を置き換えて想像しているだけだろうか？

そのあとにやって来たのは悲しみだ。スチュアートは本気で立ちなおろうとしていた。

最後は恐怖と困惑が交ざり合った強烈な感情だった。どうしてスチュアートが巻きこまれたのだ？　なぜ彼が襲われたのだろう？

理由など重要ではない。

重要なのは、ブッカーとヴァレンシアの無事を確かめることだ。

ルルは無言でコーヒーを注ぎ、レジスターのところへ戻っていった。いつものように、店の反対側には茶色のスーツを着た男が坐っている。ほかには誰もいない。

「かわいいネコだな」ブッカーがテーブルに置かれたキャリーに向かって言った。

「ふわふわの子よ」ヴァレンシアが言った。

「それで」ブッカーがつづけた。「おまえが本気だっていうのはわかってた。ここまで本気だとは思わなかったがな」痣になった傷だらけの顔にあごをしゃくった。「とはいえ、あのガキにこっぴどくやられたようだな」

「動画を見たのか？」

「いや」ブッカーはヴァレンシアを指差した。「ヴァレンシアに聞いたのさ。もうウィア・マリスは見てない。あれを見ると心がざわつくからな」

それからアストリッドに心配するような目を向けた。

「肩の傷はどう？」アストリッドが訊いた。

ブッカーは肩をまわした。「まったく問題ない。あんたのおかげだ」

アストリッドはにっこりし、マグに口をつけた。

「それが仕事だから」

「それで、スチュアートだが」ブッカーが言った。

「せいせいした。あいつのことは信用してなかったからな」

「でも頑張っていたわ」ヴァレンシアは声を抑えていた。

「気味が悪かった」ブッカーは言った。

「わたしたちと同じよ」

アストリッドが困惑した顔を見せたが、詳しく訊こうとはしなかった。

「いまはこっちが先決だ」私は言った。「おれは誰かに殺されそうになって、今度はスチュアートが殺された。ケンジとは連絡がつかない。こうなると、話が変わってくる。二人とも、何か気づいたことはないか？」

「何も」ブッカーが言った。

「気になる人も目にしてないわ」ヴァレンシアも答えた。

私はコーヒーのマグをまわした。二口飲んだだけで、飲みたくなくなった。

「アズラエルについては？　ブッカー、やつのこと、

「何か知らないか？」

ブッカーは肩をすくめた。「人づてに聞いたことや噂くらいだ。はっきりしたことは知らない」そのとき、ブッカーが指を鳴らした。「そのロシア人はノートを奪っていったんだよな？」

ブッカーとヴァレンシアと私は、その場で凍りついた。沈黙でテーブルが息苦しくなり、しばらくしてそれを感じ取ったアストリッドが口を開いた。「トイレに行ってくるわ」

ボックス席から立ち上がり、ダイナーの反対側へ姿を消した。

ブッカーが首を振った。「彼女を巻きこむなんて……」

「仕方がなかったんだ。だがそうだ、あれには埋め合わせをするべき人のリストが書いてある。暗号にしてあるが、少しでも頭がまわるやつなら、たぶん半日もあれば解読できる」

「ほかに何か重要なことでも書いてあるの？」ヴァレンシアが訊いた。

「十年ぶんの政治がらみの暗殺と、ウィア・マリスをとおして引き受けたちょっとした依頼。そういった情報だけでも、とんでもない価値があるだろう」

ブッカーに指を差された。「それがヒントだ。ステップ9をはじめるところだったんだろう？　ということは、ケンジと相談することになっていたはずだ。埋め合わせをする相手を決めるために。誰に直接埋め合わせをして、誰に対して埋め合わせになるような生き方をすることで償うか。それを見せることになっていたんだから、ケンジにはノートを奪う必要なんかない」

「おれは渋っていたんだ」私は言った。「ケンジも気づいていたと思う。それで待てなくなったのかも」勢いよくコーヒーを飲んだ。「あるいは、結局おれたちはみんな犯罪者で、変われないのかもしれない」

ヴァレンシアに肘で脇腹を小突かれた。「やめて」

「ケンジに会いに行ってみよう」ブッカーが言った。

「おれたち三人で。どうなってるか確かめるんだ。家は知ってるのか？」

知っている。

「知らない」

もしこれが本当だった場合、それを受け止める覚悟ができていなかったのだ。

「ならこうしよう」ブッカーはつづけた。「ディンプナ教会で襲ってきたのはロシア人だと言っていたな？だったら、ロシア人に訊いてみるのはどうだ？」ブッカーはにやりとした。「知り合いがいるんだ。ブライトン・ビーチのクラブを拠点にしている。正直に言うが、大歓迎はされないぞ。それと、何があろうと手は出すな。だがおれたち三人で凄みを利かせて行けば、いくつか質問に答えてくれるだろう」

「いい考えだと思うが、〝おれたち三人で〟っていうのが気に入らない。これはおれの問題だ。おれのせいで二人に道を踏みはずすようなまねはさせたくない」

テーブルに百ドル札を置くと、まるで顔に唾を吐きかけられたかのような目で二人に見据えられた。

「なんのつもりだ？」ブッカーが言った。

「二人とも街を出たほうがいい。アストリッドとネコも連れていってくれ。面倒なことになるかもしれないからな。二人も狙われていないとはかぎらないんだ。もう少し状況が把握できたら、ドラフト・フォルダに連絡を入れる」

「そんなカウボーイ気取りはやめて」ヴァレンシアが言った。「あなたに関係があるなら、わたしたちにも関係があるってことよ」

ブッカーが手を伸ばし、私のコーヒーを飲み干した。

「行くぞ」

「気が引けるが」私は言った。

「いい加減に慣れることね」ヴァレンシアが言った。

「ビッグブックの一文を読み上げてほしいの？」

「ただおれは……」

ヴァレンシアがくるりと目をまわした。「〝同じ苦しみを味わったということは、私たちを結び合わせる強力な接着剤のひとつである〟」

ブッカーがヴァレンシアにあごをしゃくった。「ヴァレンシアの言うとおりだ。おれたちは親戚じゃないが、だからといっておれたちの絆が血のつながりに劣るってわけじゃない。おまえがペイル・ホースだろうとなかろうと、おれたちがいっしょに行くのを止められないぞ。正直に言わせてもらうと、おまえはそれほどタフには見えない。タフに見えるのはどんなやつだと思う？」

「頼むから、ジェイソン・ステイサムのようなやつだと思ってたなんて言わないでくれ。いまこの場でとことん引っ叩いてやるからな」

ブッカーは両手を上げた。

アストリッドがテーブルに戻ってきた。私たちの顔つきから、これからすることには納得できないだろうというのを察したようだ。私はアストリッドを外へ連れ出し、キャット・キャリーと数百ドルを渡した。そして、ここからは自分ひとりでやらなければならない、私たちが泊まった最初のホテルへ戻ってくれと言うと、顔に指を突きつけられた。

「あなたのせいで、わたしの人生は完全にひっくり返ってしまったわ。それなのに、いまだに隠しごとをしている。もううんざりよ。戻ってきたら、わたしに払うお金をどうやって工面するか話し合って、あなたの目の前から消えることにするわ」

アストリッドは地下鉄を探して行ってしまった。彼女を守るためだ、自分にそう言い聞かせた。

自分の人生に誰かを受け入れても、うまくいったためしがない。

10

怒りはもってまた喜ぶべく、憤《いきどお》りはもってまた悦《よろこ》ぶべきも、亡国はもってまた存すべからず、死者はもってまた生くべからず。

——孫武『孫子の兵法』

一年まえ
ニューヨーク、ジェリコ

　サラはポップコーンが入った大きな緑色のボウルをコーヒー・テーブルに置き、カウチの私の隣に腰を滑らせてきてそこにぴったり収まった。私は毛足の長いピンク色のブランケットを自分たちの脚にかけた。ボウルに手を伸ばし、膝の上に置く。

「この映画を見たことないなんて」私はサラに言った。

「ごめんなさい」少し傷ついたような声だった。「名作だっていうのは知っているけれど、見る機会がなくて」

「別に責めてるわけじゃない」

　首元にキスをされた。唇が温かく感じられる。「まあ、おあいこね。あなたにあれだけ見せているお菓子作りの番組を考えれば」

「言っておくが、お菓子番組は大好きだ。それに、これをいっしょに見られてわくわくしてる。いちばん好きな映画なんだ。しかも、おれにとってクリスマスの習慣はこれだけだから」

「里親のひとりに見せてもらったの？」

「子どものころにね」

　嘘だった。とはいえサラにはさんざん嘘をついているので、本当だと言ってもいいかもしれない。彼女と出会うまえのことは、どうでもいいのだから。

私は再生ボタンを押した。リバティ・フィルムズのマークが映し出されて教会の鐘の音が響き、〝フランク・キャプラの素晴らしき哉、人生！〟というタイトル・カードが浮かび上がる。私はまた一年無事だったという安堵感に包まれた。

私たちはフランネルのパジャマを着て、テレビ画面に照らされた薄暗い部屋で坐っていた。背後にはクリスマスツリーのライトが輝いている——自分がここにいることが信じられず、こんなに幸せでいいのだろうかと思っていた。まるで手入れの行き届いた、潤った手のひらのような家庭生活だ。

実際には、この映画をはじめて見たのはクリスマスイヴの兵舎でだった。やかましい間抜けたちとクルディスタンに駐屯していたころの話だ。その映画を見ているあいだだけは、任務と恐怖に挟まれた極限状態から解放されていた。映画が終わるころには、顔と喉が痛くなっていた。そこは人目を気にせずに泣けるような場所ではなかったからだ。それ以来、毎年クリスマスイヴにこの映画を見るようになった。ひとりでバーボンのボトルを傾けながら、その映画によって胸に湧き上がってくる複雑な感情をアルコールで紛らわせていた。

サラといっしょに見ていると、いままでとはちがう印象を受けた。ジェームズ・スチュアート演じるジョージ・ベイリーが雪の積もった橋に立って身投げをしようとするシーンでは、これまでと同じ気持ちにはならなかった——ジョージの心情が理解できたのだ。

私のように長いこと銃と関わっていると、銃口を口にくわえるのはどんな感じがするだろうと考えることがある。確実にもたらされる死を意識するのだ。

いまはただ、ジョージに手を差し伸べてやりたかった。天使のクラレンスが現われて彼を止めたときには、いつにも増して嬉しかった。

あんなふうに誰かに手を差し伸べてもらえるということが。

付き合うようになって十ヵ月が経っていた。ディナーやハイキング、ポップコーンを食べながらブランケットにくるまっての夜の映画鑑賞。本当の自分については、喉に詰まって話せないでいた。話そうとしたことはある。ある夜、サラに『レオン』を見せ、自分はああいう人間だと言おうと思ったのだ。あれが自分の仕事だと。だが映画の暴力的なシーンにからだをすくめるサラを見て、言い出せなかった。

映画がはじまってポップコーンを食べ終えると、サラがすり寄ってきた。ときどき私は視線を下げ、サラが寝ていないことを確かめたり、その顔に浮かんだ笑みを眺めたりしていた。映画を見るのも楽しいが、それに勝るとも劣らないくらいサラを見るのも楽しかった。

映画が終わると、サラが私を見上げてにっこりした。

「とっても素敵な映画だったわ。見せてくれてありがとう」時間をかけて優しくキスをし、それからからだを離して言った。「逃げ出すならいまのうちよ。本当に大丈夫なの？」

「きみのお母さんとお兄さんに会うこと？」私は言った。「もちろんさ」

「大きな一歩よ。兄さんはわたしのボーイフレンドには厳しいかもしれないって、言ったわよね」

「ああ、でもおれはチャーミングだから」

サラは笑みを浮かべた。「マーク……」

優しげな目つきになった。何か言いたげだが、ためらっている。感情というプールのなかで立ち泳ぎをしているかのようだ。その顔つきには見覚えがあった。長いこと自分でもそういう思いをしているからだ。そのプールの水が鼻に入り、打ち明けたい真実がライフジャケットになるか、水の底に引きずりこむ石になるか考えているのだ。

そのとき、サラは私よりもずっと勇気があることを証明してみせた。

「愛しているわ」サラが言った。

この世のありとあらゆることが消え去り、存在しているのはカウチに坐っている私たち二人だけになった。呼吸法を試してみてもまるで効果がなく、胸から空気がなくなった。

サラはもう一度キスをし、首元に顔を寄せてきた。愛情表現なのか、恥ずかしさから顔を隠そうとしているのかはわからない。「心の準備ができていないなら、それでもいいのよ。わたしと同じ気持ちじゃないとしても。本当よ。でもわたしは心を決めたし、これがわたしの気持ちなの。あなたに知ってほしくて」

もう一度、私たちはキスをし、その余韻に浸っていた。言いにくいことを口にしてすっきりしているサラと、その愛情に応えられない情けなさを押さえつけようとしている自分。

いまはだめだ。このタイミングでは。

私もサラを愛しているのだ。本気で愛している。その気持ちを伝えれば、本当のことを打ち明けなければならない。

サラがからだを離し、笑みを浮かべた。「まだ寝ないの？」

「わかってるだろ」

サラは立ち上がり、私の額にキスをした。「ああ、それと、二階へ来るときに……足を滑らせないでね」

私はアマートを殺したときに切った額の部分に触れた。「一生、言いつづけるつもりだな？」

「結局、スケート場には行ってないじゃない。だから、ええそうよ、ずっと言いつづけるつもりよ」サラはキッチンへ姿を消した。私はテレビのチャンネルを変えていき、退屈で眠くなってしまいそうなドキュメンタリーでもやっていないか探した。

耳の奥でサラのことばがこだましていた。

まえはこうではなかった。以前は睡眠薬のアンビエンをたっぷり飲まされた赤ん坊のように眠っていた。あの夜サラと会ってセックスをしたあと、私は夜明けまで起きていた。寝ているサラの姿と天井を交互に見つめ、そのときの感情の縁だけでも言い表わしてくれるようなことばを探していた。

いまだにそのことばは見つかっていないし、いまだに眠れなかった。

キッチンから階段へ向かおうとしたサラが、クリスマスツリーのところで立ち止まった。その下には、おたがいに用意したプレゼントが積まれている。

いままで、誰かにプレゼントを買ったことなどなかった。

誰かからプレゼントをもらったこともない。

サラはそこにもうひとつのせた。私に気づかれないようそっと置いたつもりのようだが、もちろん私は気づいた。そういう訓練を受けてきたのだ。とはいえ、サラに気を使って気づいていないふりをした。

「夜更かしもほどほどにね」サラはそう言って階段を上がっていった。「明け方まで起きてちゃだめよ」

「そのためにコーヒーがあるんだ」

サラが階段を上がって見えなくなり、ベッドルームを歩きまわる足音が聞こえた。私はキッチンへ行ってライ・ウイスキーをダブルで注ぎ、『素晴らしき哉、人生！』をはじめから見なおした。かつての人生の断片を思い出したかったというのもあるが、急に印象が変わった理由も探りたかったのだ。

ウイスキーがまわりはじめ、わかってきたような気がした。

それは、天使クラレンスに導かれたジョージの旅路だった。ジョージの人生をめぐるその旅路で、彼がいなければ世界はどうなるか目の当たりにするのだ。弟は幼いころに溺れ死に、町は荒廃し、ジョージのまわりの人たちは惨めな人生を送って打ちひしがれている。

私がいなくなれば、世界はどうなるだろう？

多くの人々が死ぬことになる。

だが、多くの人々が生き延びることにもなる。

夏の観光シーズンに、タイムズ・スクエアに汚染爆弾を仕掛けようとたくらんでいたイスラム聖戦の六人のメンバー。エチオピアの民族浄化運動の裏にいた人民解放戦線の十四人。パラグアイの共産主義政党〝自由な祖国〟の影の派閥とも言えるパラグアイ議会の十二人。その影の派閥は、何百件もの誘拐事件や爆破テロ、武装作戦を主導していた。

数学的に考えれば、答えは明らかだ。

そして、マイケル・アルバートソン。アメリカ大統領選挙にロシアが干渉したという直接的な証拠をつかんだイギリスのジャーナリスト。国家の安全保障に関わる問題、そう言われた。そしてもうひとり、キャロル・ガイザンダー。アラスカ州にあるクパルク・リヴァー油田の操業を妨害しようと計画していた環境活動家。死者が出る可能性があるだけでなく、アメリカ市場が大混乱におちいる、そういう話だった。

ときには計算があいまいなこともある。

それにたとえ命を救うことになるとしても、それは理論上の話だ。

確実な数字は、私が殺した人たちの具体的な数だけだ。

眠れない夜には、ケンジにもらった折りヅルをじっと見つめることもある。アパートメントの本棚に置いてあるのだが、まだ開いてみてはいない。方程式が変わってしまうかもしれないのが不安だったのだ。ブライアント・パークのトイレで死んでいるアントニオ・アマートを見つけた娘の悲鳴が耳から離れない夜もあった。

ライ・ウイスキーをひと口飲み、喉の奥に伝わる刺激を楽しんだ。

コーヒー・テーブルに置かれた携帯電話が鳴って手

に取った。ラヴィからのメールだった。

〝仕事だ。クリスマスが終わるまで待とうとしたのだが、急を要する。フライトは三時間後にケネディ国際空港を発つ。ターミナルBにある〈チリーズ〉で待っている。近くまで来たらメールをくれ、ドリンクを注文しておく〟

しばらくそのメールを眺めていた。まさにこういった事態に備えて近くにトランクルームを借りているので、装備を取りに家まで帰る必要はない。だが、私は階段やクリスマスツリー、ギフト・ラッピングをされたシルヴィア・プラス作の『ベル・ジャー』の初版本に目をやった。それを開けたときのサラの顔を見たくて仕方がなかった。考えるまでもない。

私：悪いな。クリスマスは予定がある。

しばらく間が空いた。ラヴィが困惑し、怒りで顔が真っ赤になっているところを想像した。胸で鼓動が激しく脈打っていた。

ラヴィ：休みはない。

私：それなら、労働組合の代表と話がしたい。

ラヴィ：冗談を言っている場合ではない。

私：アズラエルに頼めばいい。

ラヴィ：アズラエルは別の任務にあたっている。それに、長官からの指名だ。

私：無理だ。

ラヴィ：このチャットを見られるのは私だけだ、マーク。だから、友人として言わせてもらう。これは賢明な判断ではない。高くつくことになるぞ。

私：すまない、ラヴィ。大事なことなんだ、さもなければこんなまねはしない。いままであれだけ

やってきたんだ、ひと晩くらい休みをもらっても
いいだろ。メリー・クリスマス。

私は携帯電話の電源を切った。

四秒で吸って四秒止め、四秒で吐いて四秒肺を空にする。

思わず噴き出していた。思っていたよりも簡単だった。ついに言ってやったのだ。なんらかの代償があるのは確かだが、それは明日になってから考えればいい。

それに、もしやめたとしたら？

蓄えはたっぷりあるので、辞職したとしても問題はない。暇をもてあまさないよう、ふつうの人たちがしているような仕事を見つけてもいい。もう数学的な考え方とはおさらばだ。

エージェンシーから抜けるにはどうすればいいかすら知らなかった。それが可能かどうかさえも。そのうえ、これまでに作ってきた敵のことも考えなければならない。そういった敵には私の正体を知られていないとはいえ、もしばれれば、これからの人生においてサラを危険にさらすことに……

ふと思い出した。私はペイル・ホースなのだ。きっとなんとかなるだろう。

いまここにあるもの。これこそ私が望んでいるものなのだ。

ベッドへ行けば、いつものようにサラが少しだけ目を覚まし、からだを伸ばして私のキスを受け入れるだろう。サラに愛していると言い、彼女の腕に抱かれて眠りにつく。そして明日、サラの家族が帰ったあと、本当のことを打ち明ける。

たったそれだけのことだ。

きっとできるはずだ。

ロック・グラスが空になっていた。もう一杯飲めば、この映画が終わるころには眠くなるかもしれない。一時停止ボタンを押して立ち上がると、関節が鳴った。

積んであるプレゼントの上にサラが置いたものに目をやる。それを手に取って振ってみた。小さい。なかでかたかた音がするが、中身は見当もつかなかった。

それを戻そうとしたとき、家の裏から用心深く歩くかすかな足音が聞こえた。どんな音もたてたくなかった私は、その箱をポケットにしまった。

ありとあらゆるものが消えていき、私は仕事モードになった。キッチンへ行き、カウンターにある木製のナイフ・ブロックから包丁を抜く。

携帯電話の通信は暗号化されている。たどることはできない。ここに来るときは、いつも尾行に目を光らせている。私がここにいることを突き止める手段はない。

そのはずだ。

おそらく、隣人が夜遅くに帰ってきたか、タバコを吸いに外へ出ただけだろう。

私が命令に背いた、エージェンシーにそう見なされたとしたら話は別だ。ラヴィは誰かに私を見張らせていて、その見張り役を送りこんできたのだろうか？これまで殺してきた大勢の人たちの関係者の誰かが、私の正体を探り出して復讐に来たのだろうか？

これは、その人物が犯した最初の過ちではないかもしれないが、まちがいなく最後の過ちになるだろう。

家の裏にあるサンルームの方へまわった。そこには、庭に通じるドアがある。乱暴にロックをいじっている人影が見えた。私は素早くキッチンに戻り、開いたドアの裏側に立った。

ここが自分のアパートメントなら、相手の喉を切り裂いてあと始末をする。だが、床を血で汚してクリスマスの予定を台無しにしたくなかった。できるだけ静かに相手をおとなしくさせ、どういうことなのか確かめなければならない。

手が痛くなってきた。包丁を強く握りすぎているせいだということに、しばらく気づかなかった。仕事がら生と死の狭間《はざま》に立たざるを得ないのだが、ふだんなら興奮でからだが震え、やがてそれが静謐《せいひつ》とも言えるようなものへと変わっていく。ここにいるのはこのためだ、そういう気持ちになるのだ。

怒りを感じたのは、そのときがはじめてだった。

誰かは知らないが、そいつはここにあるものを何もかも私から奪おうとしているのだ。

ドアが軋んで開き、家のなかに人影が入ってきた。正面ドアの近くにある鏡に相手の姿が映り、もう少し特徴が見て取れた。剃り上げた頭、太い首、広い肩幅。静かに、というわけにはいかなそうだ。頭のなかにある殺し屋たちを記した回転式カードホルダをめくっていき、その外見にマッチする人物を探した。思い当たる相手はいなかった。

壁にぴったりからだを寄せた。男は私に気づかずにリヴィング・ルームへ入っていった。バッグを手にしている。私はうしろからまわりこみ、喉に腕を絡めて頸動脈を絞め上げた。男がそのバッグを落とした。脳への酸素の供給を絶たれ、男がからだを強張らせる。私はもう片方の手で包丁を振り上げた。

「騒ぐな、騒げば……」

男は力が強く、私は少しばかり酔っているうえに怒りで判断が鈍っていた。そのためほんの一瞬、反応が遅れ、前屈みになった男に投げ飛ばされた。食器棚に激突し、ガラスや砕けた木片が頭や肩に降り注いできた。包丁もどこかへ飛んでいってしまった。

いいだろう、今夜はサラに何もかも打ち明ける夜になるかもしれないが、いまはそんなことは重要ではない。重要なのは、本気を出すことだ。襲いかかってきた男の脚を払った。男は片足を前に出して倒れないように踏ん張り、両脚が妙な角度に広がった。両腕をまわしてバランスを取ろうとしている。その股間にパンチを叩きこむと、男は顔を歪めて床に倒れた。私は馬乗りになって拳で顔を思い切り殴りつけ、男の頭がハードウッドの床で弾んだ。

「おれが誰かわかってるのか？」私は訊いた。「わかっててこんなふうに忍びこんできたのか？」

「どこに――」

拳を振りおろすと鼻が折れた。

もう一発。今度は男の歯が折れて拳に食いこんだ。

男の襟首をつかんで引き寄せた。全身の細胞にあの神の力がみなぎっている。私のなかのもっとも凶暴な部分を完全にコントロールしていた。

何者かがここにあるものを私から奪おうとしている。そんなことはさせるものか。

「賢明なのは、おまえを殺さないで問いただすことだ。だがどのみち、おまえを送りこんできたのが誰なのか突き止める。そいつらに、自分たちが犯した過ちの大きさを思い知らせてやる。上にいる彼女に目を向けただけで、どんなことになるかということをな」

私は男の首に腕をまわして力一杯絞め上げ、それから思い切り引っ張って頭蓋骨と脊髄をずらした。

男のからだから力が抜け、命の火が消えるのを感じた。指先に神の力が宿り、血管を駆けめぐるアドレナリンの恍惚感に浸っていた。そのとき、部屋の明かりがついた。

「ルーカス！」

階段の上にサラが立っていた。バスローブを腰のあたりで縛っている。目と口を大きく開け、床に倒れている男を見つめていた。

どう説明しようか考えていると、いまサラが口にしたのが兄の名前だということに気づいた。

明かりがつき、部屋を包みこんでいた暴力の気配が消え去っていた。男が手にしていたバッグにはぎっしりプレゼントが詰められ、丁寧にラッピングされた箱が床にこぼれ落ちている。サラが階段を駆けおりてきた。私はルーカスの脈を確かめた。彼を殺してしまったことを後悔すれば、死んだという事実が変わるかもしれないとでもいうように。

サラが私たちを見下ろしていた。自分をこんなにもちっぽけに感じたことはなかった。口のなかでことばが絡み合って詰まっている。息をするよう自分に言い聞かせなければならなかった。ゆっくり立ち上がり、両手を上げた。

「聞いてくれ、サラ……」

サラの顔は、感情が入り乱れて歪んでいた。驚き、怒り、恐怖。どの感情に身を委ねればいいか決めかねているようだ。私はなんとかわかってもらおうとするあまり、なんとかこの事態を正そうとするあまり、この状況において最悪のことを口にしてしまった。思いつくかぎりもっとも残酷なことを。

「サラ、愛して――」

サラが手を突き出して遮り、顔を真っ赤にして金切り声をあげた。「よくもそんなことが言えるわね」

サラが階段を駆け上がっていった。私は頭がふらつき、胃からこみ上げてくるウイスキーを抑えようと必死だった。おぼつかない足で立っていると、サラの声が聞こえた。「お願い、急いで警察を……ええ、まだいるわ……ええ、それがうちの住所よ。お願い、早く」

自分の言い分を聞いてもらいたかった。事故だったのだ。事故ではないが、そういう訓練を受けてきたのだ。サラの兄を殺すつもりなどなかったのだ。自分の胸をさらけ出し、荒廃した心の残骸をサラに見てもらいたかった。

遠くからサイレンの音が聞こえてきた。

私はもたつきながらブーツをはいてジャケットを着こみ、財布と鍵をつかんで裏口から出ていった。クリスマスイヴの冷たい空気が顔に突き刺さる。

数マイル先まで走り、夜は閉まっている食料品店の陰で立ち止まって息を整えた。そのとき、サラがクリスマスツリーの下に置いた小さな箱がポケットに入ったままだということを思い出した。その箱を取り出し、包みを破って開けた。

なかに入っていたのは、陽性を示す妊娠検査薬だった。私はその場で両膝をつき、冷たいアスファルトに向かってわめき散らした。肺が裂け、からだのなかが空っぽになるまで。


「マーク！」

食料雑貨店の入り口あたりにあるカウンターで、イブラヒムが身を乗り出していた。栗色のクフィ・キャップをしゃれた感じで斜めにかぶり、まるで私がズボンをはいていないかのような驚いた顔をしている。私はズボンをはいていることを確かめた。まだフランネルのパジャマ姿のままだった。その格好にレザー・ジャケットとしっかりしたブーツという組み合わせは、ほかのところなら変な目で見られるだろうが、ここはウエスト・ヴィレッジなので問題ない。

「大丈夫か？」イブラヒムに訊かれた。

「ああ、すまない」

「酔ってるのか？」

左手の指で右手の指の付け根に触れた。拳が切れていて、ルーカスの歯が食いこんだ個所が痛む。「ちょっとな」

「寝るまえに、ゲータレードとアドビルでも飲んでおいたほうがいい」

私は冷凍ケースに意識を戻し、色とりどりのパイント・サイズのアイスに目をやった。どれも美味そうだとはいえ、食べられないものばかりだ。クッキー・アンド・クリーム、ブラウニー・バッター、カノーリ。いまはカノーリ味のアイスクリームがあるのか？　私は時代遅れのようだ。消化器系に問題があるので、こういったことに精通している必要がないのだ。

携帯電話をチェックした。着信が四件。二件はサラからだ。あとの二件には心当たりはない。警察が捜しているだろう。どうでもいい。サラは自分のベッド以外では寝たがらず、私のアパートメントにはゴキブリがいると言っていたので、いつも彼女の家で過ごしていた。警察には私のファーストネームと偽名のラストネームを知られているが、世界一危険な組織によって身元は守られている。

私は見つからない。人ではないのだから。

いずれにせよ、逃げているのは警察からではない。本当の自分から逃げているのだ。

血とカネとアドレナリンによって突き動かされる怪物。

自分はサラにふさわしい、そう思い上がっていたのだ。人間的なことは向いていない。そのことを悟った自分には、何が残されているのだろう?

そのときふと気づいた。あの映画のジョージ・ベイリーには覚悟が足りなかったのだ。

彼と同じ過ちは犯さない。

冷凍ケースを開けてカノーリ味のアイスクリームを取り出した。さらにクッキー・ドウとチェリー・ヴァニラ。全部で六個選んだ。それを食べたあとでシグ・ザウアーP365を食らうとしよう。そうすれば、その惨状の始末を心配しなければならないのは、遺体を見つけた人だけだ。バスタブでやろう。そのほうが掃除に手間がかからない。それが思いやりというものだ。

あまりにも簡単に思え、おかしくなった。

この世から忘れ去られるということが、つねに心の片隅にあったからかもしれない。

〝青白い馬《ペイル・ホース》が現われ、乗っている者の名は死という……〟

こうと決めた以上、どうせならとことんやったほうがいいかもしれない。店のなかほどにある棚へ行ってマカロニ・アンド・チーズを探した。光沢のあるパックに入った、どろりとしたチーズがたっぷりのっているやつだ。子どものころにそれを食べたのを覚えている。けっこう気に入っていた養母のひとりにボーイフレンドができたのだが、その男は〝本当の〟子どもを欲しがっていた。そこで養母は私を施設に送り返すことになり、そのときに作ってくれたのだ。乳糖不耐症になったのは九歳のときだったので、七、八歳のころだったにちがいない。

これが私の望みだ。私の最後の食事。

これを全部たいらげ、愚かで呪われた人生の最後の瞬間を楽しむのだ。

探すのに少し時間がかかったが――いつも買っている商品ではないのだ――立派なオレンジ色と黄色の箱が目に飛びこんできた。棚からその箱を手に取ると、隙間のうしろから小さな毛玉が顔をのぞかせて鳴き声をあげた。「ミャオ」

私は飛び退き、両腕に抱えていた商品を何もかも落としてしまった。

「見つけたようだな」前の方からイブラヒムの声がした。

そのネコは子ネコの段階を過ぎたばかりで、まだ大人とは言えなかった。くすんだオレンジ色の毛はぼさぼさだ。棚の縁に立ち、興奮した幼児のように私を見て鳴いている。小さな耳のうしろを掻いてやると棚から床にどさりと落ち、急いで立ち上がって脚にすり寄ってきた。

私のなかで膨れ上がっていた危険な空気が、笑い声となって吐き出された。「間抜けなおちびちゃんだな」私は声をかけた。からだを屈めると胸に飛びこんできた。レザー・ジャケットに爪を立ててしがみついてくる。首元に抱き寄せ、きつく締め付けないよう自分に言い聞かせなければならなかった。抱きしめればその愛情を肌から吸収できるような気がしたのだ。そのネコをカウンターへ連れていった。「こいつの名前は？」

「ニューヨーク大学の学生たちには、P・キティって呼ばれてる。あのラッパーみたいだろう?」

ネコの頭をなでてやると、鼻をすり寄せてきた。

「そんな名前をネコにつけるなんて、ふざけてるな」

イブラヒムは笑い声をあげた。「ネコには最高の名前だ。飼いたいか? うちじゃ飼えないんだ」

「都合よくキャットフードを売ってるじゃないか。評判のいい食料雑貨店にはネコがいるもんだぞ」

イブラヒムは調理コーナーへあごをしゃくった。

「マニーは知ってるだろう? 朝のシフトに入っているやつだよ。ネコ・アレルギーなんだ。マニーに出ていかれたら困る」

「なるほど、マニーの作るサンドウィッチは絶品だからな」

「あいつは引っ張りだこだ。気をつけていないと、引き抜かれる」

私はP・キティの首を搔いてやった。P・キティはもっと喉を搔いてもらえるように、首を反らした。


「ほかに飼いたいやつはいないのか?」

「学生のひとりが飼いたいって言ったんだが、まだ学生だから。安心して任せられない。あんたは近くに住んでるし、夏に実家へ帰るからこいつを捨てるなんてこともしないだろ」イブラヒムはにっこりした。「それに、気に入られたようだからな」

動物というのは感覚が鋭い、そうだろう?

いっしょにいて安心できるというなら、私は怪物などではないのかもしれない。

口で言うのは簡単だが、信じるのは難しい。たったいま、クリスマスイヴに私はなんの罪もない男をその妹の目の前で容赦なく殺したのだ——私が愛する、しかも私の子どもを身ごもった女性の兄を、クリスマスツリーの前で。

その瞬間、はっきりしていることがひとつだけあった。いま自分の命を絶つわけにはいかない。

そんなことをすれば、このネコはどうなってしまうのだ？

11

自らの行動をあらためれば、それ以上の深みにはまることはない。

――ビッグブック

現在
ブライトン・ビーチ

私たちは遊歩道を歩いていた。その日の営業を終えたコニー・アイランドのアトラクションは、背後の夜空に包みこまれている。そこは遮るものが何もなく、強い海風にさらされて肌が切り裂かれるようだった。サーフ・アヴェニューを歩けば多少はこの風をしのげるだろうが、ブッカーとヴァレンシアも私と同じように感じているようだ。冷たい空気は気を引き締める。三人とも、これから起こり得ることの重みを考えていた。

遠くに目的地が見えてきた。遊歩道にはみ出している〈エカテリーナ〉というロシア料理のレストラン兼ナイトクラブだ。このあたりは一九七〇年代にロシアとウクライナからの移民たちが住み着いたことから、リトル・オデーサと呼ばれていた。ロシア正教会はユリウス暦に従っているためクリスマスは一月七日に祝うのだが、その店は祝日用に飾り立てられていた。色あせたウッドデッキに客がひしめき合い、タバコを吸ったりおしゃべりをしたりしている。その多くが、点滅するクリスマスの電球が付いた斬新なネックレスをしていた。スラックスやミンクのコート、輝くジュエリーに囲まれた私たちは、あまりにも軽装に見えた。

入り口に近づくと、ブッカーがシャツの内側から木のロザリオを取り出して十字架にキスをした。私たちから離れてヘッド・ウェイターのところへ向かう。縦と横が同じくらいの小柄な男で、厚手のコートとロシア帽という格好をしている。列に並んでいる人たちから文句があがった。ブッカーとヘッド・ウェイターはからだを寄せ合い、声を潜めてことばを交わした。よそよそしい態度からしだいに緊張が高まり、ついには険悪な雰囲気になった。いまでも私は二人を巻きこんでしまったことを悔やんでいた。

ズメイに会いに来たとあってはなおさらだ。

彼女に会ったことはない。ロシア人と関わることはあまりないとはいえ、何人ものロシア人を殺してきた。彼らのイカれぐあいはレベルがちがう。そうは言っても、この手の仕事をしていてズメイを知らないということはあり得ない。ズメイはこのあたりを縄張りにし、噂ではクレムリンと直接つながっているということだ。ズメイというのはロシアの伝承に登場する多頭竜だ。

穏やかな会話というわけにはいかないだろう。

　どうやらブッカーとヘッド・ウェイターのあいだで話がついたらしく、私たち三人は通された。外のテラスで暖房器具の下に集まっている人たちのあいだを抜け、レストランに入った。なかではクレズマー音楽が鳴り響いていた。店内はどこもかしこも厚手のヴェルヴェットがかけられている。共産主義のブルータリズムに真っ向から反抗するかのような、派手なロシアのデザイン感覚だ。テーブル席はぎっしり埋まり、ウェイターたちの通る隙間もほとんどない。店内の奥には大きなステージがあり、きらびやかな銀のドレスと手のこんだヘッドピースに身を包んだショウガールたちがパフォーマンスを終えるところだった。

　私たち三人は注目を浴びていた。はじめは、レストランはほぼ白人で占められているので、黒人の男とヒスパニック系の女は目立つのだろうと思った。だが、視線を向けられているのが自分だということに気づいた。男がひとり立ち上がったが、見覚えはなかった。もうひとり立ち上がり、こちらは見覚えがある。アレクセイ・ザイツェフ、ソ連国家保安委員会《KGB》の幹部だ。

　ペイル・ホースが店に入ってくるというのは、よくあることではないのだろう。

　生きてここを出られる可能性は、下降線をたどっているようだ。

　ドアのところへ案内され、その奥の階段を下った。階段の下には倉庫があり、レストランの備品が置かれていた。ヘッド・ウェイターががっしりした木の棚の下に手を伸ばし、何かをはずして横に引いた。棚が扉のように開いて大きな部屋が現われた――凝った装飾のほどこされたラウンジで、片側にはバー・カウンターがあり、テーブルがまばらに置かれている。そのうちのひとつはポーカーで盛り上がっていた。

　私たちが入っていくとポーカーをしていた手が止まった。客たちが立ち上がってテーブルを脇へ寄せ、床の真ん中にスペースを作った。

手を出すな、信用してくれ、ブッカーにそう言われていたので、ここは任せることにしていた。とはいえ、ロットワイラーとレンガの壁を合わせたような男が暗がりから出てくるのを目にし、私は軽く身構えた。筋骨隆々とした大きな男で、スキンヘッドの頭には色あせてぼやけた白黒のタトゥーが彫られている――刑務所でするようなタトゥーだ。

このロシア人といい私を襲ったロシア人といい、何を食べさせればこんなに大きくなるのだろう？

男はにやりとしてソーセージのような指の関節を鳴らし、黒いブレザーを脱いで隅に放り投げた。その下はタンクトップ姿で、戦闘機のような腕を見せつけている。ブッカーがファイティング・ポーズを取った。右足を引いて左の踵を前に踏み出し、両手を腰の位置に構える。

大男は笑い声をあげながらブッカーとの距離を詰め、凄まじいパンチを放った。まともに食らえば、ブッカーの頭が吹き飛ぶだろう。だが殴るまえから大きく振りかぶっていたため、たやすく動きが読めた。ブッカーはその拳をかいくぐり、鋭い強烈なフックを脇腹に叩きこんだ。

ロシア人は顔をしかめたが微動だにせず、ブッカーの頭に体重をのせた肘を振りおろした。ブッカーが勢いよく床に倒れる。

まわりで歓声があがった。ドルやルーブル紙幣が飛び交っている。部屋の奥に女がいた。影にすっぽり覆われていてほとんど姿は見えない。私に見えるのは、タバコの火とかすかな眼光だけだった。

ロシア人は大きなブーツを振り上げ、ブッカーを踏みつけようとした。ブッカーは転がってよけながら立ち上がった。バックステップして距離を取り、ロシア人を誘う。すかさず狙い澄ました効果的な前蹴りを放ち、大男の勢いを止めた。

よろめいたロシア人の膝裏を、強烈なまわし蹴りでとらえた。ロシア人が激しく床に膝を打ちつけ、この歓声のなかでもゴキッという大きな音が聞こえた気がした。つづけざまにブッカーが全体重をのせたフックで追い打ちをかけた。歯が折れそうなパンチがヒットしてロシア人は頭を仰け反らせたが、それでも倒れなかった。

ブッカーは背後にまわりこんで喉に腕を絡ませ、床に引きずり倒してチョークホールドでとらえた。そこからグラウンドでのハイエルボー・ギロチン・チョークに切り替える。うまい。体格で劣るグラップラーが大きな相手と戦うときには有効な戦法だ。ロシア人の頭を腹のあたりで抱えこんでいる。ブッカーはからだを丸めて密着し、片方の腕をとらえて相手の力を封じている。ロシア人は腕を振りまわしているが、そのパンチには威力がない。

ここからは、ロシア人が力尽きるまで絞め上げていればいいだけだ。

歓声が大きくなり、ブッカーはさらに力をこめた。ロシア人の顔は真っ赤になっているが、抜け出せない。ロシア人がブッカーの背中を数回強く叩き、ブッカーは腕をほどいた。二人が離れる。ロシア人は、ストローをとおして息をしているかのように大きく胸を上下させていた。二人は握手を交わし、ロシア人は部屋の奥へ姿を消した。戻ってきたブッカーの顔は汗まみれだった。私に向かって頷く。

「これで会ってくれる」ブッカーが言った。

私はブッカーの肩を叩いてから、奥のテーブルへ向かった。そこに坐っていた男たちが立ち上がって場所を空け、彼女と私の二人だけになった。

年老いた女だった。肌は羊皮紙のようで、白髪の髪をボブカットにしている。赤いドレスの上にパシュミナを羽織り、メイクも最小限で、タバコを吸っている手には宝石のちりばめられた大きなサファイアの指輪をはめている。その手で向かい側の椅子に坐るよう合図をしてきた。強風が吹いたら飛ばされてしまいそうだが、たとえ吹き飛ばされたとしても彼女の目だけはその場に残るだろう。その目はまるでサメのようだった。

「有名人のお出ましとは」ズメイが口を開いた。テーブルが音をたててもとの位置に戻され、ポーカーが再開された。

私は肩越しにあごをしゃくった。「さっきのはなんだったんだ?」

ズメイは大理石の灰皿でタバコをもみ消した。「ドミトリーとあなたの友人には、かたがついていないことがあったのよ」

「ドミトリーには寝技の練習が必要だな」

ズメイは一瞬だけ笑みを見せ、また指輪をした指を突きつけてきた。「まえからそう言っているんだけど、言うことを聞かなくて」彼女はテーブルを軽く叩いた。

「坐ってちょうだい」

私は向かい側に腰をおろした。「人を捜してる」

ズメイはゆっくりワインを味わった。「誰だってそうよ」

「背が高いやつだ。少なくとも六フィート半はあるだろう。頭はモヒカン刈りで、腕には」——私は自分の前腕を掲げた——「タトゥーがある。四つの点の真ん中に、もうひとつ点があるやつだ。刑務所に入っていたという意味だと聞いた」

「ええ。確かに刑務所にいたわ」

「知ってるのか?」

ズメイが笑みを浮かべた。がっかりし、むっとしている。

〝口の利き方に気をつけることね〟とでもいうように。

「交換条件は?」私は訊いた。

ズメイは部屋をひけらかすように手を振った。「どんな提案をしようと勝手だけれど、わたしにはもっていないものなんてほとんどないわよ」

「おれの脚のマッサージはかなり効くぞ」

「わたしが誰かわかっているの？」彼女はからかうように言った。

「ウリヤーナ・セメノワ」私が答えると一瞬だけズメイの仮面が剝がれ、眉がひくひく動いた。彼女の本名を知っている者は多くはいないだろう。「元諜報部員で、スカウトをしていた。工作員の素質がありそうな人材を探し出して鍛え上げていた。ソヴィエトのためにアメリカの工作員を寝返らせたこともある。噂では、一九六〇年代のホライズン作戦では重要な役割を担っていたということだ。ソ連にいた百人以上の外国の工作員を暴き出して、ソ連から追放した。フルシチョフにとっては大きな勝利で、KGBにとってはさらに大きな勝利と言える。腕は超一流だった。そういった任務をつづけているうちに、ある日、大金持ちになりたいとでも思ったんだろう。それでいまここにいる。それがズメイだ」

ズメイはロシア製のタバコのパックを手に取り、一本抜き出して口にくわえたが、火はつけなかった。

「どうやってそのことを？」

「おれが誰か知ってるだろ」ペイル・ホースが言った。「地政学の勉強っていうのは役に立つのさ」

これまでの経験から言うと、本来の声を使うたびに、どんな相手だろうと心に恐怖を植え付けてきた。

ズメイはにやりとするだけだった。口からタバコを離し、それをレーザー・ポインターのようにして振った。「そんな人がわたしのレストランに来てくれるなんて。光栄だわ。今夜ここには、あなたの命を奪いたくて仕方がない連中が何人かいるわ。わたしが許可しないかぎり、そんなまねをしようとはしないけれど。わたしの機嫌がよくて、あなたは運がいいわ。でも、帰り道には気をつけることね」

どうやら強気に出すぎたようだ。

「それで、その男だけど」彼女はつづけた。「誰か教えてあげる。あなたから欲しいものが決まったから」効果を狙って間を空けた。「頼みを聞いてもらう。何を頼むかは、そのときの都合で決めさせてもらうわ」

心臓が腸の下の方まで落ちこんだ。それに気づいたズメイの笑みが広がった。テーブルに、誰も手をつけていないように見える水の入ったグラスがあった。私はそれを手に取って水を飲み、喉が潤うことを期待した。「どんな頼みだ？」

「さあね。誰かを殺すように頼むかも。それがあなたの仕事だから。でもあなたの言ったことが本当かどうか気になって、いつか疲れた脚をマッサージしてほしいと頼むかもしれない。わたしが何をしてほしいかによるわ」

ズメイはタバコをくわえなおして火をつけた。

「カネならある」私は言った。

「わたしにはもっとあるわ」

「ほかに何かないのか？」

「まったく。いまさらもうひとつ命を奪ったところで、ペイル・ホースにとってはどうってことないでしょう？」

「雇い主とのあいだで、面倒なことになるかもしれない」

ズメイは肩をすくめた。「この世にただで手に入るものなんてないのよ」

「いいだろう。ひとつだけ頼みを聞いてやるが、拒否権をくれ」

彼女は考えこむようにタバコを吸った。

「一度だけよ」

それが精一杯だ。

「決まりだな」

ズメイが指を鳴らすと、男が現われた。包丁にワイングラス、栓を開けたワインのボトルを手にしている。それを私たちのあいだのテーブルに置いた。ズメイは紙のような肌にそっと包丁を滑らせ、前腕の肉付きのいい部分に一インチほどの浅い切れ目を入れた。数滴の血をグラスに垂らす。きれいなナプキンで包丁を拭き、柄を先にして私に差し出した。私も同じようにした。ズメイはそのグラスに少しだけワインを注ぎ、それを口にしてから私によこした。

これだから、ロシア人とは関わりたくないのだ。イカれている。

私はひと口飲んだ。これで、いままでの努力が何もかも水の泡になってしまうかもしれない。

「ヴィクトル・コズロフ」ズメイが言った。「ビーストと呼ばれているわ。話せば長くなるし、詳しいことは関係ないかもしれないけれど、刑務所で過ごしたことがあるのは確かよ。カザフスタンとの国境近くにあるオレンブルク州の刑務所で」

「ブラック・ドルフィン刑務所か」

ズメイはにやりとした。「ええ、そこよ。ロシアでもっとも厳しい刑務所のひとつ。ただでさえ待遇がいいとは言えないわたしたちの国のなかにあってね。コズロフには敵がいたけれど、そいつらが退陣させられて友人たちが権力を握ると、利用価値があると見なされた」

「コズロフか。大物はたいてい知ってるが、聞いたことがない」

「長いこと刑務所にいたから」彼女はゆっくりタバコを吸った。「いずれはロシアのペイル・ホースになるかもしれない男よ。正直に言って、あなたが会いに来たことに驚いているの。あなたは死んだと思われていたから。こういった人生では職業病みたいなものね。でも、エージェンシーはいくつかの作戦で失態を演じた。エージェンシーはエースを失って」――ズメイは私にあごをしゃくった――「そこに穴が開いたのよ」

「どういう意味だ、失態を演じたって？」

「クーデターや暗殺の失敗。メンバーのひとりがアフガニスタンで拘束されて……プレッシャーに押しつぶされた。誰が口を割ったかは知らないけれど、どうやらエージェンシーの多くの秘密が洩れたようね。テーブルに広がる血のように。ロシアはこの状況を見極めようとしていて、攻撃のチャンスをうかがっているのよ」

知らなかった。

エージェンシーがかつてないほどの窮地に立たされていて、なんとしてでも私をゲームに連れ戻そうとしているとすれば、納得できる。このごたごたに関して、ラヴィが口にしたのは知っていることのほんの一部だろう。

「モスクワはいつだって大口を叩く。だが、オリガルヒのことはわかってるはずだ。そういった間抜けのひとりがたった二、三コペイカ失うかもしれないと考えたとたん、連中は怖じ気づいて、カネを出しているのは自分たちだと言ってクレムリンに釘を刺す」

「そこだけは同意するかもしれないわ。そこだけはね」

「どうやってコズロフを見つければいい？」

またズメイは肩をすくめた。「向こうから来るのを待つことね。一度だけ、会ったことがある。少しばかりぞっとしたわ。そう簡単には怯えたりしないわたしが。あなたは」——私の方へ手を振った——「思っていたよりも優しい心をもっている。こんな状況じゃなければ、このままディナーに招待したいところよ。おたがいに積もる話がありそうだから」最後にタバコを深々と吸ってもみ消した。「もし無事に生き延びられたら、また会いにきて。必ずよ……」

「最初のデートで寝たりはしない。そこははっきりさせておきたい」

いまの台詞で、少なくとも本物の笑みを引き出すことができた。

私はテーブルから立ち上がり、ズメイに向かって首を縦に振った。「手間をかけたな、礼を言う」

「連絡するわ」

「念のために言っておくが、脚のマッサージの話は本当だからな」

だが、すでに私との会話は終わっていた。ズメイが手を振ると、先ほどまでいっしょに坐っていた男たちが戻ってきた。さっそく声を潜めてロシア語で話しはじめた。別の者がワイングラスと包丁を片付けたが、ボトルは置いていった。ズメイはきれいなグラスにそのワインを注いだ。

私はバー・カウンターに戻った。ブッカーとヴァレンシアは炭酸水を飲んでいた。ヴァレンシアはカウンターのうしろにある鏡を見つめているが、ブッカーはゆっくり首を振っていた。そのとたん、私はなんと恥ずべきことをしてしまったのだろうと痛感した。

レストランを出て声が聞こえないところまで行くやいなや、ブッカーに思い切り肩を押されて転びそうになった。「どうしてあのワインを飲んだんだ、マーク?」

「選択の余地はなかった」

「立ち上がって歩き去ることだってできた。それも選択肢のひとつだ」

「ここに連れてきたのはおまえだろ。誰に狙われているか突き止めなきゃならなかったんだ」

「これではっきりしたわけだが、状況が変わるのか? おまえは何を得た?」

「名前がわかった。ということは、やつのことをもっと探り出せるということだ。おれが去ったあと、エージェンシーがとんでもないことになっているとも言っていた。つまり、またエージェンシーが容疑者リストに上がってきたということだ」

「これでズメイの頼みを聞くはめになった。それがどういうことか、わかってるんだろう?」

私はブッカーに詰め寄り、一インチの距離で鼻を突き合わせた。私のなかにある暗いものが湧き上がってくる。その叫び声が喉まで出かかっていた。「どういうことか、だって？　ズメイに何か頼まれて、おれはイエスと言うかもしれないし、ノーと言うかもしれない。もしノーと言った場合、誰が出てくるっていうんだ？」

ブッカーには私の言いたいことが呑みこめたようだ。言い返す代わりに、大きく息をついて声を潜めた。

「これは〝血により入り、血により出る〟といったたぐいのやつだ、マーク。流れるのはおまえの血か、ほかのやつの血ということだ。おまえが何者で、何ができるかってことはみんな知ってる。だが、いまのおまえにはその選択肢はない、そうだろう？」

「その選択肢も考えてみるべきなのかもしれない」

ブッカーとヴァレンシアの表情が強張った。

「今回のことで疲れ果ててしまった。おれは何を得た？　おれを殺したいやつらが大勢いて、おれにはそいつらを止める手段がひとつもない。というのも、まえとはちがうルールに従っているからだ。手袋をはずすだけでいいんだ、そうすれば静かに暮らせる。やるだけの価値はあるかもしれない」

ヴァレンシアが私の肩に手を置いた。「〝逆境に立たされたときこそ、自分自身と向き合える――〟」

私はその手を払いのけた。「ビッグブックを引用するのはやめてくれ。この状況をなんとかしてくれるようなことなんて、あの本には書かれてない。いま必要なのは立ちなおることなんかじゃない。何が必要なのか見当もつかない。必要なのは……」

必要なのは私のスポンサーだ。ケンジが必要なのだ。

「ちょっとひとりにさせてくれ」

私は振り返らなかった。二人の顔を見たくなかった。遊歩道を歩いていき、二人もあえて追ってこようとはしなかった。まわりの光が消えていき、自分のなかにある黒い深淵に呑みこまれていった。運がよければ、またそれをねじ伏せることができるかもしれない。あるいはそれを解き放ち、問題を何もかも解決してもらうのだ。

そのアパートメントがある建物の正面ドアはあっさり開いた。ケンジの部屋のドアを開けるのも簡単だった。

しばらく戸口に立ち、部屋が静寂に包まれてから明かりをつけた。まえに来たときとほとんど変わっていない。がらんとしていて、殺風景と言ってもいいくらいだ。床にはタタミ・マットが敷かれている——このほうが故郷にいるように感じられるから、ケンジはそう言っていた。リヴィング・スペースには低いチャブダイ・テーブルがあり、その両側には瞑想用クッションのザブトンがひとつずつ置かれている。テレビもなければ、カウチもない。

キッチンは磨き上げられていて染みひとつない。ごみ箱の中身は捨てられていて、シンクの下にあるリサイクル用のごみ箱も空っぽだ。冷蔵庫に入っているのは保存の利く食べ物ばかりで、生鮮食品はない。バスルームもすっかり乾いている。シャワーは何日も使われた形跡がない。

歯ブラシと歯磨き粉がなくなっている。

ベッドルームには安物のマットレスが敷かれ、その上に枕ときれいにたたまれたブランケットが置かれているだけだった。ドレッサーはほぼ空っぽで、クロゼットには鞄もない。急いで衣類をまとめたらしく、いくつか手早く取り出して、あとは置いていくことにしたようだ。

ケンジや自分がどういう人間か心得ているので、部屋を調べてみた。するとクロゼットの奥の壁に継ぎ目があるのを見つけ、それを押し開けると隠しスペースがあった。そこにしまわれていたのは、ブランケットに包まれた刀だった。

その刀を手に取り、鞘から抜いて明かりにかざした。原子を真っ二つにできそうなほどの鋭さだ。たいてい私たちには愛用の武器というのがある。私の場合はシグ・ザウアーP365だ。回復プログラムに加わるとき、そういった武器は捨てるのが望ましい。とはいえ、ケンジがまだこの刀をもっていたことに驚かなかった。有名な刀鍛冶《かたなかじ》によって鍛《きた》えられたものだという話を、ケンジから聞いたことがある。その匠《たくみ》の技は、少なくとも十代以上にわたって受け継がれているということだ。その刀には玉鋼《たまはがね》が用いられている。非常に稀少で加工に手間もかかるが、できあがった刀身はより強靭なものになる。

この刀はカネで買えるような代物ではない。

ほかの身のまわりのものがなくなっているとはいえ、この刀を置いていくだろうか？

アパートメントのなかを歩きまわり、何か手がかりになりそうなことを探した。たとえば争ったような跡を。私が愛した男、私を愛してくれていると思っていた男の身に何が起こったのか、そのヒントになるようなことを。

ドアのそばに小さなエンド・テーブルがあった。調べていないのはそこだけだった。引き出しを開けると、本の形をしたプレゼントが入っていた。ステッキ型のキャンディの絵がデザインされた、きらきらした白いクリスマス・ペーパーで包まれている。ケンジの丁寧な手書きの文字が、黒いフェルトペンで書かれていた。

〝マークへ〟

そのプレゼントの下には、ケンジが私のために用意しておいてくれた一年メダルがあった。私はそれをポケットに入れた。どうせ、もうすぐ自分のものになるのだ。

プレゼントは隅に放り投げようかと思ったが、好奇心には勝てなかった。包みを破って開けてみた。

立派な革装の『罪と罰』だった。なんとかこらえようとしたものの、思わず噴き出してしまった。

アストリッドはベッドのカバーの下に潜りこみ、本を読んでいた。からだを洗ってシャワーを浴びたらしく、髪はまだ濡れていてメイクも落としていた。隅にあるカウチのそばの小さなコーヒー・テーブルには、中華料理のテイクアウトの容器が置かれている。隅で寝ていたP・キティが近づいてきた。私はベッドサイド・テーブルにシグナル・ジャマーを置き、ベッドの端に腰かけた。P・キティが膝に飛び乗って鼻をすり寄せてくる。耳のうしろを掻いてやると喉を鳴らした。

「やっと帰ってきたわ」アストリッドは本を脇へ放った。「少なくとも、まだ無事のようね」

「二年くらいまえ……」私はそう口にして、しばらく間を空けた。アストリッドは話の深刻さを察したようだ。その態度から張り詰めた空気が消えた。「ある女性と出会った。まっすぐ心を見つめられて、生まれてはじめて誰かの目に留まったような気がした。とはいえ、おれの本当の姿は知らなかったが。仕事をやめようかとも思った。ふつうの仕事を見つけようかと」

歩いてきたせいで足が熱くなっていた。その夜はずっと歩いてばかりいた。私はからだを屈めて靴を脱いだ。

「去年のクリスマス、真夜中に彼女の兄貴が家に忍びこんできた。たぶんびっくりさせようとしたんだろう。だが、おれの頭は国家総力戦態勢《デフコン1》になった。そういう訓練を受けてきたから。それでその兄貴を殺してしまった。しかも彼女は妊娠していて……」

四秒で吸って四秒止め、四秒で吐いて四秒肺を空にする。

壁紙に水の染みを見つけ、その一点だけに意識を集中した。ことばがあふれ出すなか、自分を支えるために。

「陽性の妊娠検査薬を見つけて自分が父親になるというのがわかったとたん、子ども部屋の天井を暗いところで光る小さな星でいっぱいに飾り付ける自分の姿が思い浮かんだ。子どものころあちこちで過ごしたが、そのなかにそういう星で飾られたベッドルームがあったんだ。その星を見ていると安心できた。外には大きな宇宙が広がっていると感じられたから。世界っていうのはそれほど小さくはないんだと。いつかこの地球を飛び出して……」

アストリッドが何か言おうとしたが、考えなおしたようだ。それがありがたかった。

「息子は八月十九日に生まれた。名前はベネット。母親が二人の人生におれを受け入れてくれるなんていう甘い考えはもってない」

ナイトテーブルに水の入ったボトルが置かれていた。私はそれを手に取って半分ほど飲み、ボトルの裏の表示に目をやった。

「それで抜けた。心を入れ替えた人殺しのための十二のステップのプログラムに入った。ケンジはおれのスポンサーだった。はじめての親友だ。そのケンジがおれを売ったかもしれないし、売ってないかもしれない。いまの時点ではなんとも言えない。どちらにせよ、おれにはケンジが必要なんだが、ここにはいない。おれを襲った男は、ヴィクトル・コズロフというロシア人だ。通称ビースト。それを突き止めるために悪魔と取引をした。そのせいで、たぶんおれの回復プログラムは台無しになるだろう」

水のボトルをもとのところに戻し、両手で頭を抱えた。

「誰かを殺したい。誰だっていい。文字どおり誰でも。もちろんきみじゃない。この手のなかで命が消えるのを感じたいんだ。誰かを殺すと、自分にはすごい力があると思えた。いまの自分は無力に感じる。力はあったほうがいい。人生において、死とくらべられるものなんてない。回復プログラムでは、人を殺すというのは抑えられない衝動かどうかという話を何度もする。心のどこかでは、そんなことは信じたくなかった。やめられないわけじゃない、そう思いつづけていた。でも、やめられなかったんだ。それがまわりの世界とのコミュニケーションの取り方だと教わった。おれはそれしか知らない。そうやって、自分が人間だというのを証明して……」

アストリッドに目を向けようとしたが、まだその覚悟はできていなかった。

「疲れた。しかも、今回の件はつらい。もしケンジを見つけて、本当にケンジに裏切られたのだとしたら、ケンジを殺すことになるかもしれない。コズロフを止めるたったひとつの手段は、やつを殺すことだ。そのうちロシアの陰の大物に借りを返すよう言われて、たぶん誰かを殺せと命令される。どう転んだところで、結局は誰かを殺すことになる。ずっとおれは自分から逃げていた。本当のことが知りたいと言っていただろ。これが真実さ」

ようやくアストリッドに目を向けた。

まったくの無表情だった。

それから手を差し伸べてきた。

私はその手を取って肌の温もりを感じ、アストリッドを引き寄せてキスをした。いまこんなことをするのは絶対にまちがっていると思ったが、何かを感じる必要があった。強烈な罪の意識に苛まれながらも、誰かに受け入れられていると感じたかった。さいわい、アストリッドはキスに応じてくれた。

目が覚めると陽射しがまぶしく、ベッドの隣は空っぽだった。

アストリッドはバスルームにいるのかもしれないと思ったが、ドアは開いていて明かりもついていない。

部屋はもぬけの殻だった。彼女の服もバッグも見当たらない。ベッドから起き上がると、腹が突っ張った。ナイフで刺されたところに新しい包帯が巻かれている。ベッドサイド・テーブルのシグナル・ジャマーに目をやったが、なくなっていた。

多くのことが起こっているとはいえ、さしあたり重要なことはひとつだけだ。私はひとりだということだ。アストリッドは行ってしまった。私がここで自分の胸をこじ開け、魂をさらけ出した結果、アストリッドは去ったのだ。静まり返った部屋で坐り、真実を打ち明けるとどうなるかということを思い知らされていた。

いや、静まり返っているわけではない。胸のなかで響いていることばがあった。私は耳を傾けて聞き入った。

私のなかのもっとも凶暴な部分がこう言っていたのだ。〝だから言っただろ〟

床にずり落ち、ベッドに寄りかかった。膝に飛び乗ってきたP・キティに言った。「大丈夫だよ」

ただし、それはP・キティに言ったのではない。自分自身に言ったのだ。

とはいえ、そのことばが染みこんでこない。

胸が震えだし、その震えが全身に広がった。P・キティにしがみつき、その毛に顔を埋めてすすり泣いた。必死にP・キティを抱きしめていた。P・キティがいなければ、私には何もない。P・キティもわかっているらしく、喉を鳴らして私のそばを離れようとしなかった。

ドアをノックしてもミセス・グエンは出てこなかった。買い物に行っているか、公園でほかの女性たちと太極拳でもしているのかもしれない。P・キティをキャリーに入れたままドアの外に置いていこうかと思ったが、そんなふうに見捨てるようなまねはしたくない。ミセス・グエンがしばらく帰ってこなかったらどうする？

　私は自分の部屋へ戻ることにした。建物の正面ドアを入ったときから、煙の臭いがしていた。最上階全体を占める私のロフトへとつづく最後の階段を上るにつれ、臭いが強くなってきた。

　ドアは壊れ、警察の立入禁止テープが十字に貼られている。私は焼け落ちたリヴィング・ルームに入った。何もかもが黒焦げか白い灰になっている。入り口にP・キティを置いた。見る影もないとはいえ、自分の家だということがわかるようだ。キャリーのケージの扉を引っ掻いて鳴き声をあげているが、出したくはなかった。すぐにどこかへ行ってしまうかもしれないし、怪我をするかもしれない。

「大丈夫だよ」私は声をかけた。「ミセス・グエンに飼ってもらったほうがいい暮らしができる。まちがいなく、もっとおやつをもらえるぞ」

　本棚も焼け崩れていた。ケンジにもらった折りヅルを探したが、見当たらなかった。内側に書かれたパスワードを確かめたあと、頑張ってもとどおりに折りなおそうとしたのだが、もらったときほどきれいできっちりした状態には戻せなかった。もともと存在しなかったかのように、いまではその灰すら見つからない。

　クロゼットの奥には無事な服も何着かあったとはいえ、煙の臭いが染みついていた。しゃがみこんで床板のあいだに手を這わせ、掛け金《がね》を探り当てて引き上げた。その下にある金庫は無傷だった。ダイアルをまわして開ける。クロゼットの隅に押しこまれていたダッフルバッグを引っ張り出し、包装された百ドル紙幣の束を入れた。ひと束一万ドルあり、それを五十束詰めた。そこまで重くはなく、新しい生活をはじめるにも充分な額だ。

　また仕事に復帰すればすぐに取り戻せる。残りのカネをミセス・グエンに渡し、国税局に目をつけられずにそのカネを使う方法を手短に説明するのもいいかもしれない。

カネを確保したあとも、金庫の底まであさった。ケンジには捨てたと言ったが、実際には捨てていなかったものが出てくるまで。

だが、ケンジだって刀を手放していなかったではないか。

シグ・ザウアーＰ３６５。

芸術品とも言える、死をもたらす機械。ストライカー式のサブコンパクト銃で、昼夜対応のＸＲＡＹ３トリチウム・サイトを搭載し、装弾数は十発。ステンレスのフレームにポリマー製のグリップ・モジュール。その銃の下には、１４７グレイン・ホローポイント弾もしまってある。

派手ではないものの、頼りになる銃だ。

多くの命を奪ってきた銃でもある。

その銃を手にしただけで、全世界を敵にまわしても戦えるような気がした。


まえからずっとこうだったのだ。私は人ではない。脈打つ心臓をもち、乳製品にアレルギーがある戦術ドローンなのだ。かつてはその兵器の目標を定めて発射するのは、自分以外の人間だった。そして私はそれを受け入れていた。以前とのちがいは、いまは自分で狙いを定めようとしているということだ。心の安らぎを見つけ、農場をもつのも悪くない。それを奪おうとする者には、誰であろうと災いを。

私はペイル・ホースなのだ。

そうでないふりをするのはばかげている。

ポケットを探り、一年メダルと六カ月メダルを取り出して金庫に投げ入れた。銃といっしょに隠してあった市街地用のホルスターを金庫から出し、腰に装着した。

いまの時点では、ほかにできることはほとんどない。

トイレへ行って用を足した。アストリッドはどこにいるのだろう？　どうしてあんなふうに姿を消したのだろう？　ことの深刻さが身に染みてきたのかもしれない。発信器を取り出したことに何か意味がありそうだが、何かは見当もつかなかった。

そんなことはどうだっていい。アストリッドに惚れているわけではない。心の内を明かしたのは、真実と弱さをさらけ出すことによって自分自身を救おうとした最後のあがきなどではないのだ。

P・キティが呼びかけてきた。

「おれは大丈夫だよ」私は応えた。

外が騒がしくなってきた。車のホーンが響き、誰かが大声をあげている。私は窓辺へ行って顔を出した。四台の黒いSUVが通りをふさぎ、うしろが渋滞していた。狙いが自分だというのは確かめるまでもない。先頭の車からラヴィが出てくると、見上げられるまえに私は顔を引っこめた。

P・キティのキャリーをつかんで肩にダッフルバッグをかけ、建物の換気シャフトへ向かうことにした。その換気シャフトがあるのは、この建物と裏の建物のあいだだ。

いずれエージェンシーの部隊は換気シャフトを調べ、そこに私が取り付けた手すりやいちばん下にある扉を見つけるだろう。その扉を通って裏の建物に入れるようになっている。その先には、地図には記されていない共同溝への扉がある。そこに充分な大きさの隙間を作り、下水システムに潜りこめるようにしてあるのだ。

その扉が地図に記載されていればそこに人を配置させているだろうが、さいわいニューヨーク市はクソの上にクソを積み上げた迷路のような街だった。時間をかけて調べれば、役に立ちそうな逃走ルートを見つけることができる。連中が気づくころには、とっくに私は姿を消している。

P・キティのキャリーをしっかり抱え、窓から外へ出た。P・キティは鳴き声ひとつあげない。怯えきっているのだろう。そのほうが都合がいい。窓の外に目を向けた誰かに見られるようなことだけは、なんとしてでも避けたかった。とはいえ建物どうしの窓が近く、プライバシーが保てないため、ほとんどの住人は窓にカーテンやブラインドをかけている。

十フィートほど壁をおりたところで声が聞こえてきた。「……角にあるカメラに姿が映っていた。あれから十分も経っていない」

ミセス・グエンの部屋から聞こえる。私はその場で止まって神経を尖らせ、ミセス・グエンに危険が迫っていないかどうか様子を見ることにした。おそらくラヴィは危害を加えたりはしないだろうが、それを確かめたかったのだ。

「用があって出かけていたの」ミセス・グエンが言った。「ここに来たかどうかもわからないわ。あの火事から会っていないし」

「クソッ、フラン。きみには大金を払っているんだぞ。仕事はたったひとつだけ。やつに目を光らせておくことだ。そんなこともできないというのか……」

「まず言っておくけど、そんな口の利き方はやめてちょうだい。それともうひとつ、わたしは引退したのよ。もうやめたの。この話を引き受けたのは、たいして重要な件じゃないし、怪我をする心配もないからよ。さんざん過酷な任務をこなしてきたんだから、こんなふうに自分の命を危険にさらすつもりはないわ」

なんだって？

「このエリアを捜索する」ラヴィが言った。「見つけたら、どうするかはわかっているな。すぐに連絡しろ」

しばらく沈黙が流れ、それからミセス・グエンが訊いた。「彼の機嫌は？」

「おそらくいいとは言えないだろう。とはいえ、きみは疑われていないんだな？」

「ええ」

「向こうからこっちにやって来るはずだ。こっちにはやつの友人がいる。やつが誰かに腹を立てるとすれば、私に対してだ。だが私の話を聞けば、わかってくれるだろう」

ちょっと待て。

ケンジはエージェンシーに押さえられているのか？ つまり、私を売っていないと？

長居をしすぎた。とはいえ、上から物音はしない。アパートメントに入ってきていないのだろうか？ もう少し待ってみた。空いている方の手を銃のあたりで構えていたが、ベルトにあるその銃が急に熱く異質なものに感じられた。しばらくして、危険を覚悟のうえで壁をよじ登って引き返すことにした。上からは音もしなければ、なんの気配もない。部屋に戻って窓辺へ急ぐと、縁石からSUVが離れていくところだった。

ケンジがエージェンシーに捕らえられているなら、私を裏切ったわけではないということだ。

エージェンシーはケンジを使って私をおびき出そうとしている。

まえの携帯電話を処分し、ラヴィとの連絡に使っていた秘匿性の高いメッセージ・アプリケーションもいまはないため、ラヴィには私と連絡を取る手段がないのだ。

四秒で吸って四秒止め、四秒で吐いて四秒肺を空にする。

いまわかっていることはなんだ？

ズメイの話では、エージェンシーは少しばかり手痛い目に遭い、窮地に追いこまれている。つまり、私を連れ戻す必要がある。とはいえ、ずっとラヴィは私の居場所を知っていた。ミセス・グエンにカネを払って私を見張らせていたのだ。いまの暮らしは自分で思っていたようなものではなかったというのは不愉快だが、それを置いておいても疑問が浮かび上がる。どうしてもっと早く私のところへ来なかったのだ？

すべてのはじまりはコズロフとの一件にある。私を刺して発信器を埋めこみ、ノートを奪った男。

私を刺しておきながら、とどめを刺そうとはしなかった。

そういうことか。

パズルのピースがある程度はまり、少なくともいまの状況の輪郭が見えてきた。

覇権争い。

どこか外国のプレイアーが、エージェンシーを引きずり下ろそうとしているのだ。

ノートには二つの役割がある。ひとつは、エージェンシーの作戦の情報を大量に入手するため。もうひとつは、私をパニックにおとしいれ、エージェンシーと敵対させるため――エージェンシーのような組織にダメージを与えたいなら、いちばん効果的なのはその組織で最強の者を敵としてぶつけることだ。

エージェンシーはこのことにうすうす感づいていたにちがいない。回復プログラムのことは知らないとしても、私の居場所は把握していた――ケンジとの仲も気づいていたはずだ。そこでケンジの身柄を確保した。ケンジを守るためか、保険のためか、私を見つけ出すために。

私は金庫のところへ行って扉を開けた。六カ月メダルを取り出して唇に押し当て、ポケットに戻した。一年メダルはそのままにしておいた。まだ手に入れていないものをもち歩くのは、気が引けたのだ。銃といっしょに金庫にしまい、ダッフルバッグから数束の札を抜き出してコートのポケットに突っこんだ。

重要なのはひとつだけだ。ケンジは無事で、エージェンシーに捕らえられているということだ。

ケンジを取り返しに行く。

ダイナーのドアを入ると、ルルがわずかに眉を上げた。客はほとんどいない。奥でクロスワードをしている茶色のスーツ姿の老いた男と、カウンターでコーヒーを飲んでいるニューヨーク州都市交通局《MTA》の職員がいるだけだ。私はレジスターのところへ行ってルルに声をかけた。「満腹朝食を。ソーセージはいらないから、ベーコンを多めに」

　ルルはいまのことばが理解できないかのようにしばらく私を見つめ、そのまま視線を動かさずに声をあげた。「ロドニー、今日はもう閉店よ」

　ＭＴＡの職員は振り向いて肩をすくめ、カウンターにカネを置いて出ていった。茶色のスーツの男は動かない。ドアが閉まるとルルが鍵をかけに行き、札を裏返しにして〝閉店〟にした。それから私をキッチンへ案内した。私はＰ・キティのキャリーをカウンターのうしろに置いてついていった。キッチンは狭苦しいとはいえ染みひとつなく、ステンレスの表面はいつ使われたかわからないほどぴかぴかだ。奥のドアの先には狭い階段があった。よどんだ水のような臭いがする地下におりると、その先にもうひとつドアがあった。ルルはエプロンから重そうなキーチェーンを取り出し、そのドアの鍵を開けた。

　そこはダイナーと同じくらいの広さの部屋だった。壁に並ぶ照明付きパネルの明かりが静かにともる。それぞれのパネルには拳銃からアサルト・ライフルにいたるまで、数々の武器が収められていた。

「何がいるの？」ルルが訊いた。

「致命傷を与えないようなやつ」

「狙いは？」

「エージェンシー本部」

　ルルが腹の底から大笑いし、部屋じゅうに響き渡った。「それなのに、武器は致命傷を与えないようなやつですって？」

　私が肩をすくめると、ルルも肩をすくめてみせた。

「わかったわ」ルルが言った。

　まるで〝あんたの葬儀になる〟とでも言っているかのようだった。

そうなるかもしれない。

ルルは奥の壁のところへ行き、キャスター付きテーブルを引き寄せた。壁からブラスナックルのようなものをひと組おろす。それは先端部分に金属が付いた黒い頑丈なプラスティックでできていた。

「最近、手に入れたばかりなの。スタン・ナックル。テーザー銃みたいなやつよ」

「電気を流すようなやつはだめだ。心停止のリスクがあるから」

「まったく、面倒ね。いいわ」

壁から拳銃を手に取った。ふつうの銃より少しだけ大きい。ボディは黒だがスライドはオレンジ色で、先に太い銃身が二つある。

「エアガンよ。ペッパー・スプレーをまき散らす弾を撃ち出す。それぞれの弾倉数は五発」その銃をもち上げ、下側の銃身を指差した。「ここに炭酸カートリッジを装塡《そうてん》する。最初に引き金を引けばガスが送られるようになっているわ。弾倉を再装塡するときには、カートリッジも交換する必要がある。弾は速くないし、急いで撃つと詰まることもあるけど」

「二つくれ、それとありったけの弾倉も」

「だったら、これもいるわね」ルルはテーブルに大きくて透明なフェイスプレートが付いたガスマスクを置いた。「視界を狭めないし、内側に低刺激性のコーティングが施してあるから曇らない」

ルルは引き出しをあさり、長さ七インチほどのフォーム・グリップを取り出して私によこした。重さを確かめてみる——抜け落ちたばかりの羽根のように軽い。それを振っていっぱいに伸ばしてみた。「鉄製の特殊警棒で、全長二十一インチ。たいていの警棒はグリップが気に入らないんだけれど、これはかなりしっかりできているわ」

警棒の先端をカウンターに叩きつけて縮め、テーブルに置いた。

「悪くない。ほかには？」

ルルはカウンターに細い筒状の手榴弾を並べた。全部で六つ。

「閃光手榴弾。アルミのボディはばらばらになることも破裂することもない。転がらないようになっているから、落ちたあたりで止まる。閃光と爆音は三回ずつ」その横に薄いプラスティックの装置を置いた。

「しかも、遠隔操作で起爆できるわ」

「防弾チョッキもあると助かる」

ルルは大きな引き出しを開き、黒いベストを手に取って掲げてみせた。「サイズはちょうどよさそうね。レベルⅣで脇も完全にカバーされているわ。裏地は冷感メッシュ素材」

私は重さを確かめ、前の部分に触れてみた。いかにもレベルⅣらしい厚みがない。「ライフル・プレートが入ってないのに、レベルⅣだという保証は？」ルルが答えるまえに、脇に付いているヘブライ語のタグを見つけた。「なるほど。イスラエル製ならまちがいないな」

「まだ開発途中なんだけど、試作品を手に入れたの。.３０‐０６スプリングフィールド弾をもらえば肋骨は折れるでしょうけど、貫通はしないはずよ」興奮して指を一本上げた。「最後にもうひとつ。ちょっと楽しくなってきたわ」

テーブルにリスト・ストラップの付いた小さな黒い箱状のものを置いた。私はそれを手にはめてみた。

「視神経がイカれるレーザー光線を出す。手のひらに付けられるボタンがあるから、引き金を引くときも邪魔にならないわ」

その装置を奥の壁に向け、手のひらのボタンを中指で押した。点滅する濃い緑色の光点が現われた。

「いいね。キルスイッチはあるかい？」

ルルは頷いて別の引き出しを探し、ＵＳＢスティックを取り出していっしょに並べた。

「カトラリーも欲しい」

喉を切り裂くつもりはないが、ナイフの使い道はほかにもいろいろある。ルルはさらに別の引き出しを開け、しっかりと鞘に収められた八インチのナイフを取り出した。「フラットグラインドのクリップポイント・ブレード。錆にはそれほど強くないし、ホルダーから出すときに引っかかることもあるけれど、バール代わりに使っても先端が欠ける心配はないわ」

ナイフを抜き——確かに多少は抜きにくさはあるものの、悪くない——刃の部分をチェックした。かなり鋭く、ラバー・ハンドルもしっかりしていて握りやすい。

「いくらになる？」

「三万というところね。あんたは信頼できる常連さんだけれど、これからしようとしていることを考えると、いまここで払ってほしいわ」

「ビジネスはビジネスだ」私はコートからカネを出した。

テーブルに札を積んでいると、ルルに訊かれた。

「本気なの？」

「いや、そうでもない」

「あんたとほかの人たちがしていること、あのグループ活動は——とってもいいことよ。わかっているのよね？」

「どうしてそのことを？」

ルルはにやりとし、装備を詰めるためのダッフルバッグをカウンターに置いた。「ケンジとあんたは、自分たちで思っているほど声を潜めていないのよ」私が荷物をまとめているあいだ、ルルは部屋を見まわしていた。「あんたはいい客よ。たぶん殺されるでしょうけど、殺されないことを願っているわ」

「ありがとう、ルル。きみは口いっぱいに頬張った画《が》鋲《びょう》よりもタフだよ。最後にひとつ訊きたいことがある。ネコは好き？」

ルルは首を縦に振った。「戻ってこなければ、いいおうちを見つけてあげるわ」

「助かるよ」装備を詰めたバッグを肩にかけ、部屋を片付けるルルを残して階段を上がった。ダイナーから出るときにレジスターのところで立ち止まった。最後にもうひとつ。レジスター脇のメモ帳から黒のフェルトペンを手に取った。

家を出るときには絶対にフェルトペンを忘れるな。

カウンターにキャリーをのせて扉を開けた。P・キティは昼寝をしている――あちこち連れまわされることに慣れたのだろう。強く抱きしめるようなまねはしなかった。そんなことをすればP・キティが身をよじって逃げ出し、どこかに隠れてしまうかもしれない。P・キティを抱え上げて目を合わせた――合わせたと言っても片目だけだ。もう片方の目は壁を向いているようだった。

「ずっと間抜けなんて言って悪かった。おまえは命の恩人だ。いいネコだよ。愛してる。できればまた会いたい、いいかい？　いずれにしても、いままでありがとう」

「ミャオ」キャリーのなかに戻すと、P・キティが返事をしたような気がした。

私は電話を切った。ブッカーは謝罪と感謝を受け入れ、ヴァレンシアを探して私の頼みを聞くと約束してくれた。いまさらこんなことを頼むのは調子がよすぎるかもしれないと不安だったが、そうではなかったようだ。

同じ苦しみを味わったということは、私たちを結び合わせる強力な接着剤のひとつである、そのことをつい忘れてしまいがちだ。

そちらを任せられて安心した私は、屋上の縁から身を乗り出した。冷たい風に髪がなびき、胃が重くなった。エージェンシーの建物の屋上は、そこから二十階くらい下にある。もう一度、腰にしっかりハーネスを装着していることを確かめた。

おかしなことに、人生というのはめぐりめぐってもとに戻ってくるものなのだ。エージェンシーでのキャリアは、屋上から飛びおりることからはじまり、飛びおりることで正式に終わりを迎える。

反対側の端まで行った。そこからは、歩道のごみ箱がはっきり見える。まだ人が多すぎるので、もう少し待つことにした。たいした計画などない。長官のオフィスにふらっと歩いていって名乗り、長官のところに来るのがいかに簡単かということを見せつけてケンジを引き渡してもらうだけだ。

非の打ちどころのない計画というわけではないかもしれないが、もっとお粗末な計画をやり遂げたこともある。

建物のなかに入ったことはあるとはいえ、上の方の階まで行ったことはない。かつてはこのブロックでいちばん高い建物だったが、開発業者たちが超高層住居ビルの建設にとりつかれてしまった。しかも、そういった超高層ビル内のセキュリティはひどいなんてものではない。受付には退屈した元警察官がいてカメラ・システムも設置されているが、よけいな注意を引かずに堂々と通り抜けられる。

エージェンシーが街の防犯カメラで私をとらえているのはまちがいないし、近くにいることも把握しているはずだ。おそらく正面ドアから入ってくると考えているだろう。このままそう思っていてほしいものだ。ごみ箱のまわりからもう少し人がいなくなれば、そう思いこむように仕向けるつもりだった。

屋上におり立ったとたん、すぐに気づかれるだろう――見た目はなんの変哲もないが、屋上の小石の数さえ確認できるような電子機器がそこらじゅうに仕掛けられているのだ。そういった機器を速やかに無効化する必要がある。吹き抜け階段のドアのそばにある非常用アクセス・パネルは使えそうだ。

ようやくごみ箱のまわりから人がいなくなり、私はポケットからリモコンを取り出してボタンを押した。閃光手榴弾が炸裂して光がほとばしったが、ここからではほとんど音は聞こえなかった。それがさらに二度つづいた。ぎっしりごみを詰めていたため、すぐに火がついた。素早く身を屈める人もいれば、携帯電話を出して録画している人もいる。実際に九一一に連絡した人はいるのだろうか、それともインスタグラムに投稿しているだけだろうか？

火が見えるやいなや建物の縁から飛びおり、懸垂降下をした。屋上に着くと同時に非常用パネルに向かって駆けだす。鍵がかかっていたので、ナイフを差しこんで体重をかけ、パネルをこじ開けた。なかにはUSBポートと小さなコンピュータの画面、キーボードがあった。私はキルスイッチを差しこみ、プロンプトを起動して実行させた。この方法を使うには、ここのセキュリティはほかよりも少しばかり手強いとはいえ、それでも時間稼ぎには……

「やあ、マーク」

振り向くと、二十五フィート離れたところにラヴィが立っていた。両手を背後にまわし、まるでコーヒーを注文する順番を待ってでもいるかのようだ。白いドレスシャツに濃紺のスラックス、高級なイタリア製ローファーという格好をしている。シャツの下にはタクティカル・ベストを着ていて、ベルトには拳銃が収められている。

「よう。ひとりぼっちでずいぶん寂しそうだな。ごろつきどもはどこにいるんだ？」

「話がしたかったのだ。二人きりで。屋上から来ると思っていたよ。おまえのことはよくわかっているからな。このことは誰にも話していない」

「そいつはお優しいことで」

ラヴィがまばたきをするより先に私はホルスターからエアガンを抜き、眉間の真ん中に照準を定めた。

ラヴィは目を細めて首をかしげた。「それはおもちゃか?」

「ペッパー・スプレー弾。命を奪いはしないが、気持ちのいいものではないぞ」

ラヴィは首を縦に振って足を踏み出し、距離を保ったまま私のまわりを円を描くようにして歩いた。「ここまで来れば、私が知っているのはわかっているはずだ。聖ディンプナ教会。折りヅル。去年のこと。サラとルーカス。何もかも」

「それで、ただ待っていたというのか? いったい何を? おれがゲームに戻ってくるよう圧力をかけるタイミングを?」

「いや、マーク、私はおまえを守ろうとしていたのだ。おまえが姿をくらましてから、エージェンシーはずっと捜していた。一般人を殺したおまえをエージェンシーが放っておくとでも、本気で思っているのか? 長官の耳に入っていれば、その日のうちに始末されていただろう」

「だったら、どうなったんだ?」

ラヴィが自分の胸を叩いた。「私が手をまわした。もみ消したのだ」

「メダルでも欲しいのか?」

「ちょっとしたお礼を言ってくれると嬉しいんだがな」

「どうしてそんなことを?」

「どう思っているか知らないが、おまえを気に入っているからだ、マーク。事件現場を見れば、事故だったのは明らかだ。どれだけ苦しんだか、想像がつく。折りヅルを見つけて確信した。ちょっとした心の平穏を与えてやってもいいだろうと思ったのだ」

「それで、今度は戻ってこいというわけか。お目付役まで用意していたとはな」

ラヴィはため息をついて両手を腰に当てた。「そもそも、ミセス・グエンはエージェンシーでも指折りの工作員だった。彼女に見張らせていたのは、おまえを守るためだ。しかもいまは面倒なことになっていて、それを説明するにはスライド・ショウを見せながら六時間はかかるだろう。東ヨーロッパの混乱。中東の政権交代。何年もわれわれが注視してきた上層部のターゲットたちも消されている。何かを狙った動きだという噂があるが、まだ全体像は見えない。いまのところ考えられるのは、コズロフはおまえを始末するために雇われたということくらいだ。障害になるものを排除するために」

「いいか、ラヴィ、問題はそこなんだ。あんたは嘘をついてる」

「どうしてそう思う?」

「自分でばらしてるじゃないか。シンガポールでのランチのとき、やつのことは知らないと言っていた」

「わかるだろ、マーク」ラヴィは声を荒らげ、苛ついてきた。「少しばかりとぼけなければならなかったんだ。どうしておまえが会いに来たのか、はっきりしなかったからな。それを踏まえたうえで、オフィスで長官がおまえと会いたがっていることを、なんとかしようとしているのだ。ちなみに、下ではアズラエルが待ち構えているぞ……」

「問題ない。トレーニングにはもってこいだ。ケンジはどこだ?」

「下にいる。彼は無事だ」

「そうでなければ許さない」

「おまえを狙っているのが誰にしろ、おまえをおびき出すために次はケンジに迫るだろうと考えた。そこで彼の身柄を確保した。彼は何もかも知っている。メッセージをチェックすればわかるだろう。おまえと会う手はずを整えるために、ずっと連絡を取ろうとしていたのだ」

「忙しかったんでね」

ラヴィが頷いた。私のまわりを歩きながら同じ距離を保っている。その距離は二十五フィート。私は数歩ラヴィの方へ踏み出して距離を詰めた。ラヴィは気づいたがなんの反応も示さなかった。

「私といっしょにおりてこい。平和的に。長官は血に飢えているが、私なら説得できる。自分の名誉にかけてもいい。長官は戻ってこいと言うだろう。われわれにはおまえが必要なのだ。どんなことになっているかわかれば、あんなくだらない回復プログラムなど投げ出して、事態の収拾に手を貸してくれるはずだ」

「くだらなくなんかない」

「おまえが必要なんだ、マーク。ペイル・ホースが。おまえがいなければ、多くの人が死ぬことになる」

「いずれにしろ、多くの人が死ぬということに変わりはない」

「おまえなら、死ぬのは死ぬべき連中だけにとどめることができる」

「それはちがう。ずっとまちがっていたんだ」

ラヴィは祈りでも捧げるかのように両手を合わせた。

「頼む、マーク。私はおまえの友人だ」

「友人なら、この一年間頑張ってきたことを投げ出せなんてことは言わない」

「友人というのは、その人を理解している人のことだ。私はおまえを理解している。おまえが苦しんでいる理由も。私も同じ苦しみを味わっているからだ。苦しんでいなければ、おまえは完全な社会病質者ということになる。だが結局この世には、悪いやつらをドアから遠ざけておくために、別の悪いやつらが必要なのだ」

「いまのは『トゥルー・ディテクティブ』の台詞か?」

ラヴィはことばに詰まり、少しばつが悪そうな顔をした。「クソッ、見たことがあるのか?」

「あんたがシンガポールで言ったことを覚えている

か？　おれが選ばれた理由を訊いたときのことを？」

　ラヴィは何か言おうとしたが、そこで口が止まった。

「ふさわしい性格だからだと言っていた。イカれた民兵タイプじゃないし、テストの点数も高くて、そのうえ意志も強いと。何もかもでたらめだ。おれが選ばれたのは、自分には誰にも負けないところがあると言ってほしくて仕方がない、ひとりぼっちの怯えたガキだったからだ。ちがうか？」

　ラヴィの顔に笑みが浮かびそうになり、唇がひくひくしていた。私にはそれで充分だった。それからラヴィはため息をつき、一瞬だけからだから力が抜けた。

　油断させようとしているのだ。そんなことはお見通しだ。ラヴィがホルスターの銃に手を伸ばそうとしたときには、すでにペッパー・スプレー弾を撃っていた。弾がラヴィの胸に当たって破裂した。シューッという音がするか煙のようなものが出ると思っていた。不良品だろうかと考えていると、ラヴィが顔を押さえて咳きこみだした。

　膝をつき、息を詰まらせている。

「またな、ラヴィ」


　階段の下にはドアがあり、その向こう側はこの最上階へと通じるエレヴェータ・ホールになっていた。その先には薄暗いオフィス・エリアがあり、どれもほぼ空っぽのようだった。長官のオフィスは、おそらくそのさらに奥だ。

　私と目的地のあいだに立ちふさがっているのは、タクティカル・ギアに身を包んだ十二人の男女だった——黒いボディ・アーマーにぶ厚いゴーグル、そして全員がFNP90を装備している。狭い空間での使用を想定して作られたサブマシンガンで、一瞬で五十発の弾を撃つことができる。

　少なくとも、私にはエアガンがある。

　銃を向けられた私は階段の吹き抜けに身を隠した。

声がとどろいた。「おまえを撃ち殺す」

「いまや誰を相手にしているかわかっているはずだ」

私は角から声を張り上げた。「無事に家へ帰りたいなら、いまのうちだぞ」

返事の代わりに明かりが消えた。

まさに予想どおりだ。

目の前が真っ暗になった。攻撃部隊は暗視ゴーグルを起動させているにちがいない。私はベルトから閃光手榴弾をはずし、ドアから投げ入れた。どこへ落ちようがかまわない。

「手榴弾だ!」声があがった。

一発目が炸裂して閃光が放たれた。私は目を閉じて手で顔を覆っていたが、それでも光を感じた。光を増幅させる暗視ゴーグルをつけていては、ほんの十フィートの距離から太陽を直視しているようなものだろう。心地いいはずがない。悲鳴からそれがわかった。

最後の三発目の光と音が炸裂し、私はエアガンを構えてドアのところから振り向いた。攻撃部隊のメンバーは叫びながらゴーグルをはずそうともがいている。私は残りの九発を撃ち尽くした。廊下にいる男女に当たるかどうかなど気にしなかった。できるだけ多くの弾が破裂しさえすればいいのだ。

また階段の吹き抜けに身を隠し、ガスマスクを装着した。咳きこむ声が聞こえる。

「明かり、明かりを」鼻水や痰に苦しみながらも大声でわめいている。「明かりをつけろ!」

明かりがついて最初に彼らの目に飛びこんできたのは、廊下を突き進む私の姿だっただろう。目が見えるようになっていれば、の話だが。警棒を振りかぶり、膝や肘、ヘルメットを殴りつけていく。まるでバレエのようだった。私にはあらゆるアングルが見えていた。流れるような動きで次々と警棒を振るっていき、最大のダメージを与えつつ殺さないようにしてターゲットを打ちのめしていく。何人かは銃を撃ってきた。狭い空間に銃声が響き渡り、銃弾が壁に当たって石膏ボードから粉が舞い上がる。だが、私を狙うことはできなかった。

むかしからの友人であるアドレナリンが効果を発揮し、時間の感覚があやふやになった。私は目にも留まらぬ速さで動きまわり、まるでまわりが止まっているかのように感じられた。廊下の端に着くころには、立っているのは私だけになっていた。満足していたところへ、角からタクティカル・ギアを着た別の男が現われ、胸に銃弾を二発撃ちこまれた。

不意にからだが浮き上がり、勢いよく仰向けに倒れた。床に頭をぶつけないようにあごを引いて受け身を取った。焼けるように痛む胸を叩き、弾が貫通していないことを確かめる。問題ない。だからこそルルのところへ行ったのだ。

その男が銃を突き出して迫ってきた。私は相手の顔に向けて視覚妨害光線を照射した。男が目を覆った。その隙に射線の外へ転がって立ち上がり、タクティカル・ベストでカバーされていない脇腹に鋭いフックをお見舞いした。それから丸い警棒の先で額を殴りつけた。

どのエレヴェーターのインジケーターの数字も大きくなってきていた。そこで私は火災報知器のレバーを引いた。警告灯が点滅してあたりに甲高いサイレンが鳴り響き、インジケーターの数字が止まった。あまりにもたやすい。エアガンを再装塡してから、角を曲がってオフィス・エリアに向かった。さらにいくつか角を曲がると、大きなオーク材の両開きのドアがあった。ドアに近づこうとした私の目の前に、アルコーヴから人影が現われた。

ネックだ。

顔は傷だらけで、自尊心はさらにずたずたになっているだろう。ものすごい剣幕で太い指を突きつけてきた。「たっぷり借りを返してやる、このクソ……」

私はその指をつかんで天井の方へひねり上げた。ネックが頭を仰け反らせて悲鳴をあげる。つかんだ指を引っ張ってひざまずかせ、膝を叩きこんで黙らせた。あらためてドアへ向かおうとしたが、何かが背中に激突してきて吹き飛ばされた。そのまま前転して立ち上がる。振り向くとラヴィが立っていた。目は真っ赤で、顔も腫れぼったい。軽く身構えている。

「おまえを守ってやろうとしていたというのに、このクソ野郎。もうただではおかない」

私はエアガンを抜いてラヴィの方へ撃った。だがラヴィは床に伏せるようにしてからだを屈め、弾がはずれた。もう一度狙いを定めるまえに突っこんできた。しまった。ラヴィとの距離はたった十二フィートだった。

床に押し倒された。喉をつかまれて動けなくなったところに、強烈な頭突きを食らった。視界がぼやける。ラヴィは肘を振り上げて頭に叩きつけようとした。なんとか私はラヴィとのあいだに片膝をねじこみ、ラヴィを浮かせて頭のうしろへ蹴り飛ばした。すかさずおたがいに立ち上がって構えなおす。

「格闘戦ができるとは思わなかったよ」私は言った。

「自分でやりたくないような仕事は、ほかの人にもやらせるべきではない」

ラヴィが放った蹴り足をとらえ、思い切りうしろに引っ張ってバランスを崩そうとした。その膝に拳をめりこませる。折れるほどではないとはいえ、明日は氷で冷やすことになるだろう。倒れると思ったが、ラヴィは私にもたれかかって自分のからだを支え、もう片方の足を振り上げた。一瞬ラヴィのからだが浮き、その態勢から側頭部に蹴りを繰り出してきた。私は無人のワークスペースに突っこみ、ぶざまに倒れこんだ。

視界からラヴィが消え、頭上にキャスター付きの椅子を抱えて戻ってきた。その足に警棒を振りおろす。ラヴィがよろめいた。私はうつ伏せになって両手をつき、腹にうしろ蹴りをぶちこんだ。ラヴィが倒れ、私の上に椅子が落ちてきた。痛かったが、ラヴィのほうがもっと痛いはずだ。

起き上がるまえにタックルを食らい、グラウンドの攻防になった。もはやクリーンなファイトとは呼べない。たがいに相手をつかもうと必死になり、隙間を見つけてパンチを当てようとしていた。拳を何発かもらったが、興奮のあまり痛みを感じなかった。ようやくからだを入れ替えてマウント・ポジションを取り、あごに数発パンチを振りおろした。

ラヴィがぐったりし、目をまわした。私が立ち上がるとラヴィが言った。「このあとどうなろうと、覚悟しておくことだ、マーク」

返事の代わりにベルトからもう一挺のエアガンを抜き、再装塡してラヴィの胸に一発撃ちこんだ。ラヴィは発作を起こしたかのように咳きこみだした。

私はオークの両開きのドアに手を伸ばした。

そこは立派だが殺風景なオフィスだった。カネがかかっていることは一目瞭然とはいえ、それをひけらかしてはいない。幅よりも奥行きがあり、ミッドタウンを見下ろす床から天井まで届く奥の窓の下にはデスクがある。デスクの前には椅子が二脚置かれ、うしろにある椅子は背を向けている。

私は銃を構えた。長官というのはどんな男だろう? 会ったことはない。いつか会えるのではないかと夢見ていた。オフィスに呼ばれ、仕事ぶりを褒められるという夢を。ばかげた妄想だ、いまではそう思う。そんなことはどうでもいい。長官に認められる必要などない。トップの人間というのは、みな同じだ。自らの行ないの結果を突きつけられることを恐れているのだ。

さもなければ、私のような人間などいらないだろう。

椅子がまわって正面を向いた。そこに坐っていたのは、予想だにしない人物だった。

「アストリッド?」

顔つきがちがって見える。冷たい目、そしてあの笑み。あんな笑みを浮かべた彼女は見たことがない。何もかもお見通しで、いたずらっぽい笑み。ずっとこの瞬間を待ち望んでいたのだろう。黒いシャツに黒いズボン、そしてバスティーユ監獄を襲撃できそうなほどの武器を装備したハーネスをまとっている。

「アズラエルよ」彼女が言った。

「てっきりアズラエルは男だと思ってた」

なんだと？

「男女差別的な考えね」膝から銃を手に取り、私に向けた。二十一フィート以上離れている。「そこがポイントでもあるんだけれど」

「それはFN57か？」

アストリッドは銃を傾けた。「高速弾よ。この距離だと、レベルⅢの防弾チョッキも貫けるでしょうね」

私は胸を叩いた。「レベルⅣだ」

「本当に？　プレートは入っていないみたいだけど」

「イスラエル製なのさ」

「なるほど、そういうことね。だったら、頭を狙うことにするわ」

「できれば、勘弁してもらいたい。予想はしてると思うが、訊きたいことがある」

山ほどある。とはいえ、これでいくつかのことは納得できた。どうしてアストリッドが戦い方を知っていたのか。どうしてずっと私と行動をともにしていたのか。だがそれがわかったのはいいとしても、さらなる疑問が浮かび上がってくる。ひとつだけはっきりしているのは、アストリッドを目にしたことで、奇妙なことにある程度の安らぎを感じたということだ。

「そうでしょうね。でもまずは、ここから出ていかないと。うしろを向いて、手は背中に。急に動いたりすれば、わたしの銃の腕前を知ることになるわよ」

ふつうの相手なら勝算を見極め、形勢を逆転させる方法を考える。アストリッド――アズラエル――はプロだ。プロを相手に運を試したいとは思わない。自分でチャンスを作るよりも、チャンスが訪れるまで言うことを聞いていたほうがよさそうだ。

それに少なくともいまは、いくつかの答えが知りたい。

うしろ手にきつく結束バンドで縛られ、前に押された。

「歩いて」アストリッドはオーク材のドアの向こうへ私を押していった。そのときザーッという音がし、アストリッドがトランシーバーに向かって言った。「いまから連れて出ていく。室内駐車場までのルートの安全を確保して。長官命令よ」

ラヴィがなんとか立ち上がろうとしていた。「そんな命令は聞いていない」

「聞いているはずないわ」

背後から鋭い音がし、ラヴィの頭が仰け反った。からだがぬいぐるみのように床にくずおれた。

ほんの数秒まえまでは、生きたまま皮を剝がれるラヴィの姿を、ポップコーンでも食べながら見ていられただろう。だが私の怒りは、二人でいっしょに世界じゅうを飛びまわったり、美味しいものを食べたり、任務のあとで笑い合ったりした記憶によって薄らいでいた。長いことラヴィは私の人生において重要な一部だったのだ。怒りのなかに、深い悲しみが渦を巻いていた。

「なんてことを、アストリッド」

「彼はあなたに賭けて負けたのよ。失敗つづきのひとつにすぎないわ。言ったように、長官命令なのよ」

エレヴェータ・ホールまでやって来た。先ほどの乱闘の名残は、壊れた調度品と壁の弾痕だけだった。アストリッドが〝下〟ボタンを押すとドアが開いた。

「右隅へ。壁の方を向いて」

エレヴェータがおりていき、私は壁に寄りかかっていた。「それで」私は訊いた。「シンガポールへ行くまえ、なんだっておれはきみのアパートメントに転がりこむことになったんだ？　はじめからそういう狙いだったのか？」

「たまたまタイミングがよかっただけよ。わたしの裏の顔は、闇市場の外傷外科医。もともと特殊部隊で衛生兵をしていたの。ラヴィにスカウトされるまえの話よ。怪我の手当てをしていれば、ちょっとした小遣い稼ぎになるし、あれこれ情報も入ってくる。何度も言っているけれど、男っていうのはなにかと自慢したがるから」

「ラヴィは、きみがおれといっしょにいたことを知らなかったのか？」

「あなたに目を光らせていると言っていたの。それを真に受けていたわ。わたしはずっとコズロフを追っていた。あのとき電話でお友だちに話しているのを聞いたとたん、あいつだとピンときたわ。あのときは名前を知らなかったけれど、あの男だって確信があった」

「コズロフに何をされたんだ？」

「わたしの大切な人を殺された。背中の傷もあいつにやられたのよ。どうしてわたしがあなたにひっついていたか、考えたことある？　まともな人なら逃げ出すわ。あなたがペイル・ホースだということがわかって、あいつをおびき出すために利用できると思ったの。あいつの力を削《そ》いでくれるかもしれないって。やわになったのがあなたの方だとは知らなかったわ」

「やわになったわけじゃない」

「あらそう、ガンジーさん」

　エレヴェータのドアが開き、洞窟のような駐車場に着いた。半分ほど車で埋まり、駐められているのはほとんどが黒くて特徴のないセダンやＳＵＶだった。アストリッドが先に降り、ついてくるよう言った。〝閉じる〟ボタンを押そうかとも考えたが、おそらく押したところで間に合わないだろう。

「向こうの隅にある、あの白いバンよ」アストリッドが言った。

　そんなバンは一台しかなかったので、私はその車の方へ向かった。「知ってるか？　ガンジーは腰抜けのように怯えているか暴力に訴えるか選ばなければならないとしたら、暴力に訴えるほうを選ぶと言ったそうだ」

「つまり、あなたよりタフだってことね」

「おれは腰抜けじゃない」

「とても信じられないわ」

「ずっとおれがしてきたようなことをしつづけてきたやつが、しかもおれくらい腕が立つっていうのに、それをやめると決心する、それがどんなにたいへんなことかわかるか？　その決断は一度きりのものじゃない。毎日あらためて誓わなきゃならないんだ」

「その結果がこのありさまよ」

「うまくいっていたんだが、もうこれまでだ。どうしてシグナル・ジャマーをもっていったんだ？」

「あなたが役に立たないようだから、自分でコズロフをおびき出そうと思ったのよ。でも、まだ姿を現わしていないわ。そんなとき、ラヴィから連絡があったの。それで、いずれまた会うことになるだろうと」

「どうしておれと寝た？」

　アストリッドはためらった。「女にも欲求があるのよ」

　彼女の顔は見えないが、口ごもった様子からそれだけではない気がした。

「ケンジはどこに？」

「あなたがセキュリティを無効化した二分後に逃げたわ。チャンスを見つけて飛びついたようね。あなたが来る直前に無線で聞いたわ。もうケンジは必要ない。あなたを捕まえたかっただけだから」

　私はバンのうしろで立ち止まった。アストリッドが銃を振って下がるよう合図し、それからドアを開けた。なかは後部座席が取り払われ、前の座席とのあいだには金網のケージが取り付けられていた。

「コズロフを殺しても、その大切な人とやらが戻ってこないことくらい、わかってるんだろう？」

「バンに乗って」

「そういう怒りがどういうものか、知ってるか？」

「なんだっていうの？」

「自分で毒を飲んで、代わりに相手が死ぬのを願うようなものだ」

「さっさと乗って」

私が乗りこんで床に屈むと、アストリッドは力一杯ドアを閉めた。前にまわって運転席に飛び乗り、助手席に銃を置いた。携帯電話を何度かタップし、車を発進させて駐車場から通りに出ていった。私は坐ってもくつろげないので、仰向けに寝そべることにした。

数ブロック走ってからアストリッドが口を開いた。

「理解できないわ」

「なんのことだ？」

「殺さないってことよ。こんなことをしているわたしたちには、天国に席が用意されてないってことくらい、わかっているわ。でも、どこまでその誓いを守るの？　たとえば過去に戻れるとして、ヒトラーを殺そうとはしないの？」

「どうしてヒトラーを殺す話になるんだ？　過去に戻れるんだったら、どうせならヒトラーが子どものころまで時間をさかのぼって、ヒトラーが与えてもらえなかった愛と思いやりを教えてやってもいいじゃないか。イカれた考えを捨てさせるんだ。そうすれば、救える命は七千万じゃない。七千万とひとりになる」

「でも、相手はヒトラーよ。死んで当然だと思わないの？」

もはや私をあざけっているようには聞こえない。どこかちがう。本気で気になっているようだ。

「そう言い張ることもできる。だが、これは〝もしも〟の話だ」

しばらく沈黙が流れた。やがてアストリッドが口を開いた。「でも、何がいちばん頭にくるか、わかる？」

私が訊くまえにバンの横から何かが突っこんできた。腹ががくんと揺れて浮き上がる。私は何か固い表面にぶつかって跳ね返った。頭を守ろうとしたものの、うしろ手に縛られていてはどうにもならない。ようやくバンが止まったときには、上下逆さまになっている気がした。目まいがし、頭が使い古されて半分空気の抜けたサッカー・ボールにでもなってしまったかのようだった。

「アストリッド？」私は声をかけた。

返事がない。

背後で後部ドアが開いた。相手の姿は見えないとはいえ、見当くらいはつけられる。何か気の利いたことを言ってやろうと思ったが、すぐそばに弾筒が落ちてきて白い煙をまき散らした。息切れしていた私は、息を止めることができなかった。甘い匂いがし、やがて……

12

これまでの失敗は恥ずかしいことではなく、いまに活きることなのです、それが神の恵みというものです。

——ブレネー・ブラウン

一年まえ
ロウアー・イースト・サイド

「また会えて嬉しいよ」ケンジが言った。

ケンジは黒いロング・ジャケットの内側に両手を入れて立ち、小さくお辞儀をした。私も頭を下げて応えた。ケンジは少し老け、白髪も増えていたが、まえに雪の積もった屋上で会ったときとは雰囲気がちがっていた。

それほど思い詰めていないように見える。

しかも、また近づかれても気づかなかった。私に気づかれないように近づくのは、並大抵のことではない。いつまでも鈍らない技というのもあるのだろう。

「プラハからずいぶん遠くへ来たものだな」私は言った。

「ちょっと歩かないか、マーク？」

私が断わらないだろうと感じたケンジは、返事を待ったりしなかった。私たちはディランシー・ストリートの人ごみのなかを歩いていった。今日は火曜日だ。自らの命を絶とうとしてP・キティを見つけてから、まる三日が過ぎていた。あれは幸運だと思うことにした。あれから、やりかけていたことを終わらせてしまおうという考えが何度か頭をよぎった。だがさいわいにも、そんなとききまってP・キティが何か間抜けなことをしでかす——バスルームへ行ってバスタブのなかで鳴き声をあげたり、本棚から落ちたりするのだ。

折りヅルを開いてみようと思うには、それで充分だった。内側に書かれていたのは、ウィア・マリスのフォーラム専用のパスワードだった。〝悩めるフェニックス〟

しばらく歩き、いまにも倒れそうな教会の前でケンジが立ち止まった。赤く塗られたドアは、長い年月を経てぼろぼろだ。石造りの正面部分も崩れかけている。ここで立ち止まっていなければ、前を通り過ぎたとしても気づきさえしなかったかもしれない。

「聖ディンプナの話は知っているか?」ケンジが訊いた。

「その男にちなんだ店名のバーがアルファベット・シティにあるのは知ってる。知ってるのはその程度だ」

ケンジは首を縦に振った。「その女性だ。聖ディンプナは七世紀にアイルランドで生まれた王女だ。彼女は十四歳のときにキリストへの誓いを立てた。それからまもなくして、母親が亡くなった。父親は小国の王だった。妻の死に打ちひしがれた王様は、妻の面影がある美しい女性と再婚しようと、あちこち探しまわった。そして結局は、自分の娘と結婚することにしたんだ」

「最低だな」

ケンジは笑わなかった。「ディンプナはベルギーへ逃げて、そこで貧しい人や病んだ人のための病院を開いた。その一年後に父親に見つかって、結婚を拒んで首をはねられた」

「完全に家庭崩壊してる」

ケンジが振り向き、目を細めてにらみつけてきた。

「すまない。つづけてくれ」

「ディンプナが亡くなったベルギーのヘールという町に、彼女を称えて教会が建てられた。ヨーロッパじゅうから、心に病を抱えた人たちが救いを求めてやってくるようになった。それ以来、ヘールの人たちは病気で苦しんでいる人たちを受け入れるようになって、その伝統はいまだにつづいている。そこを訪れる人たちは、患者ではなく下宿人と呼ばれている。家族の一員として歓迎されているんだ。治療やセラピーが目的ではない。何百年ものあいだ紡《つむ》がれてきた、純粋な優しさなんだ。

この教会は彼女にちなんで名前をつけられた。私たちはここで集まっている。毎週火曜日の夜に。ここにしたのは、牧師が友人ということと、ここなら安全だと思ったからだ。偶然なんてことは信じていないが、この教会の名前を考えると、ちょっとした啓示のようにも感じる」

私たちは無言でその教会を眺めていた。

「いくつかルールがある」ケンジは私に目を向けずにつづけた。「これはアルコホーリクス・アノニマスを手本にしているが、ミーティングは少人数だから、そこまで縛られることはない。現役のころに使っていた名前はあかさないし、政治的な立場もできるだけあいまいにする。みんなの安全のためだ。きみがペイル・ホースだということは、私以外の誰にも知られることはない」

「恩に着る」

「ふつうは審査があって、それには時間がかかる。だが見たところ、きみは今夜からでも参加できそうだ」

「あんたの目には、何が見えてるんだ？」

ケンジは私に向きなおり、頭から爪先まで見まわしてからまっすぐ目を合わせてきた。何ひとつ見逃さないような目に思わず隠れてしまいたくなったが、そんなことをするべきではないことくらいわかっている。

「いまするべきなのは、黙って私を見てもらうことだ。

「錨《いかり》のように引きずっている悲しみ。だがそれ以上に、その錨に引きずりこまれてしまいたいというよりも、錨をおろしたいという願い」

「だいたいそんなところだ」

ケンジに案内されて教会の横へまわり、短い石の階段をおりてドアを抜けた。その先の暗い廊下を進み、角を曲がる。教会の地下はがらんとしているものの、二、三十人で親睦会や募金活動をできるくらいの広さがある。折りたたみ式テーブルにはコーヒーポットと開いたドーナツの箱が置かれている。壁は淡い青緑色で、床は白黒の格子柄だ。

部屋の中央には四脚の椅子が向かい合って並べられていた。そこに坐った人たちが身を乗り出して手を伸ばせば、おたがいの手を握れるくらいの近さだ。そのうちの二つには先客がいた。ヒスパニック系の女と黒人の男。二人とも、その血に染みついた火薬の臭いですぐにどういう人間か察しがつく。

「こいつが例のやつか?」黒人の男が訊いた。「それほどタフには見えないが。本当におれたちの同類なのか?」

私が少し近づいて男と視線を合わせると、男は頷いた。

「なるほど、そのようだな」手を差し出され、握手をした。「ブッカーだ」

ヒスパニック系の女も手を伸ばしてきた。「ヴァレンシアよ」

私は握手を交わした。「オレンジみたいだな」

「いいえ」彼女は手を引き、不機嫌な顔つきになった。「オレンジとはぜんぜんちがうわ」

ブッカーが両手を上げた。「ここでは何を言っても安全だが、その話だけは別だ」

私は降伏するようにおどけて両手を上げ、まわりに目をやった。ケンジが折りたたみ式テーブルの方を指した。私は手もちぶさたの手をどうにかしたかったのでコーヒーを注いだ。

「では」私が腰をおろすとケンジが口を開き、リップスティックくらいの大きさの銀色の装置を置いた。

「これはどんな盗聴装置や録音装置も無効化して、私たちの声を聞こえにくくしてくれる。ここで話す内容を考慮しての安全対策だ。ミーティングのはじめには、いつもステップを読み上げることになっている。

一、私たちは無力であり、思いどおりに生きていけなくなったことを認めた。

二、自分たちを超えた大いなる力が、私たちを健康な心に戻してくれると信じるようになった。

三、私たちの意志を、自分なりに理解した大いなる力の配慮に委ねる決心をした。

四、怖れずに、徹底して自分自身の棚卸しを行ない、その一覧を作った。

五、大いなる力に対し、自分自身に対し、そして他人に対し、自分の過ちの本質をありのままに認めた。

六、こうした性格上の欠点すべてを、大いなる力に取り除いてもらう準備が整った。

七、私たちの短所を取り除いてくださいと、謙虚に大いなる力に求めた。

八、私たちが傷つけたすべての人のリストを作り、その人たち全員に進んで埋め合わせをしようとする気持ちになった。

九、その人たちやほかの人を傷つけないかぎり、機会があるたびにその人たちに直接埋め合わせをした。

十、自分自身の棚卸しをつづけ、まちがったときにはただちにそれを認めた。

十一、祈りと黙想をとおして、自分なりに理解した大いなる力と意識的な触れ合いを深め、その意志を知ることと、それを実践する力だけを求めた。

十二、これらのステップを経た結果、私たちは霊的に目覚め、このメッセージを自分たちのような人たちに伝え、そして私たちのすべてのことにこの原理を実行しようと努力した」

ケンジはその内容が染み渡るようにそこで口を閉じ、それからつづけた。「私たちの誰ひとりとして、これらの原理を完全に実行できたという人はいない。聖人ではないのだから……」

「そのとおりだ」ブッカーがつぶやいた。

「大切なのは、霊的な路線に沿って成長したいと願っていることだ」さらにケンジはつづけた。「ではマーク、今日がはじめてということで、分かち合いたいことがあれば話してくれ。まずはここに来た理由を聞かせてくれないか？」

少し頭がくらくらした。仕事の話をするのは慣れていない。自分の気持ちの話も。実を言うと、どんな話をするのも慣れていなかった。それなのに、ここには私が手首を切って床一面に血をまき散らすのを待っている人が三人もいる。私は両手を合わせて指の関節を鳴らし、ことばが勝手に出てくるのを期待していたが、実際には何を言えばいいか見当もつかなかった。

ブッカーが手を挙げた。手のひらにかけたひと組の木のロザリオ・ビーズを手首に垂らしている。「おれが話そう。手はじめに」

ブッカーの声音が変わっていた。いまでは優しげで、温かみが感じられる。私はブッカーに向かって首を縦に振った。

「おれはブッカー、二年間、誰も殺してない」ブッカーが話しはじめた。「この一週間、夜寝られるようにガイド付きの瞑想ってやつをやってる。かなり効果があるって思ってたんだが、昨夜、真夜中に目が覚めた。あいつが戻ってきたんだ。まるでずっとそばにいたみたいに。あの男の子が……」

声が消え入り、目に影が差した。そして悲しげな表情を浮かべた。

「あれは夜の作戦だった。おまけに情報がでたらめで。家にいるのは、全員が敵の戦闘員ってことだった。飛び交っていた銃弾がやんで、敵が残っていないのを確かめようとしたとき、あの子を見つけた。ベッドを出て、ベッドルームのドアのところまで行こうとしていたようだ。当たったのがおれの弾かどうかはわからない。たぶんちがうだろう。そこは二階で、おれがいたのは一階だったから。でも、おれはその場にいた、わかるだろう？　その作戦に加わっていたんだ。それで昨夜、真夜中に目が覚めた。よくあることだ。うとうとしてて」

　ブッカーは自分の手に視線を落とし、膝の上で両手を組んだ。

「あの男の子がベッドの足元に立っていた。常連なんで、しょっちゅう見てる。でも四日も見なかったのは、いままででいちばん長い気がする。だから、もう見なくてすむかもしれないと思っていた。その瞑想ってやつが効いてるのかもしれないと。おれは無性に腹が立った。せっかくうまくいってたと思ってたのに。何もかも頭にきた。おれを雇っていた連中にも」手に巻いたロザリオを見つめた。「ずっと〝汝殺すなかれ〟と教わってきたっていうのに、軍に入ったとたん、〝汝殺すなかれ、ただし、指示されたときはかまわない〟になる。頭がおかしくなるのは当然だろう？

　とにかく、おれは謝りたかった。でも、いつも同じだ。あいつらを目の前にすると、おれの身に何かが起こる。しゃべれなくなるんだ。心的外傷後ストレス障害《PTSD》の医者のひとりが言うには、夜驚症《やきょうしょう》ってやつらしい。夢なのに、現実だと思いこんでいるだけだと。適当なことぬかしやがって。夢っていうのはいつだって変なもんだ、そうだろう？　どこもかしこもおかしい。でもおれのベッドのシーツの色から窓にかかっているカーテン、男の子の胸に撃ちこまれた二つの弾の痕にいたるまで――何もかもまちがいなかった。それに、昼間に見るやつは、どう説明するんだ？　こんな話をしてること自体、ばかばかしく思えてくる……」

　そこでブッカーはことばを切った。気がつくと私は口を開いていた。「メラトニンは試してみたか？」

　ブッカーは眉をひそめた。「ひどい夢を見た。生々しいやつを」

「口出しはだめよ」ヴァレンシアが言った。

「口出し？」私は訊いた。

ケンジが頷いた。「ミーティングでは、アドヴァイスや意見を言わずに、最後まで話を聞くことになっているんだ」

「そうは言っても、結局はいつも口を挟んでいるがな」ブッカーはにやりとした。

「私たちは完璧だなんて言ったことはない」ケンジが言った。

また全員の視線が私に向けられた。

「どうも引っかかるのは、神様がどうこうって話だ」私の胸に怒りの火花が上がった。「その大いなる力ってやつのことだ。あれだけのことをしてきたっていうのに、いまさら神を信じろと？」

ケンジが首を振った。「神じゃなくてもいいんだ。自分にはおよばないものならなんだっていい。神だろうと、ブッダだろうと。自然でも、意識でもかまわない。私たちのような人間にとっては、それがとりわけ重要なんだ。自分たちが神でもあるかのように振る舞ってきたのだから。自分たちを超えた力が存在するということを、ときどき思い出さなければならない。私たちのいちばん弱いところは、自らの力に溺れやすいことだ。AAにはこんなことばがある。〝手放して、神に任せる〟素晴らしいモットーだと思う。生死の決定権は私たちにはない、そのことを思い起こさせてくれるから」

それは私が探しに来た答えではないとはいえ、答えに近づいているような気がした。

「分かち合いたくないなら……」ケンジが言った。

「何日かまえの夜……」私はそこまで言いかけてことばを切った。「ああ、すまない。おれはマーク、人を殺してから、その、三日経った。おれはある女性と出会った。彼女に惚れた、ぞっこんになった。どんな仕事をしてるか話したことはない。いつものように、嘘をついた。一年近くデートをしたが、彼女を見るたびに、まるではじめて日の出を目にするような気分になった。いままで感じたことのなかった、安らぎってやつを与えてくれたんだ。彼女のためなら何もかも手放してもいい、そんな覚悟もできていた。でも、クリスマスイヴのことだ。真夜中に彼女の兄貴がこっそり家に忍びこんできた。プレゼントをもってきて、彼女をびっくりさせようと。でも、おれは起きていた。もちろん、狙いはおれだろうと思って……」

あのときの痛みを思い出そうと、拳の傷を強く擦った。

「誰かがその安らぎを奪いに来たと思って、怒りに駆られて殺した。何も考えずに、ただ殺した。彼女の兄貴を殺したんだ。そのうえ、彼女が妊娠していることもわかった。父親になりたいと思ったことなんかない。考えたこともなかった。でも妊娠を知ったとき、まっとうな自分の分身を作れるチャンスかもしれないって気づいた。それなのに、それをふいにしてしまったんだ。それから家に帰って、シグ・ザウアーを口にくわえようかと思った。そんなとき、ネコを見つけた。それからケンジに連絡して、いまここにいるというわけだ」

全員がゆっくり首を縦に振り、感情が部屋じゅうに広がるよう間を取った。

「彼女とはじめて会った夜のことばかり考えてしまう。あれは二月だった。ブライアント・パークの木々が、まるで手のように見えた。夜空に輝く月をつかもうとしている骸骨《がいこつ》の手に。そこだけ切り取ると、ちょっと不気味なイメージだな。でも、その枝が手に入らないものをつかもうとしているように思えて仕方がないんだ。彼女といると、そんな気持ちになった。手が届くかもしれない素晴らしいものがあるんじゃないかと。自分の力ではどうにもならないとはいえ、自分のなかにある何か、とでも言えばいいのか？　よくわからない。手を伸ばせば伸ばすほど、その先にはかけがえのないものがあるような気がして……」

ずっと懸命に探していたことばが、ようやく見つかった。

「彼女と出会うまえのおれの人生は、すごくちっぽけに感じられた。でも出会ってからは、とんでもなく大きく感じた。まちがいを犯してきたことはわかってるし、そんなまちがいそのものにはなりたくない。もっと別のものになりたいんだ。その別のものが何かは見当もつかない。ただ、そうなりたいってことだけはわかる」

ヴァレンシアが身を乗り出し、私の手を握りしめた。

「どうしてここに来たかなんて考える必要ないわ。ここにいさえすればいいのよ」

「おれはただ……」

もっと言いたいことがあったが、ずっと胸にこみ上げていた嗚咽《おえつ》を抑えきれなくなった。前のめりになって赤ん坊のように泣きじゃくり、そのあいだこの三人に手を添えられていた。人を殺《あや》めてきたこの三人の手に、その夜は重みと温もりを感じた。私のなかの壊れていたところを継ぎ合わせてくれたのだ。

13

汝らが大いなる罪を犯さなかったなら、神は余のような罰を下しはしなかっただろう。

——チンギス・カーン

現在
どこか……

鼻孔が焼けるように熱くなり、それが全身に広がっていった。くるまっていた温かいブランケットが不意に剝ぎ取られてしまったかのようだ。冷たい空気のなかに放り出され、肌が古い鐘のように震えている。そのとき音が聞こえた。何か硬いプラスティックが床に当たる音だ。何もかもを一度に処理しきれず、脳がついていけなかった。

その代わり、ひとつずつ確認していった。

両手が背後で縛られ、肌に金属が食いこんでいる。

遠くから静かな曲が聞こえる。聞き覚えのある曲だ。

松林のような匂いがするとはいえ、ここは室内だ。

深呼吸をする。

流れている曲は〝アヴェ・マリア〟だった。私は巨大なクリスマスツリーの下に坐っていた。値が張るというのが一目瞭然《りょうぜん》のツリーだ。木は本物で、安っぽい飾りがひとつも付いていない。梁《はり》がむき出しの大聖堂のような天井に向かって伸び、部屋の明かりは真ん中で点滅する白い星々だけだった。ツリーの向こう側には床から天井まで届く窓があり、街を見下ろしている。そこからセントラル・パークの片隅が見える。おそらく窓は北に面しているのだろう。陽は沈んでいたが夜は澄みわたり、かなり高いところにいるらしく、地球の丸みが見えるような気がした。

目の前の椅子に、顔が血だらけのアストリッドが縛られていた。うたた寝から目を覚まそうとでもしているかのようだ。私の意識も失わせていたものの効果が切れてきたのだろう。

アストリッドの頭には小さな赤いリボンがついていた。

私にもついているようだ――髪が引っ張られている。

私たちの右側に、コズロフが坐っていた。

縛られてはおらず、反対向きにした椅子に寄りかかっている。椅子の笠木《かさぎ》に腕をもたれ、三人とも友人ででもあるかのように笑みを浮かべている。

「いい夜《ドーブルイ・ヴェーチェル》だな」コズロフが口を開いた。

「あれこれ考えてみると〝いい〟夜だとは思わないが」私は言った。「いつ会えるかと思ってたよ」

「はじめに、言っておきたいことがある」――コズロフは胸に手を当てた――「大ファンなんだ。あんなことがあったあとで〝悪気はなかった〟なんて言うのはばかげてるが」――からだを反らし、腹のあたりをさすった――「おまえを刺したことだよ。だが、いつかおたがいに忘れられればいいと思ってる」

まだ鼻孔が焼けるようだった。「おれたちに使った薬はなんだ？」

「たったいま？」コズロフは床に落ちている小さなプラスティックの点鼻器の方へあごをしゃくった。「ナロキソンだ。少しばかりフェンタニルを混ぜたハロタンの効果を中和するためにな」

「二〇〇二年に使ったやつか？　あのモスクワの劇場での人質事件で？」

コズロフはにんまりし、アストリッドに目を向けた。

「ほらな？　だからこいつがナンバーワンなのさ」

アストリッドは突っかかろうとしたが、がっちり椅子に縛られていて動けない。コズロフはばつが悪そうに小さな笑みを浮かべて私を見やった。「この女はおれのファンじゃないようだ」

「あんたの皮を剝ぎ取って、それをかぶってＦａｃｅＴｉｍｅであんたの母親と話をしてやるわ」アストリッドが言った。

コズロフはにやりとした。「おもしろいジョークだ。だが、おふくろは死んでるんでな。とにかく、ボスはおまえなんかに用はない」

「そのボスっていうのは？」私は訊いた。

コズロフは私の肩越しに目をやった。「ほら、お出ましだ」

〝アヴェ・マリア〟が流れるなか——おそらく歌っているのはアンドレア・ボチェッリだろう——まるでそれを合図にしたかのように足音が近づいてきた。そこに穏やかでぎこちない声が重なる。

〝オラ・オラ・プロ・ノービス・ペッカトーリブス

ヌンク・エト・イン・オーラ・モルティス〟

その訳ならわかる。〝罪深い私たちのために祈ってください、いまも死を迎えるときも〟

まうしろで足音が止まった。

「プレゼントをもってきてくれたようだな。礼を言う、ヴィクトル」

この声は。

まさか……

じっとりした感覚が肌を這い上がり、鳥肌が立った。両手に何者かの手が触れ、手錠がはずされた。床に落ちた手錠が音をたてる。その手が脚のロープもほどいた。

私は立ち上がって振り返り、頭のリボンをむしり取った。そこに立っているのはスチュアートだった。

スチュアートは裸足にだぶだぶの栗色のセーター、カーキ・パンツという格好をしていた。雰囲気がまるでちがう。ミーティングで見せていた、怯えた動物のような物腰はみじんもない。最後に目にしたときから、数インチほど背が伸びたようにも思える。自宅のアパートメントの床で、踏み殺されていたはずだ。

「メリー・クリスマス、マーク」スチュアートはそう言い、コズロフに目を向けた。「リボンは少しやりすぎとはいえ、自分なりに考えたことは認めてやろう。二人だけにしてくれないか？　だが、あまり離れるなよ」

コズロフは部屋の反対側へ行った。スチュアートは椅子を向きなおらせ、数フィート引いてから腰をおろして脚を組んだ。先ほどまで私が縛り付けられていた椅子を指差して言った。「坐ってくれ。自己紹介がまだだったな。少なくとも、ちゃんと名乗ってはいなかった。ハンニバル・カーンと言ったほうがわかるかもしれない」

「このゲス——」アストリッドが言いかけた。

スチュアートがアストリッドに顔を向けた。「また口を開いたら、舌を切ってその口に突っこんでやる」

アストリッドは口を閉じた。怖じ気づいたというよりも、悔しそうにしている。

私は膝に力が入らなかったので腰をおろした。からだが勝手に動いている。

スチュアートが指を鳴らした。「訊きたいことがあるだろう？」その自信に満ちた声は実に不気味だった。

「山ほどある」

ここまでの最大の過ちは、スチュアートは関係ないとみなしてしまったことだ。そしてあの遺体。あれだけが、この件で腑に落ちなかった。どうしてスチュアートが？　しかも、こういった仕事におけるもっとも基本的なルールのひとつを忘れていた。ターゲットの顔をぐちゃぐちゃにするな、というものだ。別の誰かを殺して身代わりにできるからだ。

スチュアートが私を指差してにやりとした。「歯車がまわりだしたようだな。万がいち私を探しに来た場合に備えて、目をそらさせる必要があった。たいした手がかりもないのに、あのアパートメントにたどり着いたのはたいしたものだ。あれは街角で物乞いをしていたホームレスだ。体型が似ていたのでね。あいつにシャワーを使わせて服を貸してやった。あとは顔をブーツで踏み潰してやれば、勘ちがいさせるのは簡単だ」さも崇めるように両手を突き出した。「偉大なペイル・ホースでさえ」

「どうしてわかった?」

スチュアートは肩をすくめた。「あれこれつなぎ合わせたのさ」それからにやりとして窓の方を指した。「ここは最高だと思わないか? セントラル・パークの上、千四百フィートのところにある。三つのフロアを占めていて、ベッドルームが七つにバスルームが四つ。延べ床面積は一万七千平方フィートで、バルコニーは住居用としては世界一の高さだ。自分でもびっくりしたよ。ドバイにもこんなところがあるんじゃないかと思うだろう? だが考えてみれば、砂漠で太陽のそばに行きたいやつなんているわけがない。越してきたばかりだが、ツリーを用意した。クリスマス・シーズンだからな。ここがいくらするか聞いたら、腰を抜かすぞ」

スチュアートに見つめられた。まるで泥のかたまりに脚が生えたような子イヌの絵を見せびらかして得意になっている子どものようだ。私が話に乗らないのを見て、スチュアートは口を尖らせて眉をひそめた。

「二億五千万ドルだ。現金で払った。悪くないだろう?」

私は武器になりそうなものを探した。スチュアートは何ももっていないようだ。コズロフは武器をもっているかもしれないが、ここからではなんとも言えない。私には何もなかった。がらんとした部屋と、仲間というよりはただの知り合い程度の椅子に縛られた女だけだ。

「順を追って説明してやろう」スチュアートがつづけた。「ウィア・マリスをはじめたのは、ドラッグを売るためだった。ドラッグは大儲けできる。だがそのうち、ウィア・マリスは生死の取引をするクレイグリストのようなものになった。それはそれでいい。さらにカネが入ってくるようになったからな。手数料だけでもそうとうなものだ」椅子の背にもたれかかり、手振りを交えて話している。「だが大きくなるにつれて、世界を変えられるんじゃないかと思うようになった。掲示板のチャットを読んで、どこで誰が消されているか目にしているうちに、政治の風向きを予想できることに気づいた。世界の権力構造の浮き沈みが読めるようになったんだ。それで、ある機会を見いだした」

「どんな機会だ？」

「政府が殺すのは悪いやつらだと思うか、マーク？　そうではない」スチュアートは首を振った。「連中が殺すのは面倒なやつらだ。エージェンシーは世界をよりよくしようとしているわけじゃない。やつらには思惑がある。そういった世界の仕組みを作り替えられるとしたら？　石油業界の大物たちは神の鉄槌《てっつい》——おまえのような人間——を振るって、中東を混乱におとしいれて市場を操作しようとしている。権力や影響力を使ってこの星を破壊しているそういった大物たちを、逆に私たちがターゲットにしたら？　資本主義の効率に疑問を投げかける政治指導者を殺す代わりに、そういった指導者たちを権力の座に居すわらせつづけて彼らの敵を始末してやれば、今度はその指導者たちが自分の支持者たちにシステムと戦う力を与えられるようになる。ゲームのフィールドを公平にして、ものごとを正せるんだ」

「おまえにとって、何が正しいんだ？」

「私たちが望むことは何もかも」

「さっきから私たちと言っているが」

スチュアートは指を一本上げた。「そう慌てるな」立ち上がって窓辺へ歩いていき、背中で両手を組んで街を見下ろした。まるで手中に収めるべきものででもあるかのように。「そのためには、エージェンシーを壊滅させなければならない。力の真空を作って、その真空を私が埋めるのだ」私に向きなおり、ガラガラヘビのような笑みを浮かべた。「できるかぎりのことをしていた。ロシアと敵対させて、おたがいを疲弊させようとした。そうすれば、私の仕事も少しは楽になるからな。だが、もっと狙い澄ました攻撃をする必要があった。エージェンシーの内部の者を見つけ出して、内側から混乱を引き起こすのだ」そう言って手を叩いた。「そこで、折りヅル・フォーラムに参加することにした。少々手荒なまねをしてゲームに復帰するよう説き伏せられると考えたんだ。連続殺人鬼というのはでっち上げだ。暗殺者に見えないのはわかっていたからな。すぐにばれてしまうだろう。だが連続殺人鬼となると？　連続殺人鬼もそのフォーラムに参加していたことがある。みんな気味悪がって、まっすぐ私を見ようともしない。おかげで、すぐ目の前にいても気づかれにくくなる。もちろん、ケンジの審査をとおるために、何人か殺してパターンを作って、説得力をもたせなければならなかったが、それだけの価値はあった。なにしろ、こんな幸運に恵まれるとは思ってもいなかったからな」手のひらを私に向けた。「おまえを見つけられたんだ」

「正直に言って、おれには幸運だとは思えない」

「そうだろうな。とにかく」スチュアートは部屋の反対側にいる威圧的な男の方に頭を振った。「おまえを痛めつけるためにコズロフを雇った。それでおまえをいぶり出して、そうすればエージェンシーも動くだろうと。ケンジに疑いの目を向けさせたのも、私が仕組んだことだ。パソコンの前にいたガイウスの肩越しに目を光らせておくべきだったな。ガイウスはすぐにチャットで連絡してきた」ばかにするような口調になった。「ゴッド・モードなんてものはないし、何もたどることもできない。ガイウスには、あのユーザーネームを口にするよう指示した。あのくだらない回復プログラムからおまえを抜けさせて、いわば復帰させる必要があったんだ。そしておまえがエージェンシーを壊滅させるのを待つ。たとえエージェンシーを疑わなかったとしても、エージェンシーがおまえを生かしておくわけがないと気づいたはずだ。つまり、生き残るのはエージェンシーかおまえかということだ」スチュアートは首を振った。「てっきりあそこを木っ端みじんに吹き飛ばすと思っていたんだがな。いままではおまえを手のひらで転がせるようになっているだろうと、本気で思っていた。計画のそこの部分はうまくいかなかったとはいえ、それでもなんとかなる」

私は椅子に坐ったままわずかに体勢を変え、スチュアートに飛びかかれるかどうか考えた。だがだめだ、コズロフが待機している。このまましゃべらせておくのがいちばんだろう。「具体的に、何をしようというんだ？」

スチュアートは私に顔を向けてため息をついた。ようやく説明できることに興奮している。きっと鏡の前で練習したにちがいない。「ウィア・マリスを通じて集めた情報を使って、自分たちのエージェンシーを作り上げる。中央集権型の、オンラインで簡単にアクセスできるところに。そこで、どんな指導者にもチームが必要だ。おまえには作戦リーダーになってもらう。コズロフは現場担当だ。スタートとしてはなかなかのものだろう？」

そういうことか。

「おれがおまえの下につくとでも？」

「下ではなくて、いっしょにやるんだ、マーク。私といっしょに。おまえはナンバーワンだからな」スチュアートは軽く頭を下げた。敬意を表わす仕草なのだが、この状況を考えると不快にしか思えなかった。「おまえがどうやっているか、いろいろ教えてもらいたい。荒波を進む船の舵を取ってほしいんだ。さしあたり、誰も殺さなくていい」どうでもいいと言わんばかりに手を振った。「例のやつをつづければいいさ……どうせ一時的なものだろ」

「一時的じゃない」

「マーク」スチュアートは苦しんででもいるかのように顔を歪めた。「マーク、いい加減にしてくれ」大きく息をして声を荒らげた。「本気で埋め合わせをしたいなら、自首でもしろ」気持ちを落ち着け、声ももとに戻った。「はじめてミーティングに顔を出したときから、ずっと言いたくて仕方がなかった。正直に言って、あの回復プログラムとかいうやつは、イカれている。わかっているんだろう？」

「裁判官の前に立ったところで、問題は解決しない。問題はおれ自身なんだ」

スチュアートはぐるりと目をまわした。「気持ちをさらけ出すとかいうのにはうんざりだ。いいか、中華料理を注文してある。膝をつき合わせて中華でも食べながら、後方戦略について話し合えると思っていたんだが、いまだにその考えにこだわっているようだな。いいだろう。そのあいだに、かたをつけなければならないことがある」声を張り上げた。「ヴィクトル？その女を好きにしていいぞ」

コズロフはにやりとし、拳を鳴らして迫ってきた。

私はアストリッドを背にして立ちふさがった。

「そのまえにおれが相手になる」

「あなたの助けなんていらないわ」アストリッドが小声で言った。

「この瞬間は、いると思う」

「場合によっては、その女にはらわたをえぐり出されていたかもしれないんだぞ、マーク」スチュアートが近づいてきた。

「彼女はそうしなかった」私は言った。「おれの腹をえぐったのは、おまえの手下だ」

スチュアートは首を縦に振った。「ああ、そうか、わかったよ」

スチュアートの蹴りがあまりにも速く、まったく見えなかった。側頭部に食らって床に吹き飛ばされた。体勢を立てなおそうとするあいだ、スチュアートは私の周囲をまわりながらセーターを脱いだ。セーターの下には何も着ていなかった。からだは大きくないものの、花崗岩のように引き締まっている。腕を突き出してポーズを決め、上腕三頭筋をなでた。

「悪くないだろう？　私には、おまえには想像もつかないくらいのカネがある。そして時間も。そのカネと時間を使って、心とからだを鍛え上げた。学んだ格闘スタイルを挙げれば切りがない。ターゲットを絞ったウェイト・トレーニングもした。自分でヘル・ウィークを再現して、それをやり遂げたうえに記録まで更新してやった。おまえはネイビーシールズだったんだから、それがどんなものか覚えているだろ」

私が立ち上がると、また頭に蹴りを放ってきた。あまりの速さにかわせなかった。

「教えてやる、私はおまえとはちがうのだ」スチュアートは言った。「自分に嘘をついたりはしない」

コズロフがアストリッドの喉を絞め上げた。その瞬間、私はスチュアートのことを忘れ、二人の方へ突進してまとめて床に押し倒した。アストリッドを椅子から解放しようとしたが、背後からスチュアートにつかまれて投げ飛ばされた。窓にぶつかって跳ね返る。さいわい窓は割れなかったとはいえ、その硬さと衝撃で目の前に星が瞬《またた》いた。

なんとか立ち上がってそれなりに身構えたものの、脇腹のナイフの刺し傷が悲鳴をあげた。肌に温かいものが広がっていくのを感じる。また傷口が開いたにちがいない。

スチュアートは手のひらを上にして両手を広げた。

「いい加減にしろ、マーク。おまえはこういう人生のもとに生まれてきたんだ。私がほんの少し圧力をかけただけで、どうなった？　確かに、誰も殺さなかった。おめでとう。だが、それ以外はなんでもやった。自分のネームバリューに頼って、恐怖を武器として利用した。どちらも両立させようとしている。ペイル・ホースとマークの両方を。だが、なれるのはどちらかひとりだけだ。それがどっちかわかっているはずだ」

この数日で何発も打撃を食らってきたが――そのなかにはかなり効いたものもある――いちばんダメージを受けたのはいまの台詞だった。そのひとことで、ボックス呼吸法や平安の祈り、これまで成し遂げてきたほぼありとあらゆることが頭から消し飛んだ。

スチュアートの言うとおりだ。

かつてのパターンに戻ってしまっただけではない。それを楽しんでいないと、なんとか取り繕おうとした。

だが、楽しんでいた。

またあの神の力を引き出していた一分一秒に酔いしれていたのだ。

自分の存在自体が憂鬱になったものの、アストリッドに迫るコズロフの姿が目に入って気を取りなおした。とはいえ、アストリッドは自力で椅子から抜け出していた。アストリッドの強烈な蹴りをすねに食らったコズロフは、頭を仰け反らして雄叫びをあげた。アストリッドはよろめきながら部屋を飛び出し、豪華なアパートメントの奥へ向かった。コズロフがそのあとを追っていく。私はスチュアートに全神経を注ぎ、次の攻撃に備えた。だが、スチュアートは襲いかかってこない。その場を動かずに待っている。

頭が切れる。

私を誘っているのだ。

その手には乗らない。スチュアートのまわりを円を描くようにして動く。また脳からの信号が全身に行き渡るようにし、筋肉をウォーミングアップさせようとした。

ベンチのいちばん近くにいるウサギをなでる。

「どうしてあのノートを奪った？」私は訊いた。

「ああ、あれか。エージェンシーを壊滅させるには、もっと情報が必要だ。だが、おまえの情報も必要だった。弱点を探るために。私の提案をその場で呑むとは思っていなかったからな」

「たぶん、死んでも呑むことはないだろう、サイコ野郎」

いまのことばが肌に突き刺さり、スチュアートはわずかに顔をしかめた。「さっきも言ったように、弱点を見つけるためだ」ポケットから携帯電話を取り出し、私に向かって振ってみせた。「ジェリコのあの家の外に、二人の男を待機させてある。いまこの瞬間も、サラとベネットを見張っている。私がひとこと言うだけで、二人は染みだけを残して跡形もなく消え失せることになる」

「おまえの申し出を受ければ、二人を殺さないと？」

私の落ち着いた反応に驚き、口ごもった。

だが、すぐに怒声が戻ってきた。

「こんなやり方はしたくないとはいえ」――肩をすくめた――「うまくいくときにはうまくいくものだ」

「やることはひとつしかなさそうだな」

スチュアートはにやりとした。「というと？」

「その申し出を受け入れて、ひっくり返しておまえのケツに突っこんでやる」

スチュアートは眉をひそめた。「冗談だとでも思っているのか？」アパートメントの奥から何かが壊れるような激しい音がし、一瞬スチュアートの気がそれた。すぐに向きなおってつづけた。「いいだろう」番号を押し、スピーカー・モードにした。通話がつながると、スチュアートが言った。「女と子どもをやれ。電話は切るな、何が起こっているか聞こえるようにな」
声が返ってきた。「スチュアート？　おまえなの
か？」
ブッカーだ。
スチュアートの顔がショックで青ざめる。
よし、今度は私が軽くお辞儀をする番だ。「ノート
を手に入れたのが誰であれ、そいつはおれがしたこと
を探っているんだろうと思った。とはいえ、サラも危
険にさらすことになりかねない。そこで万がいちに備
えて、友だちに見張ってもらうことにしたのさ」
「よう、スチュアート」ブッカーがつづけた。「まえ
からわかってたんだ、おまえはクソ野郎だってな」
スチュアートは喉の奥からうなり声をあげ、携帯電
話を放り投げた。
「悔しいだろ？　確かにいくつか見落としたとはいえ、
それ以外は何もかも自分で答えを見つけたんだ。ひと
つだけまちがっていたのは、相手は本物のプレイアー
だと思ってたことだ。ロシアか中国だと。まさか誇大
妄想にとりつかれたガキだったとはな」
スチュアートは言い返そうとしたがことばに詰まり、
怒りで顔が歪んだ。
神経を逆なでしたようだ。もっと刺激してやる。
「おれがどう思ってるか聞かせてやろうか、スチュア
ート？　おまえはイカれてる。世界を変えるとかいう
ばかげたことを言っておれを引き入れようとした。こ
の豪華なアパートメントで。ここを見せびらかしたく
て仕方がなかったんだろ。それで断わられると、今度
はカネで手に入れた腕力を見せつけようとする。おま
えには何も変える気なんかない。ほかのクソ野郎たち
と同じだ。金持ちになりたいんだ。権力に酔いしれた
いのさ。カネにものを言わせて、ゲームに割りこんで
きた。とはいえ、おまえはただの観光客にすぎない。
おれになりたいだけなんだろう？　おれが手にしてい
たような力が欲しいんだ。だが、その力は絶対に手に

入らない。となると、次善の策はおれを買収することだ。そうやって、カネの力で何もかも手に入れてきたんだからな」

スチュアートの表情が怒りから激怒へと変わり、ついに大爆発した。私に襲いかかってくる。

狙いどおりだ。

怒り狂わせる。

怒り狂うのは、間抜けのすることだ。

スチュアートがまわし蹴りを放ってきた。強烈とはいえ、ガードを上げて前腕でブロックした。私はクロスパンチを打ちこんだがスリップしてかわされ、脚を払おうとしてもジャンプしてよけられた。確かにかなりの実力だが、カネを払ってトレーニングを積んだのはジムのマットの上での話だ。アスファルトの上で、しかも相手が自分を殺そうとしている状況で磨き上げた技術ではない。

そこには大きなちがいがある。


スチュアートの前蹴りをサイドステップでかわし、足首を下からつかんでもち上げた。てこの要領でスチュアートが床に倒れた。この体勢から殺す方法は六とおりあるが、そんなことはしない。スチュアートが立ち上がるのを待って攻めさせ、かわしたりブロックしたりして体力を削る。それから軽やかにバックステップして距離を取り、襲いかかってきたところを屈んでよけた。スチュアートは勢い余ってあの高価なしゃれた窓に頭から激突した。その場に崩れ落ち、すぐに慌てて立ち上がる。獣のような叫び声をあげながら、やみくもに手足を振りまわしてきた。私はできるだけブロックしてチャンスをうかがい、隙を突いて深々と腹に拳をめりこませた。肝臓に拳の跡がついたにちがいない。

スチュアートがからだを二つ折りにした。彼が床に倒れるより先に、私はドアから駆け出してアストリッドとコズロフを探しに行った。

敵にうしろを見せてはならない。とはいえ、アストリッドを見捨てるわけにはいかなかった。争う音を頼りにいくつもの廊下や空っぽの書斎を抜けると、白い大理石でできた広々とした薄暗いキッチンで二人を見つけた。アストリッドは中央にあるアイランド・キッチンに押し倒され、馬乗りになったコズロフに首を絞められていた。

「言っておくが、いまだにおまえには腹が立ってるんだ」私はそう言いながら、走りこんでいって飛び膝蹴りを食らわせた。私はアストリッドの上になり、吹き飛ばされたコズロフはキャビネットに激突した。コズロフがふらつく。アストリッドは前屈みになり、何度も息を吸いこんだ。

まえに会ったときのことを思い出し、コズロフには息つく暇を与えないようにした。アイランド・キッチンから飛びおりてコズロフに襲いかかり、頭に膝をぶちこんだ。その衝撃で、うしろのキャビネットにひびが入った。一瞬、コズロフが目をまわし、私は次の攻撃に移ろうとした。そのとき、膝の横を強打されて床に倒れこんだ。

この痛みは明日になって思い知ることになるだろうが、いまはアドレナリンが効いている。

コズロフに上になられたが、なんとか片足をねじこんでコズロフの胸に押し当てた。腰を跳ね上げて思い切り脚を突き出し、コズロフをうしろへ投げ飛ばす。コズロフは冷蔵庫にぶち当たり、ステンレス鋼の表面がへこんだ。私が立ち上がったときには、すでにコズロフも身構えていた。

コズロフの髪の生え際からひと筋の血が垂れていた。それを手の甲でぬぐい、額に血の跡が広がる。

「本気でかかってこい」コズロフが口を開いた。「頼むぜ」

そこからはまるでダンスだった。おたがい狂ったように猛然と打撃とブロックを繰り返していく。はじめて拳を交えたときに感じたことは正しかったようだ。実力は互角だ。最初に隙を見つけるのはどちらか、それが勝負の鍵になる。

私だった。

コズロフのガードがわずかに下がり、耳にオープンハンド・ブローを打ちこんだ。

鼓膜が破れるほど強烈な一撃を。

コズロフが叫び声をあげてふらつき、膝をついた。このチャンスに追い打ちをかけようとしたところへ、何かがぶつかってきてアイランド・キッチンの向こう側へ吹き飛ばされた。

「わたしの獲物よ」アストリッドが言った。

立ち上がろうとしたが、膝が言うことを聞かなかった。「こんなときに何を?」

アストリッドは足を振り上げ、コズロフの顔を踏みつけようとした。だがコズロフに股間を殴られ、苦痛でからだが前のめりになった。アパートメントの奥の方から、何かが壊れるような音が聞こえた。私は振り返ってスチュアートを探したが、見当たらない。

そのとき鋭い破裂音が鳴り響き、アストリッドがうしろへふらついた。

コズロフが胸の前で小さな拳銃を構えていた。

アストリッドが防弾チョッキを着ていることを願った。彼女は手で脇腹を押さえ、その手を目の前にもってきた。血に染まっている。狙いを定めようとしているコズロフに向かって、私は大声をあげた。「やめろ!」

コズロフが向きなおり、銃弾が私の左肩に食いこんだ。

はじめはパンチをもらったような感じがした。まだアドレナリンの魔法が効いているのだ。だがコズロフにしてみれば、当たりさえすればよかったのだ。急に私の左腕が動かなくなった。心のなかのドアに向かって痛みがわめき散らし、私は片膝をついた。コズロフが立ち上がって近づいてくる。

アストリッドは床に倒れて身をもだえているが、コズロフは彼女に興味を失っていた。いまや私に迫ってくる。二人のあいだにどんな個人的な恨みがあるか知らないが、ペイル・ホースの息の根を止めるチャンスをふいにするほどのことではないようだ。

「どうせ」コズロフが言った。「うまくいくとは思ってなかった。おまえかおれ、どちらかひとりだけってことだ。とはいえ、この機会には感謝してるがな」

目の前に銃口が向けられた。

どうやらここまでのようだ。

この世界に足を踏み入れれば、きれいな終わりを迎えられるはずがない。だがあの回復プログラムにめぐり会い、もしかしたら希望があるかもしれないと思った。それに、いまも頭のどこかでは声が聞こえる。

〝大丈夫だ。やり返せ。生き残れる〟

〝自分のなかの否定しつづけてきた部分に身を委ねるんだ〟

〝本当の自分を解き放て〟

だが、そんなことはしたくない。

する必要もなかった。

「おまえにとどめを刺せるとは光栄だ」コズロフが言った。

からだに力がこもり、いままさに引き金を引こうとしている。

コズロフの胸から、長い刀の切っ先が突き出してきた。

銃を落とし、白目を剝く。床に倒れるまえには息絶えていた。

コズロフがいた場所にケンジが立っていた。顔は血まみれだ。まっすぐ立っていることだけに全神経を集中している。今日ここへ来るまでに殺したのがコズロフだけではないことは、言われなくても察しがついた。

タイルの床の上で、私の心が砕け散った。それがもろいガラスの破片となってまわりに広がっていく。

私を目にしたケンジは、あの困惑したような笑みを浮かべた。ほどほどに面白いジョークを聞かされたときのような笑みだ。ケンジが何か言おうと口を開いたそのとき、また破裂音がとどろいた。ケンジは自分の胸に手をやって膝をつき、それから私の腕に倒れこんできた。

私の脚にねっとりした熱い血が広がっていった。出血が多すぎる。

ケンジが咳きこんで血を吐いた。視線がさまよい、やがて私をとらえた。伸ばしてきた手を私は握った。ケンジは力強く握り返して言った。「これで……いいんだ……」

ケンジの手から力が抜ける。

そして、逝ってしまった。

私の肩に別の手が触れた。「ほらな？　最後には、ケンジにもわかったということだ」

スチュアート。

その声は優しく穏やかで、まるで怯えている子どもを慰めようとでもしているかのようだ。

「これがすべてだ」スチュアートはつづけた。「生と死を隔てる細い境界線。その境界線を行き来できるのは、私たちのような人間だけだ。これでわかっただろう？　あまりスムーズなやり方ではなかったのは確かだ。だが、それは置いておこう。これからはいっしょにやっていくんだ」

私のなかにあるどす黒くて危険なものが表面に湧き上がってきた。

もう、うんざりだ。

とはいえ、これはいままでとはちがう。

毎晩のように自分のなかのそれを押さえつけ、朝までにそのもたげた頭を下げさせるのにうんざりしていた。ちがう自分になるための努力にもうんざりしていた。同じでさえいられれば……

数学的に考えるだけですむのだ。

「これでおまえは自由だ」スチュアートが言った。

私は肩に触れている手をつかみ、全身を前に倒してスチュアートを仰向けに投げ飛ばした。すかさずスチュアートに馬乗りになる。

「おれがお望みだったんだろ、ほら、どうだ?」ペイル・ホースが言った。

力一杯顔を殴り、指が一本折れた。

もう一発殴る。

さらにもう一発。

頭の片隅で何か声が聞こえる。

それを無視した。

アドレナリンが、ガソリンのように血管じゅうを駆けめぐっていた。ずっと抑えてきたもの。そんなものなど必要ないふりをして。時間がゆっくり感じられる。動く方の腕を振るうたびにその感触を楽しみ、拳が血で濡れて砕けるまで殴りつづけた。怒りをすべて吐き出して床にぶちまけ、私のなかのもっとも凶暴な部分がこのあきれるほど大きなアパートメントの隅々に行き渡るまで。

煙を吸い、金属を食らい、この建物が揺らぐまで。

私は神なのだ。

先ほどから聞こえる声が訴えつづけている。かろうじて耳に届く程度で、はっきりとは聞き取れない。気分がよかった。最高の気分だった。ケンジが戻ってくるわけではないとはいえ、私の気持ちが晴れるのはまちがいない。

おそらく午前零時をまわっているだろう、ふとそう思った。

ルーカスを殺して、ちょうど一年になる。

なんて祝い方をしているのだ。

あごを真っ二つにしてやるつもりでもう一発殴ろうとした。ちょうどそのときスチュアートがもがき、私のぼろぼろの拳が狙いをそれてスチュアートの喉の柔らかい部分を直撃した。

喉が潰れた。

気管というのは、炭酸飲料の缶のように簡単に破裂する。殴るときには気をつけなければならない。うまく殴れば、相手は息が苦しくなる。息が苦しくなれば戦えない。強く殴りすぎると酸素を取りこめなくなり、窒息死してしまう。

スチュアートは窒息死しかけていた。

潰れた顔に手を伸ばし、喉を詰まらせながらこみ上げてくる血を吐き出そうとしている。顔が真っ赤になっていく。それを見たとたん一瞬だけ怒りを忘れ、あの声が耳に届いた。

サラの声だ。

〝足を滑らせないことよ〟

スケートで転ばないコツだ。

あまりにも単純すぎてばかげているほどだ。肝心なときには聞こえなかったとはいえ、いまでは聞こえる。はっきりと。

〝足を滑らせるな〟

単純なことだ。

私がスチュアートから離れると、アストリッドが這い寄ってきていた。うしろの床には血の跡がつづき、手には包丁をもっている。

「助けないと」私はアストリッドに言った。

「このまま死なせればいいわ」

携帯電話は役に立たない。救急車を呼んだところで間に合わないのは目に見えている。スチュアートの命を救わなければならない。胸のなかで大切に抱えてきた折りヅルを自らの手で握り潰すわけにはいかない。ここまで頑張ってきたのだから。スチュアートは死んで当然かもしれない。いや、どう考えても死んで当然の男だ。だが、それを決めるのは私ではない。

私は〝死〟ではないのだ。

気管切開術ならできる。私はポケットからフェルトペンを取り出し、歯でキャップをはずした。「アストリッド、頼む」彼女にペンを差し出す。「おれにはやり方がわからない」

アストリッドは仰向けになって天井を見上げ、息をあえがせている。「嫌よ」

「スチュアートが死んだら……」

アストリッドは唾を吐いた。「死んだらなんだっていうの？」

「わからない、わからないんだ」ことばを探した。しかるべきことばを。私のなかにあるこのなんとも言いがたい感情を伝えるのにぴったりのことばを。すぐ目の前、もう少しで手が届くところにある。それをアストリッドにもわかってもらわなければならない。私の心を感じてもらうのだ……

「こいつがいないほうが、この世のなかのためよ」アストリッドが言った。

「こいつが死んだら、おれはますます立ちなおれなくなる。こんな人生のせいでおれたちがどうなったか、考えてみろ。こんなのは生きてるなんて言えない、アストリッド」

アストリッドは笑い声をあげた。目を閉じたまま、心の底から長々と笑っていた。「わたしたちは変われるとでも思っているの？　おめでたいわね」

「変われるさ。変われるんだ、いいか？」そのとき、ことばが見つかった。ぴったりのことばが。「昨日は大切だ。でも、今日のほうがもっと大切なんだ」

アストリッドはうつ伏せになり、私に目を向けた。伝わった気がする。私の心の真ん中で脈打つ光、これまでずっと薄暗いところにあったもののようやく解き放たれた光が、彼女にもわかってもらえたように思えた。これまではちっぽけだった世界がいまでは大きく感じられる、その感覚が。

アストリッドはくるりと目をまわし、上半身を起こして這い寄ってきた。スチュアートのところへ来て私に手を伸ばす。彼女にペンを渡した。アストリッドはまるではじめて目にするかのように、しばらくそのペンを念入りに見つめていた。

するとペンを放り投げ、スチュアートの目に包丁を突き刺した。

スチュアートの喉から音がしなくなった。

そのからだから力が抜ける。

アストリッドは仰向けになった。「あなたの言うとおりよ。今日のほうがもっと大切だわ」

私はアストリッドの横で床にへたりこみ、目を閉じた。アドレナリンの効果が切れた。痛みがうなり声を上げてドアを突き破り、土台を揺るがせる。痛みがその牙を食いこませてきても、あえて抵抗しなかった。この悪夢のような絶望的な瞬間に感じているありとあらゆることを、その痛みが覆い尽くしてくれた。

14

私たちはおたがいを家まで送っているだけなのだ。

——ラム・ダス

一年後
ニューヨーク、ジェリコ

息をしろ。四秒で吸い、四秒止め、四秒で吐き、四秒肺を空にする。

私はスコープで家の正面の窓を覗いた。リヴィング・ルームには誰もいない。ポケットで携帯電話が振動した。確かめている時間はない。必要以上にここにとどまりたくはなかった。誰かに見つかるかもしれない。

とはいえ、そのブロックのドライヴウェイにはほとんど車が駐められていなかった。仕事に行ったか、休暇で旅行に出かけたか、あるいはぎりぎりになってクリスマス・プレゼントを買いにでも行ったか。私はリスクを冒すことにした。ブッカーからのEメールだった。

ブッカー：終わったか？

私：もう少し。

ブッカー：時間がない。

私：三時間ある。

ブッカー：グーグルだと閉店は四時だ。

私：電話した。休日で営業時間がちがう。六時までやっているそうだ。

ブッカー：グーグルにはそんなこと書いていなかった。

私：グーグルでなんでもわかるわけじゃない。電話して確かめた。

ブッカー：嘘だったらただじゃおかないぞ、マーク。

私：落ち着けよ、タフガイ。ちゃんと調べた。

ブッカー：マリッツァに言えばわかるようになっている。

私：それだけの価値があるんだろうな？　わざわざ遠まわりをしていくんだ。ブリーカー・ストリートのあの店は悪くなかった。

ブッカー：まえに誰かさんを必死にかばおうとしたときのことを覚えているか？　おまえの判断は信用できない。

私：いつまでも言いつづける気のようだな。

ブッカー：まじめな話、長いこと自分はイカれてると思っていた。どこにいても幽霊が見えるんだからな。でもあいつに関してはおれの直感が当たってたということで、安心した。おれのレーダーもまだまだ捨てたもんじゃないってことだ。

ブッカー：だが、そのとおりだ。いつまでも言いつづけてやるからな。

スコープに目を戻した。右腕にもち替え、左腕を休める。コズロフの弾は肩の骨や主要な血管をはずれたとはいえ、三角筋が大きな損傷を負った。半年におよぶリハビリで少しは力が戻り、ある程度は動かせるようになったものの、完治は望めないとのことだ。それくらいですんだのだから、よしとしよう。

ケンジがしてくれたことをずっと考えていた。立ちなおるために努力してきたことを何もかも投げ出し、命まで犠牲にしてくれた。これが映画なら、〝剣を取る者はみな、剣で滅びる〟という気取った殺し屋の定めだということにでもしただろう。だが実際には、私がケンジを愛しているのと同じくらい、ケンジは私を愛してくれていたのだと思う。

私には決意したことがある。毎週行なわれるミーティングの準備をして進行役を務め、折りヅル・フォーラムに目を配り、スポンシーをもつ――ケンジの恩に報いるには、これがいちばんだろう。

最後のスポンシーをもつというのは、まだできていない。だが、心の準備はできている気がする。ケンジの言っていたとおりだ。スポンサーになるというのは、誰かを助けるというだけではない。そうすることによって、立ちなおろうという意志をあらためて強く心に刻み、自分自身を助けることにもつながるのだ。自分の人生だけでなく、もうひとつの人生に責任をもつ。

まだ新しいメンバーは入ってきていないとはいえ、折りヅルを作る練習をしていた。その内側には、ウィア・マリスに取って代わったアンバー・ロードというサイト内の新しいフォーラムのパスワードが書かれている。その伝統を守っていくことが、誇らしく思えた。

その折りヅルを利用するようになったきっかけがずっと気になっていたものの、訊いたことはなかった。いまでは訊かなかったことを後悔している。いつかいろいろ話す機会があるだろうと思っていたのだが、その〝いつか〟というのを待っているうちに訊きそびれてしまった。

きっとケンジは自分の手を使って何かをしたかったのだろう、そう考えることにした。数え切れないほどの死と苦しみをもたらしてきた手で、繊細で美しいものを作りたかったのだろうと。

ようやく、スコープのレンズの先に動きがあった。

サラがリヴィング・ルームに入ってきた。うしろからベネットがよちよち歩いてくる。自分が息を止めていることに、しばらく気づかなかった。髪の色は私と同じだ。ままごとセットのところへ行き、プラスティックのおもちゃをぶつけ合わせて料理のまねごとをしている。サラはカウチに腰をおろした。見るからに疲れ切っているものの、満ち足りている様子だ。うしろではクリスマスツリーが輝いている。

ベネットを目にするのはこれがはじめてだった。スコープが震えないようにするので精一杯だ。

私の息子。

次にサラが外へ出れば、ポーチできらめく赤い紙に包まれた箱を目にするだろう。箱の上には大きな緑色のリボンが添えられ、誰にも盗まれないように歩道からは見えないところに置かれている。箱に入っているのは、五十万ドルとタイプされたメモ用紙だ。国税局に目をつけられずにそのカネを使う方法が書かれている。

私の足元にあるバッグには、別のメモが入っていた——そのメモには自分が誰で、あのとき何があったかなど、何もかもが手書きで記されている。そのほかに、ギフト用にラッピングされたベネットへのプレゼントも。ベッドルームの天井に飾り付ける、暗闇で光る星のセットだ。

ここへ着くまでの車のなかで、サラの家のドアをノックするのがふさわしい、そんな現実があり得るなどと思いこみかけていた。だがサラの家がある通りの角を曲がるころには、自分がいかに身勝手かということに気づいた。

そのカネは私からだとサラは察するかもしれないが、そう思われないことを心から願っていた。

仮にそう思ったとしても、そのカネを受け取ってくれることを。

これは罪を償うということではない。

いつか直接会って埋め合わせができる未来を思い浮かべたかったが、いまは埋め合わせになるような生き方をすることで我慢するしかない。それは回復プログラムをやりつづけ、よりよい世のなかにするためにできるだけのことをし、私の過去のせいで二人に危害がおよばないよう目を光らせておくことだ。

ベネットが幸せで、愛されるということの意味を理解できれば——それで充分だ。

充分すぎるくらいだ。

スコープをバッグにしまい、歩道に出て駅へ向かった。そこから列車に乗ってロウアー・イースト・サイドへ行き、小さなカップケーキの店に寄る。そこでケーキを買っていき、友人たちと穏やかなクリスマスイヴを楽しむのだ。

歩いているうちに心が軽くなってきた。理由はわからない。カネを渡せたからではないだろう。おそらく『ザ・ソプラノズ　哀愁のマフィア』のワンシーンのように、いつ後頭部に銃弾を食らって明かりが消えたとしてもかまわない、そんな解放感からだろう。それは大切なことなど何もないといういっぽうで、何もかもが大切だということなのだ。


カップケーキの店のドアをくぐると、カウンターにいる若いヒスパニック系の女性が顔を上げた。茶色のカーリー・ヘアで、つやのあるノーズ・リングをつけている。

「マリッツァかい?」私は訊いた。

「マークね」マリッツァはカウンターに白い厚紙の箱を滑らせた。「ブッカーから電話があったわ。あなたが取りに来るって」

私はポケットを探り、ラクトエイドをもっていることを確かめた。「ああ、かなり興奮してるようだった。あいつが少しばかり熱くなってたようなら、謝るよ」

マリッツァは困惑した表情を浮かべた。「熱くなるですって? ブッカーはしょっちゅう来てるわ。とっても優しい人よ」

私は笑いをこらえ、財布を取り出した。カフェのスピーカーから、ザ・ポーグスの〝ニューヨークの夢〟が流れてきた。私は天井を指差した。「最高のクリスマス・ソングだ」

「そうね」マリッツァはそう言い、箱の脇にコーヒーが入った小さなカップを置いた。

「頼んでないけど」私は言った。

マリッツァは私の背後にあごをしゃくった。カウンターの反対側にあるテーブル席の方だ。「あの女の人からよ」

振り向くと、隅の席にアストリッドが坐っていた。厚手の黒いバブルジャケットを着こみ、目の前のテーブルにはコーヒーの紙コップが置かれている。どちらにより動揺したかわからない――アストリッドがここで私を待ち構えていたことか、店に入ったときに彼女に気づかなかったことか。アストリッドが軽く手を振り、私も振り返した。私たち二人のあいだには押し潰されそうなくらい重苦しい空気があることを考えると、ばかげた挨拶に思えた。

私はチップ入れに百ドル札を押しこみ、マリッツァにメリー・クリスマスと言った。それからコーヒーとカップケーキを手に取り、地雷原を進むかのようにしてアストリッドの方へ向かった。彼女のテーブルの前で立ち止まる。アストリッドはコーヒーのカップに口をつけてゆっくり飲み、またカップをおろした。そのあいだ、かたときも私から目をそらさなかった。

「久しぶり」アストリッドが口を開いた。

「どうしておれがここに来ると？」

「坐らない？」私が坐ろうとしないのを見て、アストリッドはもうひと口コーヒーを飲んだ。「わたしはペイル・ホースじゃないけれど、腕はいいのよ。面倒を起こす気はないわ」

私は椅子を引き、彼女の向かい側に坐った。カップの蓋を取ってコーヒーを冷ます。「もし殺す気だったとしたら、おれは気づかずにやられていただろう。きみはマリッツァに顔を見られているし、店にはカメラもあるうえに、通りの向かいには防犯カメラも設置されている。不確定要素が多すぎる」

「ただ話がしたかっただけよ」

「そうか。なら話そう」

私たちのあいだに沈黙という深い裂け目が広がった。それがどういった沈黙なのか、その雰囲気からは判断しかねる。胸のなかであまりにも多くの感情が渦巻き、そのもつれを解くのをあきらめた。

アストリッドの目は落ちこみ、背中も丸くなっている。最後に会ってから一睡もしていないかのように見える。

「まだ街にいるの？」アストリッドが訊いた。

「山の上の方にある小さな小屋で暮らしてる。電気も通ってないようなところだ。街に来るのはミーティングのときだけだ。このあたりには、おれを殺したい連中がうじゃうじゃいるからな。いいところだよ、ネズミさえ気にしなければ」

「それなら、P・キティは大喜びしているでしょうね」

「いや、それがP・キティには野生の本能ってやつがまるでなくて。ネズミたちはやりたい放題さ」

「殺したら?」

「ただではやらない」

アストリッドは首を縦に振った。「そういえば、一年経ったわね、おめでとう」

「なんのことだ?」

「去年、一年になるって言ってなかった? これで二年ね」

「ああ、そのことか」私は笑い声をあげた。最初は小さかった笑いが、しだいに大きくなっていった。アストリッドは困惑して顔を歪めた。「実を言うと、一年目に戻ったのさ。あんなことがあったから、またゼロからやりなおすことにしたんだ。一日ずつ数えていく毎日に。ステップもまたいちからはじめてる」

「わたしがあんなことをしたせい?」

私は肩をすくめた。「おれにはそうする必要があったということさ。回復プログラムに取り組むというのは、殺すか殺さないかっていう単純なことじゃないって思ったんだ。まずい状況になったとたん、おれはむかしの自分に逆戻りした。自分の名前を利用したり、欲しいものを手に入れるために恐怖心を植え付けたりした。しかも、そうしていると気分がよかった」ぶ厚い木のテーブルトップの上でコーヒーのカップをまわし、この一年間ずっと探していたことばが不意にその表面に浮かび上がってくることを期待した。「それで、最後にもうひとりだけ殺さなきゃならないやつがいることに気づいたんだ」

「ペイル・ホースね」

そのとおりだという意味をこめて頭を下げた。

アストリッドが店の隅に視線を漂わせた。コーヒーを手に取ったが口はつけない。

「何がいちばん頭にくるんだ?」私は訊いた。

「なんの話?」

「バンのなかで、コズロフが突っこんでくるまえにきみが言いかけていたことだ」

アストリッドは頷いてカップを置いた。「あなたについてまわっていたのは、コズロフが狙いだったからだけじゃないの。あなたを理解したかったのよ。正直に言うと、あなたを憎んでいた。あなたは頼れる男でわたしはナンバー2。あなたからやめたと聞かされて頭にきたわ。せっかくの素質を無駄にしているようで」そこでことばを切った。「わたしより身体的に上ってだけじゃなくて、急に精神的にも上になられたようで」

「おれは一流だった、アストリッド。でも、きみもそうだ。そういえば、オフィスのほうはどうなってるんだ?」

「ひどいものよ。あのスチュアートっていう男は、リンゴがきれいに積まれた手押し車を蹴り倒して、散らばったリンゴをひとつ残らず踏み潰したのよ。あと始末がたいへんで。いまでは新しいエースも加わったわ。ほとんどの仕事はその男が任されて、またわたしはBチームに降格。ヴァイパー（毒ヘビ）って呼ばれているわ」

「ラヴィが生きていれば、リヴァイアサン（聖書に登場する怪物）だとかネフィリム（聖書に登場する巨人）だとか呼ばれたんだろうな」

私が坐ってからはじめて、アストリッドが笑みを見せた。「あの人は聖書から引用するのが好きだったものね」

「信心深かったのかな?」私はゆっくりコーヒーを飲んだ。まだ少し熱すぎるとはいえ、この実に気まずい間の縁を埋めるにはちょうどよかった。「どっちにしろ、ラヴィのことはそれほどよくは知らなかったような気がする」

「ちなみに、あなたの言うとおりだったわ」

「なんのことだ?」

「自分で毒を飲むってことよ」アストリッドは首を伸

ばしてあたりを見まわした。マリッツァはカウンターを拭き、店を閉める準備をしている——私たちの声は聞こえていない。「何年も、コズロフを殺すことだけを考えてきた。それでようやくあいつが死んだっていうのに、ちっとも気分はよくならなかったわ」

「そういうものなのさ」

「わたしのこと、怒ってる?」

「どうして?」

「あなたの回復プログラムを台無しにしたから」

またもやふさわしいことばが出てこなかった。こんな会話をすることはないだろうと思いながらも、それでも頭のなかで想像していたというのに。テーブルを指で叩き、何か浮かんでくるのを待った。だが何も浮かんでこないので、ありのままを話すことにした。

「ああ、あのあとしばらくは。きみを恨んだ。目の前できみがあいつを殺したのは、自分で殺したのと変わらないと思って。でも考えているうちに、腹を立てているのは自分自身に対してだということに気づいた。自分の行動に責任をもってそこから学ぶかどうかは、自分しだいだと」

「昨日は大切だけど」アストリッドが言った。「明日のほうがもっと大切ってことね」

「回復プログラムの六十パーセントくらいは、気の利いたスローガンにあるのさ」

「耳に届くのに少し時間がかかったけれど、ちゃんと届いたわ」

「ときには時間がかかるものなんだ。本当だ、おれもそうだったから」

「やめたいの」

ダムにせき止められていた波立つ川のように、アストリッドの口からそのことばがあふれ出してきた。そのことばが解き放たれて私たちのあいだに漂うやいなや、アストリッドは息を呑んだ。なかなか言い出せなかったことを口にしたのだ。ずっと言いたかったことを。その強烈な余韻に、アストリッドの一部がばらばらになっていくのを感じた。

「なあ」私はアストリッドの目を見つめ、その荒れ狂う川にロープを投げ入れた。身に覚えがあるので、どこへ投げればいいか心得ている。「特殊部隊ではボックス呼吸法を教わるのか？」

アストリッドは力をこめて素早く首を振った。

「ネイビーシールズでは教わる。中枢神経を鎮めてくれるんだ。四秒で息を吸って、四秒止めて、四秒で息を吐いて、四秒肺を空にする」私は自分の胸に手を当てた。「いっしょにやってみよう、いいかい？」

アストリッドは先ほどと同じく熱心に頷いた。二人そろって息を吸い、止め、吐き、また止める。

それを一回、二回、三回と繰り返した。

アストリッドは目を閉じ、それから私を見つめ返してきた。川面は穏やかになっている。

「ありがとう」彼女は言った。

「どういたしまして」

「そのプログラムっていうのがわたしに向いているかどうかわからないわ」

「向いてないかもしれないけど、試してみることはできる」

「回復プログラムで〝神〟がどうとかいうのは――」

「心配しないでも、ちゃんと説明する」

「すみません」店の反対側からマリッツァが声をかけてきた。「追い出すようで悪いんですけど、閉店の時間なので」

「わかってる、もう出ていくよ」私は脇にあるごみ箱にほぼ空になったコーヒーのカップを捨てた。「今日はクリスマスイヴだ。誰にだっているべきところがある」

アストリッドと私は荷物をまとめて外へ出た。背後でマリッツァが戸締まりをしている。あたりには雪が舞い、私たちの肩にも落ちてきた。通りに人気《ひとけ》はなく、街は年に一度、クリスマスのときだけに見られる深く穏やかな息をしている。人々は暗がりの小さな明かりを求めて家へ帰るか、屋内へ入っていくかのどちらかだ。

「今夜、何か予定は？」私は訊いた。

「ないわ」

「ブッカーやヴァレンシアと会うことになってるんだ。それと、おれが住んでいたアパートメントのミセス・グエンも。彼女もゲームのプレイアーだったんだ。いい人だよ。ただし、酔っ払うとやたらべたべたしてくるけど」

「回復プログラムの一環みたいなこと？」

「そんな感じだけど、正確にはそういうわけでもない。クリスマス・パーティとヴァレンシアの出産まえパーティを兼ねてるんだ」

アストリッドがにっこりした。「妊娠してるの？」

「もうすぐ産まれる。想像がつくだろうけど、ちっとも態度が変わらないんだ。でも、いい母親になると思う。嬉しくてたまらないみたいだ」

「プレゼントも何もないわ」

「ブッカーとおれで、あれこれいいものを用意してる。そのお祝いのカードにきみの名前も書いておくよ」

アストリッドはためらっていた。「本当に行っても、大丈夫なの？」

「さあな」私は空いている方の手を差し出した。「でも、大丈夫だと思う」

アストリッドは小さな笑い声を洩らした。温かみのある、聞き慣れた笑い声だ——まるで二人で逃げていたころに、私たちのあいだに何かが芽生えたかもしれないと思っていたころに戻ったかのようだった。「手はつながないわよ、マーク」

「そうだな」私はポケットに手を入れた。「行こう。最悪でも」——箱を掲げてみせた——「カップケーキをもらえる」

「どんなやつ?」

「レッド・ヴェルヴェット・ケーキだ。街いちばんらしい、ブッカーが言うには」

アストリッドはあたりを見まわした。誰もいない通り、きらめく明かりや装飾、舞い踊る雪、そして変わりたいという決断の重み。

それがいかに困難で、いかに簡単かということ。

「いいわ。連れていって」

私は地下鉄の方へ向かった。はじめはうしろを歩いていたアストリッドが、隣にやって来た。雪が強まって通りに積もっていく。歩道には葉を落とした休眠中の街路樹が並び、街灯に向かって枝を伸ばしている。たとえ何もかもが策略だとしても、たとえ最後にはアストリッドが私を殺す気だとしても、この瞬間を楽しまずにはいられなかった。

謝辞

トッド・ロビンソン、ジョーダン・ハーパー、ショーン・コスビー、エリク・プルーイット、アレックス・セグラ、ミア・ジェンティーレ、シャンテル・エイメ・オスマンに感謝します——ページを読んだり、アドヴァイスをくれたり、ただ話を聞いてくれたり、アイディアを交換したりしてくれたことを。プルーイットと彼の妻のラナ、そしてノースカロライナ州にある〈ヤンダー・バー〉の騒がしい常連客たちには、とくにお礼を言いたい。この作品を書きつづけられたのは、その〈ヤンダー・バー〉で第一章を試し読みして聞いてもらい、励ましのことばをもらったおかげです。

自らの経験や見識を話してくれた回復プログラムの友人たちにも謝意を伝えたい。ひとりひとり名前を挙げて気持ちを伝えたいところですが、当然のことながらそれは控えさせてもらいます。とはいえ、あなたがたの強さには感服し、心から敬意を表します。

もしこの本を読んでアルコホーリクス《A》・アノニマス《A》を調べてみたいと思ったかたがいれば、www.aa.orgのサイトを訪れてみてください。

私のエージェントのジョシュ・ゲッツラーとアシスタントのジョン・コブ、そしてHGリテラシー社のチームにも感謝します。この本の制作と販売に全力を尽くしてくれました。

編集者のマーク・タヴァニとダフネ・ダーラム、そしてパットナム出版のチーム、とりわけアランヤ・ジェインにも感謝の意を伝えたい。この作品をワード文書からいま手にしている本の形にするために、努力を惜しまず頑張ってくれました。簡単なことではなかったはずです。

アンブリン・エンターテインメント社——とくにローレン・エイブラハム——にも感謝します。この本に可能性を見いだしてくれたことを。そして映画・テレビ業界のエージェントのルーシー・スティルにも。またもや彼女はこの業界で超一流だということを証明してくれました。

最後に、娘のアビゲイルに。もっといい作家に、もっといい人間になりたいという意欲をかき立ててくれることに。

訳者あとがき

その名を聞いただけで誰もが震え上がるほどの凄腕の暗殺者マークは、とある出来事をきっかけに暗殺業から足を洗う。ところがある日突然、彼の素性を知っていると思われる何者かに襲われる。その理由を探るため、ニューヨークからシンガポール、ロンドンへと飛び、行く先々で危機に直面する。だが彼はある誓いを立てていて、その誓いのためにこの問題はいっそう困難なものになる。

というのがこの作品のあらすじです。命を狙われる凄腕の元暗殺者といえば、映画『ジョン・ウィック』を思い浮かべる人も少なくないかもしれません。かく言うぼくも、あらすじを読んだときに『ジョン・ウィック』のような話かな、と思いました。おそらく、作者もそれを意識しているのでしょう。作中で主人公のマークに対して、「あなたはジョン・ウィックみたいな人?」という台詞をあえて言わせているのですから。作中では『ジョン・ウィック』のほかにも、『素晴らしき哉、人生!』をはじめ、映画のタイトルがいくつも挙げられています。なかには一九七〇年代の香港映画『片腕カンフー対空飛ぶギロチン』というかなりのカルト作まであり、見たことはありませんがそのインパクトのあるタイトルだけは知っていたぼくは、思わずにやりとしてしまいました。この作者はそうとうな映画好きなのかもしれません。

映画ネタでもうひとつにやりとさせられたのは、〝ジェイソン・ステイサム〟です。ジェイソン・ステイサムといえば『トランスポーター』や『アドレナリン』『エクスペンダブルズ』など、主演作のほとんどがアクション映画という俳優です。キレのあるアクションで敵をばったばったと倒していく、凄腕の元殺し屋や元工作員など屈強な役柄を多く演じています。最強の暗殺者と聞けば、そんなタフガイの代表とも言えるジェイソン・ステイサムのような男を思い浮かべるのも無理はないような気がします。ところが本作の主人公のマークは伝説的な暗殺者にもかかわらず、〝それほどタフには見えない〟〝一般的な白人男性〟として描かれています。そんなマークが何度もジェイソン・ステイサムとくらべられてうんざりするシーンがたまりません。

本作は確かに『ジョン・ウィック』などのアクション映画と似たところがあるかもしれませんが、大きなちがいがひとつあります。たいていのそういった映画では襲いくる敵を次々と容赦なく始末していきますが、この作品の主人公マークは不殺の誓いを立てていて相手を〝殺せない〟ということです。自分自身やまわりの人を守りながらいかに相手を殺さないようにするか、そしてどんな危機的状況になろうと殺さないという誓いを守りとおせるか、それがこの物語のひとつの見所になっています。

もうひとつのポイントは、人を殺すという行為が依存症になり得るという点です。長年にわたって人を殺しているとそれが常習的なものになり、暗殺者や殺し屋は足を洗ったり組織を抜けたりしたあともその衝動に苦しむことになる、というものです。彼らは引退すれば穏やかなごくふつうの生活を送れるというわけではなく、問題を解決するために手っ取り早く相手を殺してしまいたい、人を殺すことで絶大な力を感じたい、などという欲求に日ごろからあらがわなければならないというのがユニークなところです。

作中で触れられているア《A》ルコホーリクス・ア《A》ノニマスというのは、実在するグループです。一九三五年、アメリカでビル・ウィルソンとボブ・スミスという二人のアルコール依存症者が飲酒の問題についてその経験を分かち合うことで飲酒をやめられたことから広がっていったもので、いまでは百八十以上の国に十万以上のグループがあり、メンバーは二百万人以上にのぼると言われています。もちろん日本でも各地でそのミーティングが行なわれています。こういったものは自助グループと呼ばれ、そこでは作中で述べられているように経験や力、希望を分かち合って共通の問題を解決し、ほかの人たちも回復できるように手助けをしています。さらに会費はなく、どんな組織や団体にも縛られません。カウンセラーなど専門家と話をするわけではなく、メンバーたちがおたがいに支え合うというのが特徴です。アルコホーリクス・アノニマスという名前を聞いたことがなくても、映画などで輪になって坐った依存症者たちが語り合うシーンを見たことがある、という人はいるのではないでしょうか。ちなみに、作中で暗唱される十二のステップは、実際にＡＡで使用されているものです。このアルコホーリクス（アルコール依存症者）・アノニマス（無名・匿名の）を手本にした自助グループはほかにいくつもあり、ナルコティクス（薬物依存症）、ギャンブラーズ（ギャンブル等依存症）、セクサホーリクス（性依存症）・アノニマスなど、○○・アノニマスというグループが数多く存在しています。そういったグループでも、もとになったAAと同じこの十二のステップが使われています。

最後に作者の紹介をしておきます。作者のロブ・ハートは一九八二年にニューヨーク州スタテン・アイランドで生まれ、ニューヨーク州立大学パーチェス校でジャーナリズムを専攻して二〇〇四年に卒業。その後《スタテン・アイランド・アドヴァンス》紙の記者、ニューヨーク市議会の広報責任者、ミステリアス・プレスの発行者、ニューヨーク市政委員などを経験しました。現在はニュージャージー州のジャージー・シティで暮らしています。

他の作品に *"The Last Safe Place"*（二〇一二）、*"Take-Out"*（二〇一九）、『巨大IT企業クラウドの光と影』（二〇一九、早川書房）、*"Blood Oath"*（二〇二二）、*"The Paradox Hotel"*（二〇二二）があります。*"The Paradox Hotel"* はLGBTQ＋を扱った優れた作品に送られるラムダ賞最終候補にノミネートされました。ほかにもアマチュアの私立探偵を主人公にした〈Ash McKenna〉シリーズがあり、その第一作 *"New Yorked"* は二〇一六年のアンソニー賞新人賞にノミネートされました。三十以上の短篇も手がけ、優秀な短篇に贈られるデリンジャー賞にもノミネートされています。また『スター・ウォーズ　エピソード５／帝国の逆襲』公開四十周年を記念して発行されたスター・ウォーズのアンソロジー *"From a Certain Point of View: The Empire Strikes Back"* に "Due on Batuu" という作品も寄稿しています。そして二〇二五年には本作の続篇の *"The Medusa Protocol"* が出版予定です。

二〇二五年一月

HAYAKAWA POCKET MYSTERY BOOKS No. 2013

渡《わた》辺《なべ》義《よし》久《ひさ》

1973年生，パデュー大学卒，翻訳家
訳書
『アベル VS ホイト』『老いた男』トマス・ペリー
『追跡不能』セルゲイ・レベジェフ
『ガーナに消えた男』クワイ・クァーティ
『カリフォルニア独立戦争』ジェイムズ・バーン
『狼の報復』ジャック・ボーモント
『ギャングランド』チャック・ホーガン
（以上早川書房刊）

この本の型は、縦18.4センチ、横10.6センチのポケット・ブック判です。

〔暗殺《あんさつ》依存症《いぞんしょう》〕

2025年3月10日印刷　2025年3月15日発行

著者	ロブ・ハート
訳者	渡辺義久
発行者	早川浩
印刷所	星野精版印刷株式会社
表紙印刷	株式会社文化カラー印刷
製本所	株式会社明光社

発行所 株式会社 **早川書房**
東京都千代田区神田多町2－2
電話　03-3252-3111
振替　00160-3-47799
https://www.hayakawa-online.co.jp

（乱丁・落丁本は小社制作部宛お送り下さい
送料小社負担にてお取りかえいたします）

ISBN978-4-15-002013-2 C0297
Printed and bound in Japan

ハヤカワ・ミステリ〈話題作〉

2003
車椅子探偵の幸運な日々
ウィル・リーチ
服部京子訳

難病により車椅子の生活を送るダニエルの日課は、玄関から外を観察すること。ある日、女性が不審な車に乗りこむのを目撃し……。

2004
マクマスターズ殺人者養成学校
ルパート・ホームズ
奥村章子訳

舞台は殺人技術を教えるマクマスターズ校。生徒たちには、それぞれ殺したいほど憎む標的が存在する。卒業条件は標的の暗殺だが。

2005
幽囚の地
マット・クエリ
ハリソン・クエリ
田辺千幸訳

田舎に家を買ったブレイクモア夫妻。だが、その地には精霊が住んでいるというのだ。やがて精霊たちは夫妻に危害を加えはじめ……

2006
喪服の似合う少女
陸 秋槎
大久保洋子訳

一九三〇年代、中華民国。私立探偵・劉雅弦は、少女探しの依頼を受ける。ロス・マクドナルドに捧げる、華文ハードボイルドの傑作。

2007
殺人は夕礼拝の前に
リチャード・コールズ
西谷かおり訳

一九八八年英国。田舎町の教会で殺人が。ダニエルは司祭として遺族や住民に寄り添い話を聞くうちに、驚くべき真実に近づいてゆく